KiWi
PAPERBACK

1120

Das Buch

Als Bertha stirbt, erbt Iris das Haus. Nach vielen Jahren steht Iris wieder im alten Haus der Großmutter, wo sie als Kind in den Sommerferien mit ihrer Kusine Verkleiden spielte. Sie streift durch die Zimmer und den Garten, eine aus der Zeit gefallene Welt, in der rote Johannisbeeren über Nacht weiß und als konservierte Tränen eingekocht werden, in der ein Baum gleich zwei Mal blüht, Dörfer verschwinden und Frauen aus ihren Fingern Funken schütteln.

Doch der Garten ist inzwischen verwildert. Nachdem Bertha vom Apfelbaum gefallen war, wurde sie erst zerstreut, dann vergesslich, und schließlich erkannte sie nichts mehr wieder, nicht einmal ihre drei Töchter.

Iris bleibt eine Woche allein im Haus. Sie weiß nicht, ob sie es überhaupt behalten will. Sie schwimmt in einem schwarzen See, bekommt Besuch, küsst den Bruder einer früheren Freundin und streicht eine Wand an.

Während sie von Zimmer zu Zimmer läuft, tastet sie sich durch ihre eigenen Erinnerungen und ihr eigenes Vergessen: Was tat ihr Großvater wirklich, bevor er in den Krieg ging? Welche Männer liebten Berthas Töchter? Wer aß seinen Apfel mitsamt den Kernen? Schließlich gelangt Iris zu jener Nacht, in der ihre Kusine Rosmarie den Unfall hatte: Was machte Rosmarie auf dem Dach des Wintergartens? Und was wollte sie Iris noch sagen?

Iris ahnt, dass es verschiedene Spielarten des Vergessens gibt. Und das Erinnern ist nur eine davon.

Die Autorin

Katharina Hagena, geboren 1967 in Karlsruhe, studierte Anglistik und Germanistik in Marburg, London und Freiburg, forschte an der James-Joyce-Stiftung in Zürich und lehrte am Trinity College in Dublin sowie an der Universität Hamburg.

2006 erschien ihr Buch »Was die wilden Wellen sagen. Der Seeweg durch den Ulysses« (marebuchverlag). Zusammen mit Stefanie Clemen veröffentlichte sie das Kinderbuch »Grausi schaut unter den Stein«. Sie lebt als freie Autorin in Hamburg.

Katharina Hagena

Der Geschmack von Apfelkernen

Roman

Kiepenheuer & Witsch

13. Auflage 2010

© 2008, 2009 by Verlag Kiepenheuer & Witsch, Köln
Alle Rechte vorbehalten. Kein Teil des Werkes darf in
irgendeiner Form (durch Fotografie, Mikrofilm oder ein
anderes Verfahren) ohne schriftliche Genehmigung des
Verlages reproduziert oder unter Verwendung elektronischer
Systeme verarbeitet, vervielfältigt oder verbreitet werden.
Umschlaggestaltung: Barbara Thoben, Köln
Umschlagmotiv: © akg-images
Gesetzt aus der Bembo
Satz: hanseatenSatz-bremen, Bremen
Druck und Bindearbeiten: CPI – Clausen & Bosse, Leck
ISBN 978-3-462-04149-1

Für Christof

La mémoire ne nous servirait à rien
si elle fût rigoureusement fidèle.

Das Gedächtnis wäre uns zu nichts nütze,
wenn es unnachsichtig treu wäre.

Paul Valéry

I. Kapitel

Tante Anna starb mit sechzehn an einer Lungenentzündung, die aufgrund ihres gebrochenen Herzens und des noch nicht entdeckten Penizillins nicht heilen konnte. Ihr Tod trat an einem Spätnachmittag im Juli ein. Und als Annas jüngere Schwester Bertha daraufhin weinend in den Garten rannte, sah sie, dass mit Annas letztem rasselnden Atemzug alle roten Johannisbeeren weiß geworden waren. Es war ein großer Garten, die vielen alten Johannisbeerbüsche krümmten sich unter den schweren Früchten. Längst hätten sie gepflückt werden müssen, aber als Anna krank wurde, dachte keiner mehr an die Beeren. Meine Großmutter hat mir oft davon erzählt, denn sie war es damals gewesen, die die trauernden Johannisbeeren entdeckt hatte. Seitdem gab es nur noch schwarze und weiße Johannisbeeren im Garten meiner Großmutter, und jeder weitere Versuch, einen roten Busch zu pflanzen, schlug fehl, es wuchsen nur weiße Beeren an seinen Zweigen. Doch niemand störte sich daran, die weißen schmeckten beinahe ebenso süß wie die roten, beim Entsaften ruinierten sie einem nicht die ganze Schürze, und der fertige Gelee schimmerte in geheimnisvoll-fahler Durchsichtigkeit. »Konservierte Tränen« nannte ihn meine Großmutter. Und noch immer standen auf den Kellerregalen Gläser aller Größen mit Johannisbeergelee von 1981, einem besonders tränenreichen Sommer, Rosmaries letztem. Einmal fand meine Mutter auf der Suche nach eingelegten Gurken ein Glas von 1945 mit den ersten Nachkriegstränen. Das schenkte sie dem Mühlenverein, und als ich sie fragte, warum in aller Welt sie Omas wunderbaren Gelee an ein Heimatmuseum gebe, sagte sie, dass diese Tränen zu bitter seien.

Meine Großmutter Bertha Lünschen, geborene Deelwater, starb etliche Jahrzehnte nach Tante Anna, doch da wusste sie längst nicht mehr, wer ihre Schwester gewesen war, wie sie selbst hieß oder ob es Winter oder Sommer war. Sie hatte vergessen, was man mit einem Schuh, einem Wollfaden oder einem Löffel anfangen konnte. Im Laufe von zehn Jahren streifte sie ihre Erinnerungen mit derselben fahrigen Leichtigkeit ab, mit der sie sich die kurzen weißen Locken aus dem Nacken strich oder unsichtbare Krümel auf dem Tisch zusammenfegte. An das Geräusch der harten, trockenen Haut ihrer Hand auf dem hölzernen Küchentisch konnte ich mich deutlicher erinnern als an ihre Gesichtszüge. Auch daran, dass sich die beringten Finger immer fest um die unsichtbaren Krümel schlossen, als versuchten sie, die vorbeiziehenden Schattenbilder ihres Geistes zu fassen, aber vielleicht wollte Bertha auch nur nicht den Boden vollbröseln oder die Spatzen damit füttern, die im Frühsommer so gern im Garten Sandbäder nahmen und dabei immer die Radieschen ausgruben. Der Tisch im Pflegeheim war dann aus Kunststoff, und ihre Hand verstummte. Bevor ihr das Gedächtnis ganz verlorenging, bedachte uns Bertha in ihrem Testament. Meine Mutter Christa erbte das Land, Tante Inga die Wertpapiere, Tante Harriet das Geld. Ich, die letzte Nachkommin, erbte das Haus. Schmuck und Möbel, das Leinen und das Silber sollten zwischen meiner Mutter und meinen Tanten aufgeteilt werden. Klar wie Regenwasser war Berthas Testament – und ebenso ernüchternd. Die Wertpapiere waren nicht sehr wertvoll, auf dem Weideland der norddeutschen Tiefebene wollte außer Kühen niemand leben, Geld war nicht viel da, und das Haus war alt.

Bertha musste sich daran erinnert haben, wie sehr ich das Haus früher liebte. Von ihrem Letzten Willen erfuhren wir aber erst nach der Beerdigung. Ich reiste allein, es war eine weite, umständliche Fahrt in verschiedenen Zügen: Ich kam von Freiburg und musste längs durch das ganze Land, bis ich schließlich oben in dem Dorf Bootshaven an der Haltestelle gegenüber dem Haus meiner Groß- mutter aus einem fast leeren Linienbus ausstieg, der mich von einem geisterhaften Kleinstadtbahnhof aus durch die Ortschaften geschaukelt hatte. Ich war zermürbt von der Reise, der Trauer und den Schuldgefühlen, die man im- mer hatte, wenn jemand gestorben war, den man liebte, aber nicht gut kannte.

Auch Tante Harriet war gekommen. Nur hieß sie inzwi- schen nicht mehr Harriet, sondern Mohani. Sie trug je- doch weder orange Gewänder noch eine Glatze. Einzig die Holzperlenkette mit dem Bild des Gurus wies auf ih- ren neuen, erleuchteten Zustand hin. Mit ihren kurzen hennaroten Haaren und Reebok-Turnschuhen sah sie dennoch anders aus als der Rest der schwarzen Gestalten, die sich in kleinen Gruppen vor der Kapelle sammelten. Ich freute mich, Tante Harriet zu sehen, obgleich ich mit Beklommenheit und Unruhe daran dachte, dass ich sie das letzte Mal vor dreizehn Jahren gesehen hatte. Das war, als wir Rosmarie beerdigen mussten, Harriets Toch- ter. Die Unruhe war mir eine enge Vertraute, schließlich dachte ich jedes Mal, wenn ich mein Gesicht im Spiegel betrachtete, an Rosmarie. Ihre Beerdigung war unerträglich gewesen, wahrscheinlich ist es immer unerträglich, wenn fünfzehn Jahre alte Mädchen vergraben werden sollen. So fiel ich damals, wie man mir später berichtete, in eine tiefe Ohnmacht. Ich erinnerte mich nur noch daran, dass die weißen Lilien auf dem Sarg einen warmen feuchtsüßen Dunst ausströmten, der mir die Nase verklebte und in meiner Luftröhre Blasen schlug. Die Luft blieb mir weg. Dann kreiselte ich in ein weißes Loch.

Später wachte ich im Krankenhaus auf. Im Fallen hatte ich mir die Stirn am Kantstein aufgeschlagen, und das Loch musste genäht werden. Oberhalb der Nasenwurzel blieb eine Narbe zurück, ein blasses Mal. Es war meine erste Ohnmacht, ich bin danach noch oft in Ohnmacht gefallen. Das Fallen liegt bei uns in der Familie.

So war Tante Harriet nach dem Tod ihrer Tochter vom Glauben abgefallen. Zum Bhagwan sei sie gegangen, die Ärmste, hieß es im Kreis der Bekannten. In die Sekte. Wobei man das Wort Sekte mit gesenkter Stimme aussprach, so als fürchte man, die Sekte lauere einem auf und schnappe einen, rasiere einem den Schädel und ließe einen daraufhin wie die stillgelegten Irren aus »Einer flog übers Kuckucksnest« durch die Fußgängerzonen dieser Welt taumeln und mit kindlicher Freude Zimbeln spielen. Aber Tante Harriet sah nicht so aus, als wolle sie bei Berthas Beerdigung ihre Zimbeln auspacken. Als sie mich sah, drückte sie mich an sich und küsste meine Stirn. Sie küsste vielmehr die Narbe auf meiner Stirn, sagte aber nichts und schob mich weiter zu meiner Mutter, die neben ihr stand. Meine Mutter sah aus, als habe sie die letzten drei Tage geweint. Mein Herz zog sich bei ihrem Anblick zu einem faltigen Klumpen zusammen. Wie furchtbar, seine Mutter beerdigen zu müssen, dachte ich, als ich sie losließ. Mein Vater stand neben ihr und stützte sie, er war viel kleiner als beim letzten Mal und hatte Linien im Gesicht, die ich noch nicht kannte. Etwas abseits stand Tante Inga, sie war trotz der roten Augen atemberaubend. Ihr schöner Mund bog sich nach unten, was bei ihr nicht weinerlich aussah, sondern stolz. Und obwohl ihr Kleid schlicht und hochgeschlossen war, sah es nicht aus wie Trauer, sondern wie ein kleines Schwarzes. Sie war allein gekommen und ergriff meine beiden Hände. Ich zuckte kurz zusammen, ein kleiner Stromschlag traf mich aus ihrer linken Hand. Am rechten Arm trug sie ihren Bernsteinreif. Tante Ingas Hände fühlten sich hart an, warm und trocken. Es war ein sonniger Juninachmittag. Ich schaute mir die anderen Leute an, viele weißlockige Frauen mit dicken Brillen und schwarzen Handtaschen. Das waren Berthas Kränzchenschwestern. Der Altbürgermeister, dann natürlich Carsten Lexow, der alte Lehrer meiner Mutter, ein paar Schulfreundinnen und entfernte Kusinen meiner Tanten und meiner Mutter und drei große Männer, die ernst und unbeholfen nebeneinanderstanden und sofort als frühere Verehrer von Tante Inga zu erkennen waren, da sie kaum wagten, meine Tante offen anzusehen, sie aber doch nie aus den Augen ließen. Koops, die Nachbarn, waren gekommen, dann ein paar Leute, die ich nicht einordnen konnte, vielleicht vom Pflegeheim, vielleicht vom Beerdigungsinstitut, vielleicht von Großvaters alter Kanzlei.

Später gingen alle in das Lokal neben dem Friedhof, um Butterkuchen zu essen und Kaffee zu trinken. Wie das so ist nach Beerdigungen, fingen alle Trauernden sofort an zu sprechen, erst leise murmelnd, dann immer lauter. Selbst meine Mutter und Tante Harriet unterhielten sich fiebrig. Die drei Verehrer standen nun um Tante

Inga, stellten die Beine weit auseinander und drückten ihre Rücken durch. Tante Inga schien ihre Huldigungen zu erwarten, nahm sie aber gleichzeitig mit sanfter Ironie entgegen.

Die Kränzchenschwestern saßen zusammen und hielten ein Kränzchen ab. Auf ihren Lippen klebten Zuckerkrümel und Mandelblättchen. Sie aßen, wie sie sprachen: langsam und laut und beständig. Zusammen mit den beiden Serviererinnen trugen mein Vater und Herr Lexow die Silberbleche mit Bergen quadratischer Butterkuchenstücke aus der Küche und stellten eine Kaffeekanne nach der anderen auf die Tische. Die Kränzchenschwestern scherzten ein bisschen mit diesen beiden aufmerksamen jungen Männern und versuchten, sie für ihre Kränzchen zu gewinnen. Und während mein Vater respektvoll schäkerte, lächelte Herr Lexow ängstlich und floh zu den Nachbartischen. Er musste ja schließlich hier wohnen bleiben.

Als wir das Lokal verließen, war es immer noch warm. Herr Lexow klemmte sich metallene Ringe um die Hosenbeine und stieg auf sein schwarzes Fahrrad, das unabgeschlossen an der Hauswand lehnte. Er hob kurz die Hand und fuhr in Richtung Friedhof davon. Meine Eltern und Tanten blieben vor der Tür des Lokals und blinzelten in die Abendsonne. Mein Vater räusperte sich:

– Die Männer von der Kanzlei, ihr habt sie ja gesehen, Bertha hat ein Testament gemacht.

Also waren es doch die Anwälte gewesen. Mein Vater war noch nicht fertig, er öffnete den Mund und schloss ihn wieder, die drei Frauen blickten weiter in die rote Sonne und sagten nichts.

– Sie warten am Haus.

Als Rosmarie starb, war es auch Sommer gewesen, aber nachts kroch aus den Wiesen schon ein Geruch von Herbst. Menschen kühlten da schnell aus, wenn sie auf dem Boden lagen. Ich dachte an meine Oma, die unter der Erde lag, an das feuchte schwarze Loch, in dem sie sich nun befand. Moorboden, schwarz und fett, doch darunter der Sand. Der aufgeschaufelte Erdhaufen neben ihrem Grab trocknete in der Sonne, und immer wieder war Sand abgegangen, in kleinen Moränen war er herabgerieselt wie bei einer Eieruhr.

- Das bin ich, hatte Bertha einmal gestöhnt, das ist mein Kopf.

Sie nickte der Eieruhr zu, die auf dem Küchentisch stand, und erhob sich rasch von ihrem Stuhl. Dabei wischte sie mit der Hüfte die Uhr vom Tisch. Das dünne Holzgestell brach, das Glas splitterte, spritzte. Ich war ein Kind, und ihre Krankheit war noch nicht so, dass man viel merkte. Ich kniete mich hin und breitete mit dem Zeigefinger den weißen Sand auf dem schwarz-weißen Steinfußboden aus. Der Sand war ganz fein und glitzerte im Licht der Küchenlampe. Meine Großmutter stand daneben, seufzte und fragte mich, wie mir denn die schöne Sanduhr zerbrechen konnte. Als ich sagte, sie habe das selbst gemacht, schüttelte sie den Kopf, schüttelte ihn wieder und wieder und wieder. Dann fegte sie die Scherben zusammen und warf sie in den Ascheimer.

Tante Harriet nahm meinen Arm, ich zuckte zusammen.

- Wollen wir? fragte sie mich.

- Ja, natürlich.

Ich versuchte, mich aus ihrem sanften Griff zu befreien, sie ließ sofort los, ich spürte ihren Blick von der Seite.

Wir gingen zu Fuß zum Haus, Bootshaven ist ein sehr kleines Dorf. Die Leute nickten ernst, als wir vorbeigingen. Einige Male stellten sich alte Frauen in den Weg und gaben uns die Hand, meinem Vater aber nicht. Ich kannte keine von ihnen, aber sie schienen alle mich zu kennen und sagten zwar leise – aus Respekt vor unserer Trauer – und doch mit einem kaum zu unterdrückenden Triumph darüber, dass es eine andere erwischt hatte, ich sähe aus wie de lüttje Christel. Es dauerte eine Weile bis ich begriff, dass de Lüttje meine Mutter war.

Das Haus war schon von weitem zu sehen. Der Wilde Wein wucherte über die Fassade, und die oberen Fenster waren nichts als viereckige Vertiefungen im dunkelgrünen Dickicht. Die beiden alten Linden an der Einfahrt reichten bis ans Dach. Als ich die seitliche Hauswand berührte, waren die rauen roten Steine warm unter meiner Hand. Ein Windstoß fuhr durch den Wein, die Linden nickten, das Haus atmete flach.

Am Fuß der Treppe, die zur Haustür führte, standen die Anwälte. Der eine warf seine Zigarette weg, als er uns kommen sah. Dann bückte er sich hastig und hob die Kippe auf. Als wir die breiten Stufen hinaufgingen, senkte er den Kopf, er hatte gesehen, dass wir ihn gesehen hatten, sein Hals war rot angelaufen, und er wühlte konzentriert in seiner Aktentasche. Die beiden anderen Männer schauten auf Tante Inga, beide waren jünger als sie, fingen aber sofort an, sie zu umwerben. Einer von ihnen holte aus seiner Aktentasche einen Schlüssel und schaute uns fragend an. Meine Mutter nahm den Schlüssel und steckte ihn ins Schloss. Als das schmatzende Klingeln der Messingglocke am oberen Türscharnier ertönte, hatten alle drei Schwestern dasselbe Halblächeln im Gesicht.

- Wir können ins Arbeitszimmer, sagte Tante Inga und ging voraus.

Der Geruch des Eingangsflurs betäubte mich, es duftete noch immer nach Äpfeln und alten Steinen, die geschnitzte Aussteuertruhe meiner Urgroßmutter Käthe stand an der Wand. Links und rechts daneben die Eichenstühle mit dem Familienwappen: ein Herz, von einer Säge zerteilt. Die Absätze meiner Mutter und meiner Tante Inga klapperten, Sand knirschte unter Ledersohlen, nur Tante Harriet folgte langsam und lautlos auf ihren Reeboks.

Großvaters Arbeitszimmer war aufgeräumt. Meine Eltern und einer der Anwälte, der junge mit der Zigarette, schoben vier Stühle zusammen, drei auf der einen Seite und einen gegenüber. Hinnerks Schreibtisch stand schwer und von dem ganzen Auftrieb unberührt an der Wand zwischen den beiden Fenstern, die auf die Einfahrt mit den Linden schauten. Licht brach sich in den Lindenblättern und sprenkelte den Raum. Staub tanzte. Kühl war es hier, meine Tanten und meine Mutter setzten sich auf die drei dunklen Stühle, einer der Anwälte nahm sich Hinnerks Schreibtischstuhl. Mein Vater und ich standen hinter den drei Schwestern, die beiden anderen Anwälte standen rechts an der Wand. Beine und Lehnen der Stühle waren so hoch und gerade, dass sich der sitzende Körper sofort in rechte Winkel faltete: Füße und Schienbeine, Schenkel und Rücken, Unter- und Oberarme, Hals und Schulter, Kinn und Hals. Die Schwestern sahen aus wie ägyptische Statuen in einer Grabkammer. Und obgleich uns das unruhige Licht blendete, so erwärmte es doch nicht das Zimmer.

Der Mann auf Hinnerks Bürostuhl, es war nicht der mit der Zigarette, schnalzte mit den Schlössern seiner Aktentasche, das schien den anderen beiden ein Zeichen zu sein, sie räusperten sich und schauten den ersten Mann, offenbar ihr Anführer, ernst an. Dieser stellte sich vor als Partner des früheren Partners von Heinrich Lünschen, meinem Großvater.

Berthas Testament wurde verlesen und erklärt, mein Vater als Vollstrecker eingesetzt. Es ging eine einzige fließende Bewegung durch die Körper der Schwestern, als sie hörten, dass das Haus an mich gehen würde. Ich ließ mich auf einen Hocker fallen und sah den Partner des Partners an. Der mit der Zigarette schaute zurück, ich senkte den Blick und starrte auf den Zettel mit den Liedern von der Trauerfeier, den meine Hand noch immer umschlossen hielt. Auf dem Daumenballen hatten sich die Noten von »O Haupt voll Blut und Wunden« abgedrückt. Tintenstrahldrucker. Häupter voll Blut und Wunden, Haare wie rote Tintenstrahlen sah ich vor mir, Löcher in Köpfen, Berthas Gedächtnislücken, Eieruhrsand. Aus Sand, wenn er nur heiß genug war, machte man Glas. Ich berührte mit den Fingern meine Narbe, nein, es rieselte noch kein Sand heraus, nur Staub sprang aus meinem Samtrock, als ich die Hand wieder schloss und die Knie übereinanderschlug. Ich beobachtete eine zarte Laufmasche, die sich von meinem Knie aus im schwarzen Samt des Kleides verlor. Ich spürte Harriets Blick und schaute auf. Ihre Augen waren voller Mitleid, sie hasste das Haus. Rosmarin zum Gedenken. Wer hatte das noch gesagt? Vergessen. Je weiter die Maschen in Berthas Gedächtnis wurden, desto größer die Erinnerungsbrocken, die hindurchfielen. Je verwirrter sie wurde, desto wahnwitziger die Wollstücke, die sie strickte und die durch ständiges Fallenlassen von Maschen, durch Zusammenstricken oder durch das Wiederaufnehmen neuer Maschen am Rand in alle Richtungen wuchsen und schrumpften, klafften und verfilzten und sich von überall her aufribbeln ließen. Meine Mutter hatte die Strickstücke in Bootshaven zusammengesammelt und mit nach Hause genommen. In einem Karton im Kleiderschrank ihres Schlafzimmers bewahrte sie sie auf. Durch Zufall war ich einmal auf ihn gestoßen und hatte mit einer Mischung aus Entsetzen und Belustigung eine Strickskulptur nach der anderen auf dem Bett meiner Eltern ausgebreitet. Meine Mutter kam dazu, ich wohnte nicht mehr zu Hause, und Bertha war schon im Heim. Eine Weile betrachteten wir die wollenen Ungeheuer.

– Irgendwo muss schließlich jeder seine Tränen konservieren, sagte meine Mutter wie zur Verteidigung, dann packte sie alles wieder zurück in den Schrank. Wir sprachen nie mehr über Berthas Gestricktes.

Im Gänsemarsch schritten alle wieder aus dem Arbeitszimmer hinaus, den Flur entlang zurück zur Haustür, die Glocke schepperte blechern. Die Männer gaben uns die Hand, gingen fort, und wir setzten uns draußen auf die Treppe. Fast jede der glatten gelbweißen Steinplatten hatte einen Riss, aber nicht quer durch, sondern längs: Flache Stücke waren herausgesprungen, die nun lose auflagen und wie Deckel abgenommen werden konnten. Früher waren es nicht so viele gewesen, nur sechs oder sieben, wir hatten sie als Geheimfächer benutzt und Federn, Blüten und Briefe darin versteckt.

Damals schrieb ich noch Briefe, glaubte noch an Geschriebenes, Gedrucktes, Gelesenes. Das tat ich inzwischen nicht mehr. Ich war Bibliothekarin an der Freiburger Universitätsbibliothek, ich arbeitete mit Büchern, ich kaufte mir Bücher, ja, gelegentlich lieh ich mir auch welche aus. Aber lesen? Nein. Früher ja, da schon, da las ich ununterbrochen, im Bett, beim Essen, auf dem Fahrrad. Doch damit war Schluss. Lesen, das war das Gleiche wie sammeln, und sammeln war das Gleiche wie aufbewahren, und aufbewahren war das Gleiche wie erinnern, und erinnern war das Gleiche wie nicht genau zu wissen, und nicht genau zu wissen war das Gleiche wie vergessen zu haben, und vergessen war das Gleiche wie fallen, und das Fallen musste ein Ende haben.

Das war eine Erklärung.

Ich war aber gern Bibliothekarin. Aus denselben Gründen, aus denen ich nicht mehr las.

Erst hatte ich Germanistik studiert, aber bei den Seminararbeiten merkte ich, dass mir alles, was nach dem Bibliographieren kam, belanglos erschien. Kataloge, Schlagwortregister, Handbücher, Indizes hatten ihre eigene feine Schönheit, die sich beim flüchtigen Lesen ebenso wenig erschloss wie ein hermetisches Gedicht. Wenn ich mich von einem allgemeinen Nachschlagewerk mit seinen vom vielen Benutzen schmiegsamen Seiten langsam über mehrere andere Bücher an eine hochspezialisierte Monographie, deren Umschlagdeckel vor mir noch niemals von irgendjemandem außer einem Bibliothekar in die Hand genommen worden waren, herangetastet hatte, so löste dies in mir ein Gefühl der Genugtuung aus, mit welchem sich das, was ich für meinen eigenen Text empfand, nie messen konnte. Zudem war das, was man aufschrieb, auch das, was man sich nicht merken musste, also das, was man getrost vergessen konnte, weil man ja nun wusste, wo es stand, und damit trat wieder in Kraft, was für das Lesen galt.

Besonders liebte ich an meinem Beruf das Aufstöbern vergessener Bücher, Bücher, die schon seit Hunderten von Jahren an ihrem Platz standen, wahrscheinlich noch nie gelesen worden waren, eine dicke Staubkruste im Schnitt, und die doch Millionen von ihren Nichtlesern überlebt hatten. Ich hatte mittlerweile sieben oder acht dieser Bücher ausfindig gemacht und besuchte sie in unregelmäßigen Abständen, berührte sie aber nie. Gelegentlich schnupperte ich ein bisschen an ihnen. Wie die meisten Bibliotheksbücher rochen sie schlecht, das Gegenteil von frisch. Am schlimmsten roch das Buch über altägyptische Mauerfriese, es war schon ganz schwarz und wüst. Meine Großmutter hatte ich nur ein einziges Mal im Heim besucht. Sie saß in ihrem Zimmer, hatte Angst vor mir und machte sich in die Hose. Eine Pflegerin kam und wechselte ihre Windeln. Ich küsste Bertha zum Abschied auf die Wange, sie war kühl, und an meinen Lippen konnte ich das Netz von Runzeln fühlen, das weich über ihrer Haut lag.

Während ich auf der Treppe wartete und die Risse in den Steinen mit dem Finger nachzeichnete, saß meine Mutter zwei Stufen über mir und redete auf mich ein. Sie sprach leise und führte ihre Sätze nicht zu Ende, sodass der Klang ihrer Stimme noch eine Zeit lang in der Luft zu schweben schien. Gereizt fragte ich mich, warum sie das seit neuestem immer tat. Erst als sie mir einen großen messingfarbenen Schlüssel in den Schoß legte, der mit seinem einfach geschwungenen Bart aussah wie das Bühnenrequisit zu einem Weihnachtsmärchen, merkte ich schließlich, was hier geschah. Es ging um das Haus, es ging um Berthas Töchter hier auf der verfallenen Treppe, um ihre tote Schwester, die im Haus geboren wurde, um mich und um Rosmarie, die im Haus gestorben war. Und es ging um den jungen Rechtsanwalt mit der Zigarette. Fast hätte ich ihn nicht erkannt, aber kein Zweifel, er war der kleine Bruder von Mira Ohmstedt, unserer besten Freundin. Rosmaries und meiner besten Freundin.

II. Kapitel

Meine Eltern, meine Tanten und ich übernachteten in den drei Fremdenzimmern des Dorfkrugs.

- Wir fahren wieder hinunter ins Badische, sagte meine Mutter am nächsten Morgen. Sie sagte es ein ums andere Mal, als müsse sie sich selbst davon überzeugen. Ihre Schwestern seufzten, es hörte sich an, als sagte sie, sie fahre jetzt hinunter ins Glück. Und vielleicht war es auch so. Tante Inga ließ sich bis nach Bremen mitnehmen, ich umarmte sie kurz und bekam einen elektrischen Schlag.

- Schon so früh am Morgen? fragte ich erstaunt.

- Es wird heiß heute, sagte Inga entschuldigend. Sie kreuzte die Arme vor ihrem Körper, und ihre Hände strichen mit einer langen, raschen Bewegung von den Schultern hinunter bis über die Handgelenke, sie spreizte die Finger und schüttelte sie. Es knisterte leise, als die Funken aus ihren Fingerspitzen fielen. Rosmarie hatte Tante Ingas Funkenschlag geliebt.

- Lass es doch noch einmal Sterne regnen, bat sie immer wieder, vor allem wenn wir bei Dunkelheit im Garten standen. Dann sahen wir ehrfürchtig zu, wie für den Bruchteil einer Sekunde winzige Punkte an Tante Ingas Händen aufleuchteten.

- Tut das weh? fragten wir, sie schüttelte den Kopf. Aber ich glaubte ihr nicht, sie zuckte zusammen, wenn sie sich an ein Auto lehnte, eine Schranktür aufmachte, das Licht oder den Fernseher anknipste. Es kam vor, dass sie Sachen fallen ließ. Manchmal kam ich in die Küche, und Tante Inga saß in der Hocke, um mit dem Handfeger Scherben aufzukehren. Wenn ich sie fragte, was passiert sei, sagte sie:

– Ach, nur ein dummer Unfall, ich bin so ungeschickt.

Wenn sie es nicht vermeiden konnte, Leuten die Hand zu reichen, entschuldigte sie sich, da diese oftmals erschreckt aufschrien. »Funkenfinga« nannte Rosmarie sie, aber allen war klar, dass sie Tante Inga bewunderte.

– Warum kannst du das nicht, Mama? fragte sie Tante Harriet einmal. Und warum ich nicht?

Tante Harriet schaute sie an und erwiderte, dass Inga ihre innere Spannung nicht anders nach außen geben könne und dass Rosmarie sich pausenlos verausgabe, sodass es zu diesen Entladungen nie kommen könne, und dass Rosmarie dafür dankbar sein solle. Tante Harriet hatte schon immer ein spirituelles Wesen. Sie war schon so einige Wege in ihre eigene Mitte und wieder zurück geschlendert, bevor sie Mohani wurde und diese Holzkette trug. Als ihre Tochter starb, so erklärte es sich meine Mutter, habe sie sich einen Vater gesucht und sei selbst wieder Tochter geworden. Da habe sie etwas Festes gewollt. Etwas, das sie vom Fallen abhielt und ihr gleichzeitig beim Vergessen half. Ich hatte mich nie mit dieser Erklärung zufriedengegeben, Tante Harriet liebte Drama, nicht das Melodram. Sie war vielleicht verrückt, aber niemals vulgär. Wahrscheinlich fühlte sie sich mit dem toten Osho verbunden. Sie musste es als beruhigend empfinden, dass ein Toter so lebendig sein konnte, denn von dem lebendigen Bhagwan hatte sie sich nie sehr beeindruckt gezeigt, und sie lachte über die Bilder, die ihn vor seinen vielen großen Autos zeigten.

Nachdem meine Mutter, mein Vater und Tante Inga fort waren, tranken Tante Harriet und ich Pfefferminztee in der Gaststube. Unser Schweigen war wehmütig und entspannt.

- Gehst du jetzt ins Haus? fragte Tante Harriet schließlich. Sie stand auf und griff nach ihrer ledernen Reisetasche, die neben unserm Tisch stand. Ich blickte dem lächelnden Osho im Holzrahmen ihrer Kette in die Augen und nickte. Er nickte zurück. Ich stand ebenfalls auf. Sie drückte mich so fest, dass es wehtat, ich sagte nichts und schaute über ihre Schulter in die leere Gaststube. Der Dunst von Kaffee und Schweiß, der gestern die Trauergäste warm umhüllt hatte, hing immer noch unter der niedrigen weißen Decke. Tante Harriet küsste meine Stirn und ging hinaus. Ihre Reeboks quietschten auf den gebohnerten Dielen.

Auf der Straße drehte sie sich um und winkte. Ich hob die Hand. Sie stellte sich an die Bushaltestelle und wandte mir den Rücken zu. Ihre Schultern hingen ein wenig nach vorne, und das kurze rote Haar in ihrem Nacken rutschte in den Kragen der schwarzen Bluse. Ich erschrak. Erst von hinten konnte ich sehen, wie unglücklich sie war. Hastig drehte ich mich weg und setzte mich zurück an den Frühstückstisch. Ich wollte sie nicht demütigen. Als das Dröhnen des anfahrenden Busses an den Fensterscheiben rüttelte, blickte ich auf und erhaschte noch einen Blick auf Tante Harriet, die starr auf die Rückenlehne des Sitzes vor ihr blickte.

Ich ging wieder zu Fuß zum Haus. Die Tasche war nicht schwer, der schwarze Samtrock war drin, ich trug ein kurzes schwarzes Kleid ohne Ärmel und schwarze Sandalen mit dicken Keilabsätzen, auf denen man lange auf asphaltierten Bürgersteigen gehen oder Bücher aus Regalen heranschleppen konnte, ohne dabei umzuknicken. Es war nicht viel los an diesem Samstagmorgen. Vor dem Edeka-Laden saßen ein paar Jugendliche auf ihren Mopeds und aßen Eis. Die Mädchen schüttelten fortwährend ihre frischgewaschenen Haare. Es sah unheimlich aus, so als wären die Hälse zu schwach, um die Köpfe zu tragen, und ich fürchtete, dass die Köpfe plötzlich nach hinten oder zur Seite wegklappen könnten. Ich musste gestarrt haben, denn sie wurden alle still und schauten zurück. Obwohl es mir unangenehm war, so verspürte ich doch Erleichterung darüber, dass die Köpfe der Mädchen aufhörten zu wackeln, oben auf den Hälsen blieben und nicht etwa in komischen Winkeln auf ihren Schultern oder Brustbeinen zum Stillstand kamen.

Die Hauptstraße machte eine scharfe Linkskurve, geradeaus führte eine Schotterstraße noch an der BP-Tankstelle und zwei Häusern vorbei auf die Weiden. Nachher wollte ich mir eines der Fahrräder aufpumpen und diese Straße bis zur Schleuse fahren. Oder an den See. Warm würde es heute werden, hatte Tante Inga gesagt.

Ich ging auf der rechten Seite der Straße. Links konnte man jetzt schon die große Mühle hinter den Pappeln sehen, sie war frisch gestrichen, und es tat mir leid, wie unwürdig bunt sie aussah, schließlich käme doch auch niemand auf die Idee, die Kränzchenschwestern meiner Großmutter in Glitzerleggings zu zwängen. Berthas Hof, der jetzt mein Haus sein sollte, lag schräg gegenüber der Mühle. Ich stand vor der Einfahrt, das verzinkte Tor war abgeschlossen und niedriger, als ich es in Erinnerung hatte, gerade hüfthoch, und so stieg ich rasch mit gescherten Beinen darüber.

Im Morgenlicht war das Haus ein dunkler, schäbiger Kasten mit einer breiten, hässlich zugepflasterten Einfahrt. Die Linden standen im Schatten. Auf dem Weg zur Treppe sah ich, dass der ganze Vorgarten mit Vergissmeinnicht zugewuchert war. Die blauen Blüten waren gerade im Welken begriffen, manche blichen aus, andere wurden braun. Ein Dickicht verblühter Vergissmeinnicht. Ich beugte mich hinunter und riss eine Blüte ab, sie war gar nicht blau, sie war grau und violett und weiß und rosa und schwarz. Wer hatte sich eigentlich um den Garten gekümmert, als Bertha im Heim war? Wer ums Haus? Das wollte ich Miras Bruder fragen.

Beim Eintreten schlug mir wieder der Geruch von Äpfeln und kühlen Steinen entgegen. Ich stellte meine Tasche auf die Truhe und lief den ganzen Flur ab. Gestern waren wir ja nur bis ins Arbeitszimmer gekommen. Ich schaute nicht in die Zimmer, sondern öffnete erst die Tür am Ende des Flurs. Rechts führte die steile Treppe in die oberen Zimmer, geradeaus ging es zwei Stufen hinunter, dann rechts zum Bad, durch dessen Decke mein Großvater eines Abends geflogen kam, als meine Mutter mich gerade wusch. Er wollte für uns ein wenig spuken und war dafür auf den Dielenboden gestiegen. Die Bretter mussten morsch gewesen sein, und mein Großvater war ein großer, schwerer Mann. Er brach sich den Arm, und wir durften niemandem erzählen, wie es passiert war.

Die Tür zur Diele war abgeschlossen. Der Schlüssel hing an der Wand daneben, und an ihm war ein kleiner Holzklotz befestigt. Ich ließ ihn hängen. Dann stieg ich die Treppe hinauf in die Zimmer, wo wir früher geschlafen und gespielt hatten. Die dritte Treppenstufe von unten knarrte noch lauter als früher, aber vielleicht war das Haus nur stiller geworden. Und wie war es oben mit den beiden letzten? Ja, die knarrten auch immer noch, es war sogar noch die drittletzte hinzugekommen. Das Geländer wimmerte, sobald ich es berührte.

Oben war die Luft dick und alt und warm wie die Wolldecken, die dort in den Truhen lagen. Ich öffnete die Fenster im großen Raum, dann alle vier Zimmertüren, die beiden Türen des Durchgangszimmers, welches meiner Mutter gehört hatte, und die zwölf Fenster der fünf Schlafräume. Nur das Dachfenster über der Treppe rührte ich nicht an, es war dick mit Spinnweben verhangen. Hunderte von Spinnen hatten hier über die Jahre ihre Netze aufgehängt, verfilzte alte Netze, in denen außer vertrockneten Fliegen vielleicht auch die Leichen ihrer einstigen Bewohner hingen. Alle Netze zusammen bildeten einen weichen weißen Stoff, einen milchigen Lichtfilter, rechteckig und matt. Ich dachte an das weiche Faltennetz auf Berthas Wangen. Es war so großmaschig, dass das Tageslicht von hinten durch ihre Haut zu schimmern schien. Bertha war im Alter durchlässig geworden, ihr Haus machte dicht.

– Aber beide versponnen, sagte ich laut zum Dachfenster, und die Spinnweben wallten unter meinem Atem.

Hier oben standen die mächtigen alten Kleiderschränke, hier hatten wir gespielt, Rosmarie, Mira und ich. Mira war ein Mädchen aus der Nachbarschaft, es war ein bisschen älter als Rosmarie und zwei Jahre älter als ich. Alle sagten, Mira sei ein sehr ruhiges Mädchen, aber das fanden wir nicht. Sie sagte zwar nicht viel, verbreitete aber dennoch Unruhe, wo auch immer sie sich befand. Ich glaube nicht, dass das nur an den schwarzen Sachen lag, die sie immer trug. Das gab es damals öfter. Das Beunruhigende lag vielmehr in ihren länglichen braunen

Augen, bei denen immer ein weißer Streifen zwischen unterem Lid und Iris blieb. Und mit dem schwarzen Kajalstrich, den sie sich nur aufs untere Lid malte, sahen ihre Augen aus, als lägen sie falsch herum im Kopf. Das obere Lid hing schwer fast bis zur Pupille herab. Das gab ihrem Blick etwas Lauerndes und gleichzeitig Sinnlich-Träges, denn Mira war sehr schön. Mit ihrem kleinen dunkelrot geschminkten Mund, dem schwarzgefärbten Bob, diesen Augen und dem Lidstrich sah sie aus wie eine morphiumsüchtige Stummfilmdiva, sie war gerade sechzehn, als ich sie das letzte Mal sah. Rosmarie sollte einige Tage später auch sechzehn werden, ich war vierzehn.

Mira trug nicht nur Schwarzes, sie aß auch nur Schwarzes. In Berthas Garten pflückte sie sich Brombeeren, schwarze Johannisbeeren und nur die ganz dunklen Kirschen. Wenn wir drei picknickten, mussten wir immer Bitterschokolade einpacken oder Schwarzbrot mit Blutwurst belegen. Mira las auch nur Bücher, die sie vorher in schwarzes Tonpapier eingeschlagen hatte, hörte schwarze Musik und wusch sich mit schwarzer Seife, die sie sich von einer Tante aus England schicken ließ. Im Kunstunterricht weigerte sie sich, mit Wasserfarben zu malen, zeichnete nur mit Skriptol oder Kohle, aber das besser als alle anderen, und da die Kunstlehrerin eine Schwäche für sie hatte, ließ sie sie gewähren.

- Schlimm genug, dass wir auf weißes Papier malen müssen, und dann noch bunt! sagte sie verächtlich, aber sie zeichnete gerne auf weißem Papier, das merkte man.

- Besuchst du auch schwarze Messen? fragte Tante Harriet.

- Die bringen mir nichts, sagte Mira gelassen und blickte meine Tante unter schweren Lidern an, zwar sei da wohl auch alles schwarz, aber unappetitlich und laut. Schließlich sei sie ja auch nicht in der CDU, fügte sie mit einem langsamen Lächeln hinzu. Tante Harriet lachte und reichte ihr die Schachtel mit After Eight hinüber, Mira nickte und nahm sich das schwarze Papiertütchen mit spitzen Fingern.

Eine Leidenschaft hatte Mira jedoch. Eine, die nicht schwarz war. Sie war bunt und unstet und schillernd – Rosmarie. Was nach Rosmaries Tod aus Mira wurde, wusste nicht einmal Tante Harriet. Nur, dass sie nicht mehr im Dorf lebte.

Ich kniete auf einer der Aussteuertruhen und lehnte mich mit den Unterarmen auf das Fensterbrett. Draußen flimmerten die Blätter der Trauerweide. Der Wind, ich hatte ihn fast vergessen in der Freiburger Sommerhitze und hinter den kühlen Betonmauern der Uni-Biblio-thek. Wind war ein Feind von Büchern. Im Sonderlese-saal für Alte und Seltene Bücher durfte das Fenster nicht geöffnet werden. Niemals. Ich stellte mir vor, was der Wind mit den losen Blättern des rund dreihundertsiebzig Jahre alten Manuskriptes von Jakob Böhmes »De signa-tura rerum« anstellen könnte, und fast hätte ich das Fens-ter wieder geschlossen. Es gab eine Menge Bücher hier oben. In jedem Zimmer standen welche, und der große Raum, von dem aus die anderen Zimmer des oberen Stockwerks abgingen, war Stauraum für das, was nicht in den Keller durfte: alles aus Stoff und eben Bücher. Ich lehnte mich weiter aus dem Fenster und sah, wie sich die Kletterrose über das Dach der Haustür räkelte und vom Treppengeländer aus über die kleine Mauer neben der Treppe stürzte. Ich rutschte von der Truhe zurück ins Zimmer, meine Knie schmerzten. Humpelnd streifte ich die Bücherregale entlang. Juristische Kommentare, deren Papier unförmig aufgequollen war, zerquetschten beinahe das gebrechliche »Nesthäkchen und der Erste Weltkrieg«, Nesthäkchens gebrochener Rücken trug altdeutsche Beschriftung. Ich erinnerte mich, dass innen mit Sütterlin-Kinderschrift der Name meiner Großmutter stand. Die Gesammelten Werke von Wilhelm Busch lehnten friedlich gegen Arthur Schnitzlers Autobiographie. Hier die »Odyssee«, dort der »Faust«. Kant schmiegte sich an Chamisso, die Briefe Friedrichs des Großen standen Rücken an Rücken mit dem Buch »Pucki als junge Hausfrau«. Ich versuchte herauszufinden, ob die Bücher willkürlich nebeneinandergesteckt oder nach einem bestimmten System angeordnet waren. Vielleicht nach einem Code, den ich kennen und entschlüsseln müsste. Nach der Größe standen sie jedenfalls nicht. Alphabetische oder chronologische Reihenfolgen waren ebenso auszuschließen wie Verlag, Herkunftsländer der Autoren oder Themengebiete. Ein Zufallssystem also. Ich glaubte nicht an den Zufall, wohl aber ans Zufallssystem. Wenn der Zufall System hatte, war er schließlich nicht mehr zufällig und damit, wenn auch nicht zu vermeiden, so doch zu berechnen. Alles andere waren Unfälle. Die Botschaft der Buchrücken blieb mir verschlossen, doch ich nahm mir vor, sie im Auge zu behalten. Im Laufe der Zeit würde mir schon noch etwas einfallen, dessen war ich gewiss.

Wie spät war es überhaupt? Ich trug keine Armbanduhr, verließ mich auf die Uhren an den Apotheken, Tankstellen und Juweliergeschäften, auf die Bahnhofsuhren und die Wecker meiner Verwandten. Im Haus gab es viele prächtige Uhren, aber keine von ihnen ging. Der Gedanke, an diesem Ort ohne Uhr zu sein, beunruhigte mich. Wie lange hatte ich auf die Bücherwand gestarrt? War Mittag vorbei? Die Spinnweben im Dachfenster waren vielleicht schon wieder dicker geworden in der Zeit, die ich hier oben verbracht hatte. Ich blickte hinauf auf das schimmernde Rechteck und versuchte mich zu beruhigen, indem ich in großen Zeitkategorien dachte. Es war noch nicht Nacht gewesen, gestern war die Beerdigung, heute war Samstag, morgen würde Sonntag sein, übermorgen hatte ich mir freigenommen, dann fuhr auch ich wieder hinunter ins Badische. Aber es klappte nicht. Ich warf dem Bücherregal einen letzten Blick zu, schloss die Fenster der oberen Zimmer und stieg die Treppe hinunter, die, auch nachdem ich unten angekommen war, noch eine ganze Zeit lang knackte.

Ich ergriff meine Reisetasche und stand unschlüssig im kalten Flur. Nach so langer Zeit und wahrscheinlich zum ersten Mal allein im Haus fühlte ich mich wie bei einer Inventur. Was war noch da, was nicht, und was hatte ich nur vergessen. Was war tatsächlich anders geworden, und was fühlte sich inzwischen anders an. Durch die Glasscheiben der Eingangstür sah ich die Rosen, die Sonne in der Weide und die Wiese. Wo sollte ich mich einrichten? Lieber oben, die unteren Zimmer gehörten noch meiner Großmutter, auch wenn sie sie die letzten fünf Jahre nicht betreten hatte. Im Heim war sie fast dreizehn Jahre gewesen, aber meine Tanten hatten sie oft für einen Nachmittag nach Hause geholt. Doch irgendwann wollte und später konnte sie nicht mehr in Autos einsteigen, nicht mehr laufen, nicht mehr sprechen. Ich öffnete die Tür zu Berthas Schlafzimmer. Es lag neben dem Arbeitszimmer, und seine Fenster gingen auch hinaus zum Hof mit den Linden. Die Jalousien waren heruntergelassen. Zwischen den beiden Fenstern stand Berthas Frisiertisch. Ich setzte mich auf den Hocker und schaute in den großen Klappspiegel, der aussah wie ein aufgeschlagenes Buch. Meine Hände griffen nach den beiden Seitenteilen und zogen sie ein wenig nach innen. Wie früher sah ich mein Gesicht unzählige Male in den sich gegenseitig spiegelnden Seiten. Meine Narbe leuchtete weiß. Ich sah mich so oft hintereinander gespiegelt, dass ich gar nicht mehr wusste, wo ich selbst war. Erst als ich die eine Seite ganz umschlug, fand ich wieder hinaus.

Ich ging noch einmal hoch und riss die Fenster weit auf. Hier oben standen die alten Kleiderschränke mit den einst prächtigen Gewändern aus zarten, müden Stoffen, die ich als Kind schon allesamt auf der Haut getragen hatte. Dort standen die alten Truhen mit dem gebügelten Leinen, den Nachthemden und Tischdecken mit Monogrammen von meiner Urgroßmutter, Tante Anna und Bertha, die Kopfkissen und Laken, Wolldecken, Daunendecken, Häkeldecken, Spitzendecken, Lochstickerei und lange Bahnen durchsichtiger weißer Gardinen. Die Deckenbalken lagen bloß, die Türen klafften. Und plötzlich riss es an mir, und dann musste ich weinen, weil alles so schrecklich und zugleich so schön gewesen war.

Aber ich weinte auch schon mal öfter.

Meine Tasche stellte ich in das alte Zimmer meiner Mutter, das Durchgangszimmer. Aus einer Seitentasche fischte ich mein Portemonnaie und lief schnell die Treppe hinunter. Wenn man rannte, schrie sie nur kurz auf. Ich griff nach dem Schlüssel, den ich an seinen Haken neben der Tür gehängt hatte, öffnete die Haustür, die Glocke schepperte, und dann schloss ich hinter mir ab. Die Treppe hinunter, einen Zug Rosen auf Lunge, kurzer Blick auf die Terrasse, früher war hier der Wintergarten gewesen, schnell, schnell durch den Rosenbogen und das kleine Gartentor, und ich stand draußen. Bei der Tankstelle gleich um die Ecke musste es doch auch ein paar Sachen zu essen geben. Auf Edeka und die wackeligen Köpfe der Dorfjugend hatte ich keine Lust, auch nicht auf die neugierigen Blicke der Leute, von denen jetzt sicher schon mehr unterwegs waren.

An der Tankstelle war viel los. Die samstägliche Autowäsche wurde hier rituell vollzogen. Im Laden standen zwei Jungen vor dem Schokoriegelregal und mit tiefen Querfalten auf den Stirnen. Sie sahen nicht einmal auf, als ich mich an ihnen vorbeidrückte. Ich kaufte Milch und Schwarzbrot, Käse, eine Flasche Apfelsaft und einen großen Becher Multivitaminbuttermilch. Außerdem eine Zeitung, eine Tüte Chips und eine Tafel Nussschokolade für den Notfall. Na, zwei Tafeln, sicher war sicher. Ich konnte ja jederzeit wieder zurückkommen und noch mehr Nussschokolade holen. Zügig zur Kasse. Beim Rausgehen sah ich die beiden Jungen immer noch versunken an der gleichen Stelle stehen.

Auf Berthas Küchentisch sahen meine Einkäufe falsch und läppisch aus. Das Brot in der Plastiktüte, der eingeschweißte Käse und der grellbunte Buttermilchbecher. Vielleicht hätte ich doch in den Edeka-Laden gehen sollen. Ich nahm den Käse in die Hand: sechs identische gelbe Rechtecke. Diese haltbar gemachten Dinge waren seltsam, irgendwann würde vielleicht auch dieser Käse im Heimatmuseum des Mühlenvereins ausgestellt werden. In der Bibliothek hatte ich einmal ein Buch über Eat-Art gesehen, darin gab es Fotos von ausgestelltem Essen. Das Essen selbst vergammelte, die Fotos hielten die Fäulnis auf, und das Buch war über dreißig Jahre alt gewesen. Das

Essen war sicher längst fort, von hungrigen Bakterien verschlungen, doch auf diesen gelbstichigen Hochglanzseiten wurde es festgehalten in einer Art kulturellem Zwischenreich. Konservieren hatte etwas Unbarmherziges, vielleicht war auch das große Vergessen nichts als ein würdevolles Aufheben, wo sonst grausames Aufbewahren stattfand? Im Vergessen steckte das Essen, ganz offensichtlich hatte ich Hunger. Vielleicht sollte ich gleich noch einmal im Keller nach dem Johannisbeergelee schauen. Das schmeckte gut auf Schwarzbrot. Ich hatte die Butter vergessen.

Die Küche war kalt und groß. Der Fußboden bestand aus Millionen kleiner schwarz-weißer viereckiger Steinchen. Das Wort Terrazzo lernte ich erst viel später. Als Kind konnte ich stundenlang auf dieses Steinchenmuster starren. Irgendwann, wenn es anfing, vor den Augen zu verschwimmen, tauchten plötzlich geheime Schriftzeichen aus dem Küchenboden auf. Doch sie verschwanden immer, kurz bevor ich sie entziffern konnte.

Drei Türen hatte die Küche, durch die vom Hausflur war ich hereingekommen, dann gab es noch eine Tür mit Riegel, die führte hinunter in den Keller. Die dritte Tür ging hinaus auf die Diele.

Die Diele war nicht drinnen und nicht draußen, sie war früher einmal Kuhstall gewesen, ihr Boden war aus gestampftem Lehm und hatte breite Ablaufrinnen. Von der Küche aus ging es drei Stufen hinunter, und dann standen dort die Mülleimer, Holz stapelte sich an den Rauputzwänden. Ging man von der Küche geradewegs durch den Stall, gelangte man wieder an eine Tür, eine grüne Holztür, und die ging dann ganz hinaus, nach hinten in den Obstgarten. Wandte man sich aber gleich nach rechts, und das tat ich, kamen die Wirtschaftsräume. Als Erstes öffnete ich die Tür zur Waschküche, in der früher mal ein Plumpsklo gewesen war, heute gab es dort aber nur zwei riesige Gefrierschränke. Beide leer, mit offenen Türen, die Stecker lagen daneben.

Von hier aus führte eine schmale Stiege auf jenen Boden, auf dem mein Großvater zu spuken pflegte. Hinter der Waschküche kam noch das Kaminzimmer. Früher war es der Vorraum zum Wintergarten gewesen, voll von Übertöpfen und Blumenständern, Gießkannen und Klappstühlen. Es hatte einen hellen Steinfußboden und ziemlich neue Schiebetüren aus Glas, die bis auf den Boden reichten und hinaus auf die Terrasse führten. Dort lagen die gleichen Steinplatten wie drinnen. Die Zweige der Trauerweide streiften die Platten und verdeckten den Blick auf Freitreppe und Haustür.

Ich setzte mich auf das Sofa neben dem schwarzen Kamin und schaute nach draußen. Vom Wintergarten war nichts mehr zu sehen, er war ein durchsichtiges, elegantes Konstrukt gewesen, das so gar nicht zum robusten Backsteinhaus passen mochte. Nur Glas und ein Stahlskelett. Tante Harriet hatte es vor dreizehn Jahren entfernen lassen. Nach Rosmaries Unfall. Allein die hellen Steinplatten, die eigentlich zu empfindlich waren für draußen, erinnerten an den gläsernen Anbau.

Plötzlich merkte ich, dass ich es nicht haben wollte, dieses Haus, es war längst kein Haus mehr, es war nur noch eine Erinnerung, genau wie dieser Wintergarten, den es nicht mehr gab. Als ich aufstand, um die Schiebetüren zur Seite zu drücken, spürte ich, wie klamm meine Hände waren. Es roch nach Moos und Schatten. Ich schob den Spalt wieder zu. Der ausgebrannte Kamin strömte Kälte aus. Miras Bruder würde ich sagen, dass ich das Erbe nicht antreten wollte. Aber jetzt musste ich raus hier, raus und zur Schleuse am Fluss. Schnell stand ich auf, lief zurück in die Diele und suchte im Gerümpel nach einem funktionstüchtigen Fahrrad. Die neueren waren alle in schlechtem Zustand, einzig Großvaters ganz altes schwarzes Rad ohne Gangschaltung musste nur kurz aufgepumpt werden.

Ich konnte aber erst los, nachdem ich eine lange und verschlungene Runde durchs Haus gegangen war, um Türen von innen abzuriegeln, dann wieder durch andere Türen hinauszugelangen, die von außen abschließbar waren, und so kam ich in weiten Kreisen endlich in den Garten. Bertha hatte sich noch lange im Haus zurechtgefunden. Schon als sie nicht mehr zur Mühle gehen konnte, ohne sich zu verirren, fand sie von der Waschküche sofort ins Badezimmer, auch wenn die eine oder andere Durchgangstür auf dem Weg dorthin gerade von der anderen Seite verschlossen war. Über die Jahrzehnte hatte sie sich das Haus ganz einverleibt, und wenn man sie obduziert hätte, dann hätte man bestimmt anhand der Windungen ihres Gehirns oder des Aderngeflechts ihres Blutkreislaufs einen Wegeplan durchs Haus erstellen können. Und die Küche war das Herz.

Die Esssachen von der Tankstelle hatte ich in einen Korb gelegt, den ich auf dem Küchenschrank gefunden hatte. Der Henkel war gebrochen, also klemmte ich ihn auf den Gepäckträger und schaffte das Rad von der Diele hinaus durch die Tür in den Garten, die alle Küchentür nannten, obwohl sie gar nicht aus der Küche führte, sondern nur von der Küche aus zu sehen war. Die Zweige der Weide streiften meinen Kopf und den Lenker. Ich schob es an der Freitreppe vorbei, dann rechts am Haus entlang, knöcheltief durch Vergissmeinnicht. An einem der Haken neben der Haustür hatte ich zuvor einen flachen Edelstahlschlüssel entdeckt, und weil die einzige neue Tür das verzinkte Gatter zur Einfahrt war, probierte ich ihn jetzt aus. Eifrig drehte sich der Schlüssel einmal um die eigene Achse, und dann stand ich auf dem Bürgersteig.

Hinter der Tankstelle bog ich links auf den Weg zur Schleuse ein, fast wäre ich mit Hinnerks schwerem Fahrrad auf dem Sand in der Kurve ausgerutscht, fing mich aber im letzten Moment und trat fester in die Pedale. Die Federn unter dem Ledersattel quietschten fröhlich, als der Asphalt langsam löcherig wurde und sich bald in einen Schotterfeldweg verwandelte. Ich kannte diesen Weg, der sich schnurstracks durch die Kuhweiden zog. Ich kannte die Birken, die Telefonmasten, die Zäune, nein, viele waren natürlich neu. Ich glaubte auch, die schwarzbunten Kühe wiederzuerkennen, aber das war natürlich Unsinn. Auf dem Fahrrad blies der Wind mir ins Kleid, und obwohl es keine Ärmel hatte, brannte die Sonne doch auf dem schwarzen Stoff. Zum ersten Mal, seit ich hier war, bekam ich wieder Luft. Der Weg ging immer geradeaus, mal ein bisschen hinunter, mal hinauf, ich schloss die Augen. Alle waren diesen Weg gefahren. Anna und Bertha in weißen Musselinkleidern in der Kutsche. Meine Mutter, Tante Inga und Tante Harriet auf Rixe-Damenrädern. Und Rosmarie, Mira und ich auf den gleichen Rixe-Rädern, die fürchterlich schepperten und deren Sättel zu hoch waren, sodass wir, um uns nicht die Hüften zu verrenken, die meiste Zeit im Stehen fuhren. Aber um nichts in der Welt hätten wir die Sättel heruntergeschraubt, das war eine Frage der Ehre. Wir fuhren in den alten Kleidern von Anna, Bertha, Christa, Inga und Harriet. Fahrtwind bauschte den hellblauen Tüll, schwarzer Organza flatterte, und die Sonne spiegelte sich im goldenen Satin. Mit Wäscheklammern steckten wir die Sachen hoch, damit sie uns nicht in die Kette kamen. Und barfuß radelten wir zum Fluss.

Zu lange durfte man nicht mit geschlossenen Augen fahren, auch geradeaus nicht, fast hätte ich ein Kuhgatter gestreift, jetzt war es nicht mehr weit. Dort hinten sah ich schon die Holzbrücke über der Schleuse. Ich blieb oben auf der Brücke stehen und hielt mich am Geländer fest, ohne die Füße von den Pedalen zu nehmen. Niemand da. Zwei Segelboote lagen vertäut an dem Anleger, und irgendwelche Metallteile klirrten leise gegen die Masten. Dann stieg ich ab, schob das Rad von der Brücke, zog den Korb aus seiner Umklammerung, legte mein Gefährt oben ins Gras und lief den Hang hinunter. Die Hänge führten nicht steil ins Wasser hinein, sondern bildeten links und rechts schmale Ufer, die mit Schilf bewachsen waren. Dort, wo kein Schilf wuchs, hatten wir früher unsere Handtücher ausgebreitet. Aber über die Jahre waren die Ufer so zugewuchert, dass ich mich lieber auf einen der Holzstege setzte.

Meine Füße hingen im schwarzbraunen Wasser. Moorwasser. Wie weiß sie aussahen und wie fremd. Um mich vom Anblick meiner Füße im Fluss abzulenken, versuchte ich, die Namen der Boote zu lesen. »Sine« hieß das eine, albern, das war ja nur ein Bruchstück, das Wrack eines Namens. Den anderen Namen konnte ich nicht ganz

lesen, er war der anderen Uferseite zugewandt. Irgendwas
mit »the« am Ende. Ich legte mich auf den Rücken und
ließ die fremden Füße, wo sie waren, es roch nach Wasser, Wiese, Moder und Holzschutzmittel.

Wie lange hatte ich geschlafen? Zehn Minuten? Zehn
Sekunden? Ich fror, zog die Füße aus dem Wasser und
griff über meinen Kopf nach hinten zum Korb. Doch
ich spürte nicht das morsche Weidengeflecht unter
meinen Fingern, sondern einen Turnschuh. Ich wollte
schreien, es kam nur ein Ächzen. Sofort auf den Bauch
rollen, aufsetzen, vor meinen Augen schwebten silberne
Punkte, und es rauschte in meinem Kopf, als hätte sich
das Schleusentor neben mir geöffnet. Die Sonne gleißte,
weiß war der Himmel, weiß. Jetzt nicht in Ohnmacht
fallen, der Anleger war nur schmal, ich würde ertrin-
ken.

   – O Gott, Entschuldigung. Bitte entschuldigen Sie, bitte.

   Die Stimme kannte ich doch. Das Rauschen wurde
leiser. Vor mir stand der Junganwalt im Tennisdress, ich
hätte fast gekotzt vor Wut. Miras beschränkter kleiner
Bruder, wie nannte sie ihn doch immer?

   – Ah, die Niete! Ich versuchte, ruhig zu klingen.

   – Ich weiß, ich habe Sie erschreckt, und das tut mir
wirklich leid.

   Seine Stimme wurde fester, und ich hörte einen Funken Verärgerung darin. Gut so. Ich schaute ihn an, sagte
nichts.

   – Ich bin Ihnen nicht gefolgt oder so, ich komme immer hierher zum Baden. Also erst spiele ich Tennis, dann
schwimme ich, mein Partner kommt nie mit ins Wasser,
aber ich bin immer hier auf dem Anleger, ich habe Sie

erst gesehen, als ich unten war, dann sah ich, dass Sie schliefen, und wollte gerade wieder gehen, da greifen Sie mir an den Schuh, natürlich wussten Sie nicht, dass es mein Tennisschuh war, aber selbst wenn, würde ich Ihnen auch keinen Vorwurf daraus machen, denn ich war es ja, der Sie erschreckt hat, und jetzt –

– Meine Güte, redest du immer so? Auch vor Gericht? Bist du wirklich fest angestellt in dieser Kanzlei?

Miras Bruder lachte auf.

– Iris Berger. Bei euch war ich immer nur die Niete, und es scheint, als würde es so bleiben.

– Scheint so.

Ich beugte mich vor und griff nach meinem Korb. Auch wenn Miras Bruder ein nettes Lachen hatte, war ich immer noch verdammt wütend. Außerdem hatte ich Hunger, wollte allein sein und nicht reden. Und er wollte ganz sicher über das Testament sprechen, was ich mit dem Haus machen wollte, dass ich es versichern sollte, was bei Annahme des Testaments alles auf mich zukommen würde. Doch nun wollte ich nicht mehr darüber reden, nicht einmal nachdenken.

Als ich mich aufrichtete, den Korb in der Hand und innerlich gesammelt für meine anstehende große Rede der Verachtung, sah ich zu meiner Verblüffung, wie Miras Bruder schon fast den halben Deich hochgestapft war. Heftig trat er gegen den Hang. Ich lächelte.

Sein weißes T-Shirt hatte an der rechten Schulter rote Sandflecken.

Nach dem Picknick räumte ich den Korb wieder ein, warf noch einen Blick auf den Fluss, die Schleuse, die Boote, das andere hatte sich etwas gedreht, den Namen konnte ich aber immer noch nicht ganz lesen, irgendwas mit »-ethe« am Ende, Margarethe vielleicht, das war ein guter Name für ein Boot. Ich schwang mich auf Hinnerks Fahrrad und fuhr zum Haus. Zu meinem Haus, wie klang das? Sonderbar und irgendwie unecht. Der Wind wehte Fetzen von Glockengeläut über die Weiden, aber ich konnte nicht hören, wie spät es war. Es fühlte sich an wie früher Nachmittag, eins oder zwei, vielleicht noch später. Die Sonne, das Essen, Wut und Schrecken und jetzt noch der Gegenwind machten mich müde. Ich bog hinter der Tankstelle nach rechts auf den Bürgersteig, schob das Rad in die Einfahrt, das Tor hatte ich nicht abgeschlossen, watete durch die Vergissmeinnicht und stellte das Rad vor die Küchentür. Mit dem großen Schlüssel ließ ich mich hinein. Ein Messingschmatzen, noch ein Messingschmatzen, und ich stand im kühlen Hausflur. Die Treppe ächzte, das Geländer jammerte, heiß und stickig war es unterm Dach. Ich warf mich auf das Bett meiner Mutter, warum war es frisch bezogen? Hinter der Lochstickerei blitzte ein lila Kissen. Die Löcher waren Blumen. Löcher im Kopfkissen. Bei der Lochstickerei kam es auf das an, was nicht da war. Das war die ganze Kunst. Wurden es zu viele Löcher, blieb nichts mehr. Löcher im Kopfkissen, Löcher im Kopf.

Als ich aufwachte, klebte meine Zunge am Gaumen, ich taumelte durch die linke Tür in Tante Ingas Zimmer, dort gab es ein Waschbecken, braunes Brackwasser schoss mit bockigem Stottern in das weiße Becken. Im Spiegel betrachtete ich das Muster des Kissenbezugs auf meiner Wange, lauter rote Ringe. Das Wasser floss allmählich ruhiger, nur noch dann und wann ein kurzes Zucken im Strahl, er wurde langsam klarer. Ich spritzte mir Wasser ins Gesicht, zog meine verschwitzten Sachen aus, Kleid, BH, Unterhose, alles, und genoss es, nackt in Tante Ingas Zimmer zu stehen, das kalte graugrüne Linoleum unter den Zehen. Tante Inga hatte als Einzige keinen Teppich in ihrem Zimmer gehabt, bei meiner Mutter, dem Zimmer von Urgroßmutter Käthe und hinten bei Tante Harriet lag ein harter rostroter Sisalteppichboden, der beim Barfußlaufen unter den Füßen kratzte. Im großen Bodenraum lagen Bastmatten auf dem Holz. Nur das Mädchenzimmer, das längst Abstellraum war, hatte Dielen, die aber unter einem Anstrich fetter brauner Farbe erstickt waren. Die machten keinen Mucks mehr.

Ich ging auf den großen Bodenraum, öffnete den Nussbaumschrank, und alle Kleider hingen noch dort, ein bisschen weniger leuchtend zwar, aber hier war unverkennbar der Tülltraum von Tante Harriets Abtanzball, das Goldene, das meine Mutter bei ihrer Verlobung getragen hatte, und jenes schwarze Flitterflatterdings, ein schickes Nachmittagskleid aus den dreißiger Jahren. Das stammte noch von Bertha. Ich wühlte weiter, bis ich auf ein knöchellanges grünes Seidenkleid stieß, das obenherum mit Pailletten bestickt war. Es gehörte Tante Inga. Ich zog es an, es roch nach Staub und Lavendel, der Saum war abgerissen, und einige Pailletten fehlten, aber es lag kühl auf meiner Brust und fühlte sich tausendmal besser an als das schwarze, in dem ich gerade geschlafen hatte. Zudem war ich noch nie zuvor so lange im Haus gewesen, ohne meine Kleider gegen die Kleider aus den alten Schränken zu tauschen, mit meinen Anziehsachen kam ich mir schon den ganzen Tag verkleidet vor. In Ingas Seidenkleid ging ich zurück in ihr Zimmer und setzte mich auf den Korbstuhl. Die Nachmittagssonne, die durch die

Spitzen der Bäume ins Zimmer flimmerte, tauchte es in lindgrünes Licht. Die Schlieren im Linoleum schienen sich wie Wasser zu bewegen, Wind strich durchs Fenster, und es war, als säße ich in der ruhigen Strömung eines grünen Flusses.

III. Kapitel

Tante Inga trug Bernstein. Lange Ketten mit geschliffenen Perlen, in denen man kleine Insekten sehen konnte. Wir waren davon überzeugt, dass sie die Flügel schütteln und davonfliegen würden, sobald die Harzhülle aufbrach. Ingas Arm steckte in einem dicken gelbmilchigen Reif. Den Meeresschmuck trug sie aber nicht wegen ihres Tiefseezimmers und dieses Meerjungfrauenkleides, sondern, wie sie sagte, aus gesundheitlichen Gründen. Schon als Baby gab sie jedem, der sie streichelte, einen Stromschlag, kaum merklich, doch der Funken war da, und gerade nachts, wenn Bertha ihr die Brust gab, bekam sie von ihrem Kind einen kurzen Schlag, fast wie ein Biss, bevor es anfing zu saugen. Sie sprach mit niemandem darüber, auch nicht mit Christa, meiner Mutter, die damals zwei war und zusammenzuckte, wenn sie ihre Schwester berührte.

Je älter Inga wurde, desto stärker wurde die elektrische Ladung. Längst hatten es auch andere bemerkt, aber jedes Kind hatte schließlich etwas, womit es sich von den anderen unterschied und wofür man es entweder hänseln oder bewundern konnte, und bei Inga waren es die Stromstöße. Hinnerk, mein Großvater, wurde wütend, wenn durch Ingas Nähe der Empfang des Radios gestört wurde. Es rauschte dann, und bisweilen hörte Inga durch das Knistern und Rauschen Stimmen, die leise miteinander sprachen oder ihren Namen riefen. Wenn Hinnerk Radio hörte, durfte sie nicht ins Wohnzimmer. Allerdings hörte er immer Radio, wenn er im Wohnzimmer war.

Wenn er nicht im Wohnzimmer war, dann saß er im Arbeitszimmer, wo ihn ohnehin niemand stören durfte. So sahen sich Hinnerk und Inga in den kälteren Jahreszeiten nur bei den Mahlzeiten. Im Sommer waren alle draußen, Hinnerk saß abends auf der hinteren Terrasse oder fuhr mit dem Fahrrad durch die Weiden. Inga mied das Radfahren, zu viel Metall, zu viel Reibung. Das war eher was für Christa, und so fuhren Hinnerk und Christa an Sommerabenden und an Sonntagen zur Schleuse, zum Moorsee, zu Kusinen und Vettern in den Nachbardörfern. Inga blieb in der Nähe des Hauses, sie verließ das Grundstück kaum und kannte es deshalb am besten von allen.

Frau Koop, Berthas Nachbarin, erzählte uns früher, dass Inga bei einem gewaltigen Gewitter geboren worden sei, die Blitze seien nur so ums Haus gejagt, und just in dem Moment, als ein Blitz das Haus von oben bis unten durchzuckt habe, sei Inga auf die Welt gekommen, das Zimmer sei taghell erleuchtet gewesen, Inga habe keinen Ton von sich gegeben, und erst beim einsetzenden Donner habe sich ein Schrei aus ihrem kleinen roten Mund gelöst, und von der Stunde an sei sie elektrisch gewesen. »De Lüttje«, so erklärte Frau Koop jedem, der es hören wollte, sei eben »noch nicht geerdet gewesen«, sondern habe noch halb in der »anderen Welt geschwebt, das arme Wurm«. Zugegeben, »das arme Wurm« hatte sich Rosmarie nachträglich ausgedacht. Aber Frau Koop hätte es sagen können, sie wollte es bestimmt. Wir erzählten uns diese Geschichte jedenfalls niemals, ohne noch »das arme Wurm« dranzuhängen, wir fanden, es höre sich so viel besser an.

Christa, meine Mutter, hatte den hohen Wuchs und die lange, etwas spitze Nase der Deelwaters geerbt. Von den Lünschens hatte sie das dicke braune Haar, doch ihre Lippen waren scharf gezeichnet, ihre Brauen stark und die grauen Augen schmal. Zu herb, um in den fünfziger Jahren als Schönheit durchgehen zu können. Ich ähnelte meiner Mutter, nur war alles an mir, mein Kopf, meine Hände, mein Körper, selbst meine Knie, runder als bei Christa. Zu rund, um in den neunziger Jahren als Schönheit durchgehen zu können. Das hatten wir also auch gemeinsam. Harriet, die Jüngste, war nicht gerade hübsch zu nennen, sah aber reizend aus – immer etwas zerzaust, mit roten Wangen, kastanienbraunem Haar und gesunden Zähnen, die ein wenig schief standen. Ihr schlaksiger Gang und die großen Hände erinnerten an einen sehr jungen Hund. Doch Inga, sie war schön. So groß wie Bertha, wenn nicht größer, besaß sie eine Anmut in ihren Bewegungen und eine Süße in ihren Zügen, die nicht so recht in die karge Geestlandschaft passen wollten. Ihre Haare waren dunkel, dunkler als die von Hinnerk, ihre Augen blau wie die ihrer Mutter, aber größer und von dunklen gebogenen Wimpern eingerahmt. Gebogen war auch ihr roter, spöttischer Mund. Sie sprach mit ruhiger, klarer Stimme, wenngleich die Vokale dunkel nachzitterten, was selbst die nichtssagendste Floskel mit Verheißung auflud. Alle Männer waren verliebt in Inga. Doch meine Tante hielt sie immer auf Distanz, vielleicht weniger aus Berechnung als aus der Sorge heraus, zu welchen physikalischen Reaktionen es kommen würde, wenn sie sie küsste, geschweige denn sich ihnen ganz hingab. So zog sie sich zurück, blieb viel zu Hause, hörte Schallplatten auf einem sperrigen Plattenspieler, den ihr ein kluger und handwerklich begabter Verehrer aus Ersatzteilen zusammengebaut hatte, und tanzte allein auf dem matt spiegelnden Linoleumboden ihres Zimmers.

In ihren Bücherregalen standen neben einigen Handbüchern zur Elektrolehre auch dicke traurige Liebesromane. Meine Mutter erzählte uns früher, dass Inga am liebsten in dem alten, zerfledderten Märchenbuch meiner Urgroßmutter Käthe gelesen hatte, die Märchen von der Bernsteinhexe. Vielleicht hielt sich Inga selbst für eine Bernsteinhexe, die auf dem Meeresgrunde lebte und Menschen in die Tiefe lockte. Sie trug den Bernsteinschmuck schon als Kind, denn in einem der Elektrolehrbücher hatte sie gelesen, dass *elektron* das griechische Wort sei für Bernstein und dass dieser besonders gut elektrische Ladung aufnehme.

Nach der Schule machte sie eine Lehre zur Fotografin und hatte mittlerweile ein eigenes recht renommiertes Atelier in Bremen. Sie war auf das Ablichten von Bäumen und Pflanzen spezialisiert, machte hier und dort kleine Ausstellungen und bekam immer mehr große Aufträge für die Gestaltung von Wartezimmern, Konferenzsälen und anderen Räumen, in denen die Menschen stundenlang auf Wände starrten und dort zum ersten Mal sahen, dass Buchenstämme glatt waren wie Frauenbeine in Seidenstrümpfen, dass Ringelblumensamen tatsächlich geringelt war und obendrein noch aussah wie versteinerte Urtausendfüßler und dass die meisten alten Bäume menschliche Gesichtszüge hatten. Geheiratet hatte Inga nie. Sie war jetzt Mitte fünfzig und schöner als es die meisten Frauen von fünfundzwanzig je sein würden.

Rosmarie, Mira und ich waren davon überzeugt gewesen, dass sie Liebhaber hatte. Tante Harriet hatte einmal angedeutet, dass gerade jener bastelnde Freund mit dem Plattenspieler in Dingen der Elektrizität ein besonderes Fingerspitzengefühl an den Tag gelegt habe, aber damals wohnte Tante Inga ja noch zu Hause: Liebschaften unter Hinnerks Augen wären für die drei Schwestern undenkbar gewesen.

Rosmarie fragte sich, was mit den Liebhabern unserer Tante passierte. Starben sie an Herzversagen, unmittelbar nachdem sie den erfüllendsten und seligsten Augenblick ihres Lebens genießen durften? Was für ein glorioser Tod, fand Rosmarie. Mira erklärte, Inga habe vielleicht überhaupt keinen Hautkontakt, sondern mache alles mit einem hauchdünnen Gummianzug.

- Natürlich einem schwarzen, fügte sie hinzu.

Ich sagte, dass sie es wohl so mache wie alle anderen auch, nur dass sie sich vorher vielleicht an einem Heizkörper oder etwas Ähnlichem geerdet habe.

- Ob es ihr wehtut? fragte Mira nachdenklich.

- Wollen wir sie fragen?

Aber das traute sich nicht einmal Rosmarie.

Inga fotografierte auch Menschen, aber nur die Familie. Eigentlich fotografierte sie ausschließlich ihre Mutter. Je mehr Berthas Persönlichkeit verblasste, desto heftiger knipste Inga ihre Porträts. Schließlich fotografierte sie nur noch mit Blitz, zum einen, weil meine Großmutter kaum noch ihr Heimzimmer verließ – sie hatte vergessen, wie man lief –, zum anderen, weil Inga wider besseres Wissen hoffte, mit dem Blitzlicht der Kamera durch die Nebel zu stoßen, die sich immer dicker und dichter um Berthas Gehirn schlossen. Nach meinem Besuch bei Bertha vor vier Jahren zeigte Tante Inga mir eine ganze Kiste voll mit Schwarzweißfotos vom Gesicht ihrer Mutter. Auf den letzten vier Filmen trug Bertha den immer gleichen Ausdruck verständnislosen Schreckens, mit leicht geöffnetem Mund und geweiteten Augen bei winzigen, reflexartig zusammengezogenen Pupillen. Doch weder Erkennen noch Unwillen waren darin zu sehen. Bertha kannte und wollte nichts mehr. Die Fotos waren ganz abgegriffen. Einige waren unscharf oder verwackelt, das sah Tante Inga nicht ähnlich. Das gleißende Licht hatte die tiefen Falten in Berthas Gesicht weggebrannt, sodass es glatt und weiß aus dem grau verschwommenen Hintergrund hervortrat. So weiß wie der Kunststofftisch, auf dem sie mit der Hand wischte, und ebenso leer. Nachdem ich Tante Inga die Fotos zurückgegeben hatte, schaute sie ihre Bilder selbst noch einmal lange an, bevor sie sie in die Kiste zurücklegte. Offenbar kannte Inga jedes einzelne Bild genau und konnte es auch von den anderen unterscheiden, denn beim Einordnen schien sie eine bestimmte Reihenfolge einhalten zu müssen. Ich wollte meine Tante in den Arm nehmen, aber das ging nicht ohne weiteres, also drückte ich ihr fest mit beiden Händen die Hand, doch sie war ganz eingenommen vom Sortieren ihrer grotesken, identischen Porträts. Das Bernsteinarmband stieß dabei immer wieder mit lautem Klappern an die Kiste.

Das metallene Schleifen eines Fahrradständers auf dem Hof und dann das Klappen des Gepäckträgers drangen von unten durch das offene Fenster. Ich lehnte mich hinaus, doch der Besucher war schon um die Ecke gegangen, um vorne an der Haustür zu klingeln. Mir kam das schwarze Fahrrad bekannt vor. Die Glocke, eine richtige Glocke mit Klöppel, schlug an. Hastig lief ich die Treppe hinunter, schritt den Korridor entlang und versuchte, durch die Glasscheiben neben der Haustür zu spähen. Es war ein alter Mann, er hatte sich vor das Fensterchen gestellt, damit ich ihn erkennen konnte. Überrascht öffnete ich die Tür.

– Herr Lexow!

Das freundliche Lächeln, mit dem er mich begrüßen wollte, wich einem Ausdruck der Verunsicherung, als er mich sah. Mir fiel ein, was ich anhatte, und schämte mich. Sicher dachte er, ich wäre eine morbide Wahnsinnige, die dort oben nackt die Kleiderschränke durchwühlte und in bizarren Kostümen irr über den Dachboden tanzte oder gleich über das Dach, das hatte es ja auch schon vorher in der Familie gegeben.

- Oje, bitte entschuldigen Sie meinen Aufzug, Herr Lexow.

Ich stotterte und rang nach einer Erklärung.

- Mein eigenes Kleid hatte leider einen schrecklichen Fleck, und da ich kaum etwas zum Wechseln mithabe, sehen Sie, es ist so stickig im Haus –

Sein freundliches Lächeln war längst wieder zurückgekehrt. Er hob beschwichtigend die Hand.

- Das ist das Kleid Ihrer Tante Inga, nicht wahr? Es steht Ihnen ausgezeichnet. Sehen Sie, ich dachte mir, dass irgendjemand im Haus bleiben würde. Und da doch in der Küche gar nichts mehr ist, fand ich, habe ich mir erlaubt, nun, ich wollte einfach –

Jetzt stotterte Herr Lexow. Ich ging einen Schritt zurück, um ihn zum Hereinkommen zu bewegen, schloss die Haustür hinter ihm und nahm ihm einen Baumwollbeutel ab, den er mir, während er sprach, hingestreckt hatte. Bevor ich darüber nachdenken konnte, in welches der leblosen Zimmer ich ihn führen könnte, bat er um Erlaubnis, vorangehen zu dürfen, und lief den Flur entlang in die Küche. Dort nahm er mir sanft die Tasche wieder ab, holte eine große Plastikschüssel heraus, öffnete ohne längeres Suchen einen der Unterschränke, griff nach einem Topf und stellte ihn auf den Herd. Ich ging ein paar Schritte näher. Er sagte nichts mehr, bewegte sich aber mit ruhiger Sicherheit in Berthas Küche. Ich musste Miras Bruder nun nicht mehr fragen, wer sich in Berthas

53

Abwesenheit um Haus und Garten gekümmert hatte. Unschlüssig verlagerte ich mein Gewicht von einem Bein aufs andere. Obwohl die Küche so groß war, stand ich im Weg.

– Ach, Kind, könnten Sie doch bitte ein bisschen Petersilie aus dem Garten holen?

Er reichte mir eine Haushaltsschere. Vom Hof aus führte der Weg zwischen den beiden Linden hindurch in Berthas Küchengarten. Am Zaun rankelte Jelängerjelieber, das Gartentörchen war nur angelehnt und quietschte, als ich es aufschob. Petersilie war gleich vornan, überwuchert von Kapuzinerkresse, »Kapern«, wie Bertha und ihre Töchter sie nannten. Auch meine Mutter hatte im Spätsommer immer einen kleinen Becher mit den hellgrünen Früchten dieser Blume im Kühlschrank. Ich kann mich aber nicht erinnern, dass sie je ins Essen gelangt wären. Wie kam es überhaupt, dass hier diese schüttere Reihe Petersilie wuchs? Die war doch gesät. Das galt auch für die struppigen Erbsen- und Bohnenranken, die gerade weiß und rosa und orange blühten. Hier stand eine schiefe Reihe Porree. Am Boden, zwischen Quecke und Kamille, krochen haarige Gurkenpflanzen und versuchten, mit ihren grauen Blättern das Unkraut beiseitezuschieben oder wenigstens mit Mehltau anzustecken.

Zitronenmelisse hatte zusammen mit Minze die Vorherrschaft in den Beeten übernommen und wucherte zwischen den weißen Johannisbeeren, den kränkelnden Stachelbeerbüschen und den Brombeerranken, die über den Zaun in das angrenzende Wäldchen ausgebrochen waren. Herr Lexow musste versucht haben, Berthas Küchengarten zu erhalten, aber er hatte nicht deren Gabe, jeder Pflanze ihren Ort zuzuweisen und mit sanftem Nachdruck das Beste aus ihr herauszuholen.

Ich durchschritt den Küchengarten, um nach Berthas alten Stauden zu sehen, die das Gedächtnis meiner Großmutter ehrten oder dem Zerfall desselben trotzten. Es kam auf dasselbe heraus. Das wogende Dickicht aus Phlox duftete zart. Rittersporn streckte blaue Lanzen in den Abendhimmel. Lupinen und Ringelblumen leuchteten über dem Boden, Glockenblumen nickten mir zu. Die dicken Herzblätter der Funkien ließen kaum einen Blick auf die Erde frei, dahinter schäumten Hortensien, eine ganze Hecke voll, blaurosa, rosablau aus dem Blattwerk. Dunkelgelbe und rosarote Schirme aus Schafgarbe neigten sich über die Wege, und als ich sie zurückbog, rochen meine Hände nach Kräutern und Sommerferien.

Zwischen Johannisbeeren und Brombeergestrüpp lag der wildere Teil des Gartens. Doch er hatte sich schon ganz in seine Schatten zurückgezogen. Hinter dem Garten begann das Kiefernwäldchen. Der Boden hier war rostrot und bestand nur aus herabgefallenen Nadeln. Jeder Schritt federte lange und lautlos nach, und man ging dort wie verzaubert, bis man an der anderen Seite auf die große Obstbaumwiese hinaustrat. Früher hatten Rosmarie, Mira und ich alte Tüllgardinen zwischen die Bäume gehängt und uns Feenhäuser gebaut, in denen wir dann lange und komplizierte Liebesdramen spielten. Zuerst waren es nur Geschichten von drei Prinzessinnen, die von einem ungetreuen Kämmerer entführt und verkauft worden waren, nach jahrelangem Frondienst ihren grausamen Pflegeeltern zu entkommen vermochten, nun im Wald wohnten und dort durch einen glücklichen Zufall ihre richtigen Eltern wieder trafen. Danach gingen die Prinzessinnen zurück und bestraften alle, die ihnen je Unrecht getan hatten. Rosmarie übernahm den »Ausbruch«, ich das »Wiedersehen«, Mira die »Rache«.

Ich ging zu der Pforte des Gartens, die in das Wäldchen führte, und spähte ins Dunkelgrün. Schon schlug es mir harzig und kühl entgegen. Ich fror, fasste meine Schere fester und ging zurück zur Petersilie. Kaum hatte ich ein großes Büschel abgeschnitten, roch es sofort nach Erde und Küche, obwohl die krausen Blätter schon ziemlich gelb waren. Sollte ich noch Liebstöckel abschneiden? Besser nicht. Ich dachte an den Nachmittag mit Rosmarie und Mira im Garten. Das war das letzte Mal, dass ich mit Mira gesprochen hatte.

Ich stand auf, lief durch das Scheunentor, der Lehmboden war eisig, schob hinter mir die Riegel vor und hob die Eisenstäbe auf ihre Haken, rannte die Stufen zur Küche hoch und wurde fast schwindelig vom Duft der Gemüsesuppe, der sich dort breitgemacht hatte. Das Büschel Petersilie legte ich neben den dampfenden Topf. Herr Lexow bedankte sich und schaute kurz hoch. Ich war lange fortgeblieben für so einen kleinen Auftrag.

– Gleich fertig. Ich habe hier in der Küche gedeckt.

Und richtig, auf dem Küchentisch stand ein weißer Suppenteller und daneben lag ein großer Silberlöffel.

– Aber Sie müssen doch auch etwas davon essen! Bitte, Herr Lexow.

– Na gut, liebe Iris, sehr gerne.

Wir setzten uns an den Tisch, die Suppe stand im Kochtopf vor uns, die Petersilie klein gehackt auf einem Holzbrett daneben. Wir aßen die herrliche Suppe, in der dicke Karottenstücke und Kartoffelwürfel, Erbsen, klein geschnittene grüne Bohnen und eine große Menge durchsichtiger Porreeringe schwammen. Dann ging ein Ruck durch Herrn Lexow. Er wollte etwas sagen, doch ich bemerkte es erst, als ich selber meinen Kopf hob, um etwas zu sagen.

- HerrLexowliebeIris, begannen wir gleichzeitig.
- Sie zuerst.
- Nein Sie, ich bitte Sie.
- Na gut. Ich wollte mich nur bedanken, für die Suppe im rechten Augenblick, wie spät ist es wohl, und dafür, dass Sie nach dem Haus gesehen haben und sich um den Garten gekümmert haben. Herzlichen Dank, ich weiß gar nicht, wie wir Ihnen das zurückgeben können, was Sie hier an Zeit und und – und Liebe hineingesteckt haben, und –

Herr Lexow unterbrach mich.

- Hören Sie auf. Ich will Ihnen was sagen, etwas, das nicht viele Menschen wissen, genauer gesagt, wissen es nur noch zwei, den dritten Menschen haben wir gestern beerdigt, aber ob dieser es noch wusste? Sehen Sie, nun, da Sie von Liebe sprechen, also als Sie aufmachten und dieses Kleid trugen, da war mir –
- Entschuldigen Sie, ich sehe, wie geschmacklos Ihnen das vorkommen musste, aber ich –
- Nein, nein, also als Sie öffneten, da dachte ich. Sehen Sie, Ihre Tante Inga, also Inga und ich –
- Sie lieben sie? Sie ist wunderschön.

Herr Lexow runzelte die Stirn.

- Ja. Nein, nicht, was Sie jetzt vielleicht denken. Ich liebe sie wie ein, wie ein … Vater.
- Ja, natürlich. Ich verstehe.
- Nein, ich sehe, dass Sie nicht verstehen. Ich liebe sie wie ein Vater, weil ich es bin.
- Ein Vater.

- Ja. Nein. Ihr Vater. Ich bin Ingas Vater. Ich liebte Bertha. Immer schon, bis zum Schluss. Es war mir eine Ehre, eine Schuld, es war meine Pflicht, nach ihrem Haus zu sehen. Bitte bedanken Sie sich nicht bei mir, das beschämt mich, es war das Mindeste, was ich für sie tun konnte, ich meine, nach allem …

Herrn Lexow standen die Schweißperlen auf der Stirn. Fast weinte er. Ich selber hatte aufgehört zu essen. Ingas Vater. Damit hatte ich nicht gerechnet. Warum eigentlich nicht? Wusste Inga es?

- Inga weiß es, ich schrieb es ihr, als Bertha ins Heim ging. Ich schlug ihr vor, dass ich nach dem Rechten sehen würde bis zu, also so lange, wie Bertha im Heim bleiben würde.

Herr Lexow beruhigte sich, seine Stimme wurde fester. Ich stand auf, ging ins Schlafzimmer meiner Großeltern und holte mir ein Paar Wollsocken von Hinnerk und eine graubraune Strickjacke von Bertha aus dem Eichenschrank. Ich setzte mich auf den Hocker vor dem Frisiertisch, um die Socken anzuziehen. Bertha eine Ehebrecherin? Ich stolperte zurück in die Küche. Die Suppe war abgeräumt. Es standen zwei Becher auf dem Tisch, Herr Lexow, der Vater meiner Tante, also eine Art Großonkel von mir, rührte am Herd in einem kleineren Topf. Ich setzte mich auf meinen Stuhl und zog die Füße auf die Sitzfläche. Kurz darauf dampfte Milch in den Bechern, Herr Lexow setzte sich ebenfalls wieder und erzählte mit knappen Worten, was damals geschehen war.

IV. Kapitel

Carsten Lexow kam als junger Lehrer nach Bootshaven. Er war erst zwanzig Jahre alt und stammte aus Geeste, einem Dorf in der Nähe von Bremen. Die Schule in Bootshaven bestand aus einem großen Klassenzimmer, in dem alle schulpflichtigen Kinder zusammengefasst waren. Ein einziger Lehrer unterrichtete alles und alle zugleich. Nur einmal im Jahr, und zwar eine Woche nach Ende der Sommerferien, erschien der Pastor und begrüßte die neuen Konfirmanden.

Carstens Vater war Kurzwarenhändler gewesen und vier Jahre vor Carstens Umzug nach Bootshaven an einer Kriegsverletzung gestorben. Fast acht Jahre lang war eine französische Gewehrkugel in seinem Körper umhergewandert, bis sie schließlich eines Tages in der Lunge ihre Wanderschaft beendete und damit auch das Leben des Kurzwarenhändlers Carsten Lexow senior. Carstens Vater war ein schweigsamer Mann, der viel Zeit in seinem Laden verbrachte und seiner Familie immer ein Fremder geblieben war. Carstens Mutter schob dies auf die wandernde Kugel, die ihn nicht richtig heimkehren ließ, aber vielleicht war es auch einfach seine Art. Vieles an ihm war kurz, nicht nur die Waren, die er verkaufte, auch seine Beine, seine Nase, seine Haare ebenso wie seine Sätze und sein Geduldsfaden. Lang war nur der Weg, den die Gewehrkugel in seinem gedrungenen Körper zurücklegte, aber als sie schließlich ihr Ziel erreicht hatte, war sein Sterben – genau wie sein Leben – kurz.

Die Witwe Lexow führte das Kurzwarengeschäft allein

weiter, Carsten half manchmal bei den Büchern. Er hatte keine Geschwister, aber ein jüngerer Bruder der Witwe Lexow, höherer Beamter bei der Post und Junggeselle, erklärte sich bereit, seiner Schwester und seinem Neffen ein wenig unter die Arme zu greifen. Da Carsten keine besondere Neigung zum Verkauf von Nähgarn und Hutgummi zeigte, willigte die Witwe ein, ihren Sohn für eine Lehrerausbildung nach Bremen zu schicken. Dort blieb Carsten zwei Jahre, bis er die Stelle als Dorfschullehrer in Bootshaven bekam, ohne sich je dafür beworben zu haben.

Der alte Lehrer war an einem Schlaganfall gestorben, mitten im Unterricht, aber da er die Gewohnheit hatte, während der Stunde einzunicken, beachtete keines der Kinder die in sich zusammengesunkene Gestalt. Wie immer, wenn er einschlief, verließen die vierzehn Schüler nach dem Mittagsgeläut leise kichernd den Raum. Auch dieses Mal vergaßen sie den Lehrer, bis sie ihn am nächsten Morgen am Pult in genau derselben Stellung weiter schlafen sahen. Dass Schule und Klassenzimmer nicht abgeschlossen gewesen waren, wunderte niemanden, der alte Lehrer war immer schon zerstreut gewesen. Doch schließlich fasste sich der älteste Schüler, es war Nikolaus Koop, ein Herz und sprach den kleinen blassen Mann an, dessen Kopf so weit auf die Brust gesackt war, dass nur die Stirn zu sehen war. Als er nicht antwortete, trat Nikolaus einen Schritt näher und sah seinen Lehrer genau an. Die Koops waren Bauern wie fast alle Dorfbewohner. Nikolaus Koop hatte schon oft beim Schlachten geholfen und einmal eine Kuh beim Gebären sterben sehen. Er zwinkerte ein paarmal, drehte sich zu den anderen Kindern und sagte mit ruhiger Stimme und längeren Pausen zwischen den Wörtern, heute sei wohl keine Schule, alle sollten nach Hause gehen. Obwohl Nikolaus ein zurückhaltender Junge war, der beim Völkerball oft schon als Erster abgeschossen wurde, und obwohl er zwar der Älteste in der Klasse, nicht aber ihr Anführer war, gingen alle Schüler gehorsam hinaus. Auch Anna Deelwater und ihre jüngere Schwester Bertha verließen mit den anderen Kindern das Schulhaus, ihr Hof lag neben dem Koop'schen, und die drei gingen den Schulweg sonst zusammen. Doch an diesem Tag liefen sie zu zweit nach Hause, schweigend, die Köpfe gesenkt. Nikolaus Koop klingelte im Pfarrhaus, das neben der Schule lag, und sagte dem Pastor Bescheid. Der saß am Schreibtisch und blätterte in der Zeitung. Der Pastor schrieb noch am gleichen Tag seinem Freund, dem Pastor von Geeste, und drei Tage später kam Carsten Lexow als Dorfschullehrer nach Bootshaven, gerade rechtzeitig zur Beerdigung seines Vorgängers, was ein Segen für alle war. Die Leute im Dorf waren erfreut, den neuen Lehrer sofort in Augenschein nehmen zu können. Und Carsten Lexow pries sich glücklich, dass er seinen schwarzen Anzug anhatte, der für die Beerdigung seines Vaters angefertigt worden war. Außerdem war es eine gute Gelegenheit, sich gleich allen vorzustellen, bevor sie sich noch Geschichten über ihn ausdachten. Geschichten dachte man sich natürlich trotzdem aus, denn Carsten Lexow war groß und schlank und hatte dunkles Haar, das er nur mit Mühe und einem streng gezogenen Scheitel auf der Seite halten konnte. Seine Augen waren blau, aber Anna Deelwater entdeckte eines Tages, als er von ihrem Schreibheft aufschaute, über das er sich während des Unterrichts gebeugt hatte, dass goldene Ringe seine Pupillen einfassten, und sie sollte von diesem Augenblick an bis zu ihrem Lebensende, das ja nicht mehr weit war, an diese Ringe gekettet bleiben.

Von Anna Deelwater, der ältesten Tochter von Käthe, eigentlich Katharina, und Carl Deelwater, gab es nur eine einzige Fotografie, davon aber mehrere Abzüge. Meine Mutter besaß einen, bei Tante Inga hing einer, Rosmarie hatte einen mit Tesafilm in ihren Kleider-schrank geklebt. Tante Anna, so nannten meine Tanten und meine Mutter sie, wenn sie von ihr sprachen, Tante Anna war dunkel wie ihr Vater. Auf dem Foto sah es aus, als habe sie auch dunkle Augen gehabt, Tante Inga meinte jedoch, das liege an der falschen Belichtung. Wir konnten mit Sicherheit sagen, dass sie langgezogene graue Augen und breite Augenbrauen hatte, die einen Bogen und keinen Balken bildeten. Annas Brauen be-herrschten ihr Gesicht und gaben ihm etwas Verschlosse-nes und zugleich Wildes. Sie war kleiner als ihre Schwes-ter, dafür aber nicht so dünn. Bertha, hochbeinig, hell und fröhlich, schien zwar vom Aussehen und Wesen her das Gegenteil ihrer Schwester, doch beide waren sie zurückhaltend, fast scheu, und ganz und gar unzertrenn-lich. Sie tuschelten und kicherten durchaus so viel wie die anderen Mädchen ihres Alters, aber eben immer nur miteinander. Manche hielten sie für dünkelhaft, denn Carl Deelwater besaß am meisten Weideland und den größten Hof in Bootshaven. Außerdem hatte er für sich und seine Familie eine eigene Kirchenbank in der ers-ten Reihe gekauft, in die sein Nachname eingeschnitzt war. Nicht dass er besonders fromm gewesen wäre. Sel-ten genug ging er in die Kirche, aber wenn er es tat, an den hohen Feiertagen wie Ostern, Weihnachten und Erntedank, dann saß er vorne in seiner eigenen Bank mit seiner Frau und den Töchtern und ließ sich von der kleinen Gemeinde begaffen. An den vielen Sonnta-gen im Jahr, an denen er nicht in die Kirche ging, blieb die Bank leer und wurde ebenfalls begafft. Anna und Bertha waren stolz auf ihren schönen Hof und auf ihren wunderbaren Papa, der sich zwar um die Hoferbschaft sorgte, dies aber nie ihnen beiden oder seiner Frau zum Vorwurf machte, sondern seine »drei Deerns« möglichst zu verwöhnen trachtete.

Beide Töchter mussten auf dem Hof mit anpacken, sie gingen ihrer Mutter im Haus zur Hand und halfen dem Mädchen Agnes in der Küche, das jeden Tag kam und überhaupt kein Mädchen war, sondern eine gestandene Frau mit drei erwachsenen Söhnen. Sie kochten Saft mit Agnes und rupften Hühner. Aber am liebsten und am meisten arbeiteten sie draußen im Garten.

Ab Ende August waren sie nur noch in den Apfelbäumen.

Die hellen Kläräpfel kamen zuerst, sie schmeckten nach Zitrone, und wenn sie erst einmal angebissen waren, konnten sie gar nicht so schnell gegessen werden, wie sie innen schon wieder braun wurden. Die wurden nicht verkocht, ihr Aroma verflog wie der Augustwind, unter dem sie gereift waren. Dann kamen langsam die Cox-Orange-Bäume, zuerst der große, der so nah am Haus stand und von den roten Klinkersteinen, die tagsüber die Hitze gespeichert hatten, bestrahlt wurde, sodass seine Früchte immer größer und süßer und früher reif waren als die der anderen Apfelbäume. Ab Oktober waren sie dann alle so weit. Anna und Bertha bewegten sich fast so behände in den Bäumen wie auf dem Boden. Ein Pferdeknecht hatte ihnen vor Jahren ein paar Bretter auf einen besonders ausladenden Boskopbaum genagelt, damit sie ihre Körbe darauf abstellen konnten. Aber die Mädchen saßen dort lieber selbst. Dann lasen sie sich Bücher vor, tranken Saft und aßen Äpfel und Butterkuchen, den Agnes ihnen immer dann herausbrachte, wenn einer ihrer Söhne vorbeigekommen war und selbst auch ein großes Stück Butterkuchen von ihr bekommen hatte. So konnte sie wenigstens sagen, Bertha und Anna hätten davon gegessen, falls vielleicht mal jemand fragte, warum von den beiden Blechen Butterkuchen nur noch eines da war. Aber es fragte nie jemand.

Natürlich erzählte Herr Lexow mir nicht von Agnes' Butterkuchen. Ich glaubte nicht einmal, dass er wusste, dass es Agnes gegeben hatte. Ich saß am Küchentisch in Berthas Haus und sah meine Großmutter als Kind und meine Großtante Anna, die nie anders dreinblickte als auf dieser Fotografie. Ich erinnerte mich bei einem Becher lauwarmer H-Milch an Dinge, die Bertha meiner Mutter und diese mir erzählt hatte, die Tante Harriet Rosmarie und Rosmarie Mira und mir erzählt hatte, an Dinge, die wir uns ausgedacht oder zumindest ausgemalt hatten. Einige Male hatte auch Frau Koop uns erzählt, wie ihr Mann als Kind den Lehrer tot in der Klasse gefunden hatte. Aus dem Nachbarsjungen Nikolaus Koop war ein gutmütiger, fleißiger Bauer geworden, der außer dem grauen Star auch große Angst vor seiner Frau hatte. Seine Augen hinter dicken Brillengläsern begannen aufgeregt zu zwinkern, sobald er nur ihre Stimme hörte. Seine Lider flatterten wie die Flügel jenes Bluthänflings, der einmal aus Versehen durchs offene Wohnzimmerfenster des Deelwater'schen Hauses geflogen war und nicht mehr hinausfand. Tante Harriet war aufgesprungen und hatte uns befohlen, alle Fenster zu öffnen, damit er sich nicht an der Glasscheibe das Genick breche. Der Vogel flog davon, zwei rote Federn blieben auf der Fensterbank zurück.

Nikolaus Koop zwinkerte oft, und wir hatten zudem beobachtet, dass er jedes Mal, wenn er seine Frau ansah, die Brille auf die Stirn zu schieben pflegte. Mira glaubte, er versuche durch selbst auferlegte Blindheit seiner Frau zu entkommen, eine Art Fluchtweg, wie ein offenes Fenster eben. Doch Rosmarie behauptete, er fürchte, anders als jener Vogel, nicht sich selbst, sondern Frau Koop das Genick zu brechen. Was wir damals nicht wissen konnten, war, dass es Rosmarie war, die sich das Genick brechen sollte, und zwar beim Flug durch eine Glasscheibe.

Manches von dem, was Herr Lexow mir zu erklären versuchte, reimte ich mir selbst zusammen, wenn ich in seine blauen Augen schaute und die inzwischen nicht mehr goldenen, sondern eher ockerfarbenen Ringe um seine Pupillen entdeckte. Das Weiße drum herum war schon ein wenig gelbstichig. Er musste weit über achtzig sein. Und wer war er jetzt überhaupt? Mein Großonkel? Nein, als Vater meiner Tante war er mein Großvater. Aber das war er ja nicht, das war Hinnerk Lünschen. Er war eben »ein Freund der Familie«, ein Zeuge. Vor ein paar Jahren, als meine Großmutter schon nicht mehr wusste, dass es mich gab, ging meine Mutter für zwei Wochen zu ihr. Es war einer ihrer letzten Besuche, bevor Bertha ins Heim kam. An einem wärmeren Nachmittag saßen beide hinterm Haus auf der Obstbaumwiese. Bertha schaute Christa plötzlich so wach und eindringlich an, wie sie es schon seit langem nicht mehr getan hatte, und teilte ihr mit fester Stimme mit, Anna habe Boskop geliebt, sie selbst aber Cox Orange. Als sei dies das letzte Geheimnis gewesen, das sie noch preiszugeben hatte.

Anna liebte Boskop, Bertha Cox Orange. Im Herbst duftete das Haar der Schwestern nach Äpfeln, ihre Kleider und Hände sowieso. Sie kochten Apfelmus und Apfelmost und Apfelgelee mit Karneel, und meistens hatten sie Äpfel in der Schürzentasche und angebissene Äpfel in der Hand. Bertha aß erst schnell einen breiten Ring um den Bauch des Apfels herum, dann vorsichtig unten um die Blüte, dann oben um den Stiel, das Kerngehäuse warf sie in hohem Bogen fort. Anna aß langsam und genussvoll, von unten nach oben – alles. Auf den Kernen kaute sie noch Stunden herum. Als Bertha ihr vorhielt, dass die Kerne innen giftig seien, erwiderte Anna, sie schmeckten aber nach Marzipan. Nur den Stiel spuckte sie aus. Das hatte mir Bertha erzählt, als sie einmal feststellte, dass ich die Äpfel so aß wie sie selbst. Die meisten Menschen aßen doch so ihre Äpfel.

Im Sommer gab Carsten Lexow den Schülern einen Tag hitzefrei, zur Beerenlese, wie er es nannte. Bertha lachte und sagte, diese Lesestunde sei ihr die liebste. Carsten Lexow bemerkte die kleinen weißen Zähne seiner Schülerin und die fahrige Leichtigkeit ihrer großen Hand, mit der sie sich die Haare im Nacken zurück in die Zöpfe zu streichen versuchte. Da ihr Lehrer sie immer noch anschaute und weil sie ihn vielleicht mit ihrer vorwitzigen Bemerkung verärgert hatte, errötete sie, wandte sich ab und stakste davon. Herr Lexow starrte Bertha mit klopfendem Herzen nach und sagte nichts. Anna sah alles, erkannte den Blick, mit dem Lexow ihrer Schwester folgte, erkannte ihn so, wie man das eigene Gesicht im Spiegel erkannte, und eilte ihrerseits mit tiefroten Wangen und gesenktem Kopf der Schwester nach.

Anna liebte Lexow, Lexow liebte Bertha, und Bertha? Sie liebte tatsächlich Heinrich Lünschen, Hinnerk, wie ihn

alle nannten. Er war der Sohn des Wirts aus dem Dorfkrug, ein Niemand ohne Land. Nur zwei kleine Weiden
am äußeren Dorfrand besaß die Familie, und die waren
an einen noch ärmeren Schlucker verpachtet. Hinnerk
hasste die Wirtschaft seiner Eltern. Hasste den Geruch
von Küche und abgestandenem Bier am Morgen in der
Schankstube. Hasste die leidenschaftlichen und lauten
Streitereien seiner Eltern, hasste ihre ebenso leidenschaftlichen und lauten Versöhnungen. Einer seiner kleinen Brüder, er selbst war der Älteste, sagte einmal, während sie
beide in der dunklen Küche einer besonders heftigen Aus-
einandersetzung lauschen mussten, dass sie wohl bald wieder ein Brüderchen kriegen würden. Hinnerk fuhr hoch,
er hasste die vielen Schwangerschaften seiner Mutter.

– Woher weißt du das?

– Na, immer wenn sie sich gezankt haben, kriegen wir
bald wieder ein Brüderchen.

Hinnerk lachte kalt. Er musste hier raus. Er hasste es.

Herrn Deelwater war er aufgefallen, weil der Pastor und
der alte Lehrer seinen Verstand über alle Maßen gelobt
hatten. Hinnerk war klüger als alle im Dorf, das wusste er
selbst sehr gut, und ein paar andere, die auch nicht dumm
waren, merkten es ebenfalls. Hinnerk war öfter bei den
Deelwaters. Während der Erntezeiten half er dort aus und
bekam etwas Geld. Noch mehr Geld jedoch bekam er
vom Pastor, was Hinnerk, der sehr stolz war, jedoch nur
dazu bewog, irgendwann auch diesen zu hassen und bei
der ersten sich bietenden Gelegenheit, nämlich der Beerdigung seiner Mutter, aus der Kirche auszutreten. Die Kos-
ten für die Predigt könne man sich sparen, jede andere tue
es doch genauso gut, sie hörten sich doch immer gleich an,
nur setze der Pastor den jeweiligen Namen ein, aber das

sei ja auch schon eine stramme Leistung. Der Pastor, der viel Geld in Hinnerks Studium gesteckt hatte, dessen, zugegeben nicht besonders weitläufige, Bibliothek Hinnerk immer zur Verfügung gestanden hatte, war tief gekränkt, nicht allein wegen Hinnerks Respektlosigkeit und Undankbarkeit, sondern auch deshalb, weil Hinnerk der Wahrheit allzu nahe gekommen war. Doch beide juristischen Examen waren schon mit Bravour bestanden, und der junge Anwalt, frisch verlobt mit der Deelwater-Tochter, war finanziell nicht mehr vom Pastor abhängig. Der Pastor wusste das, und er wusste auch, dass Hinnerk wusste, dass er es wusste, und das ärgerte ihn am allermeisten.

Ich erinnerte mich an Hinnerk Lünschen als einen liebevollen Großvater, der die Gabe hatte, überall, wo er sich hinlegte, einschlafen zu können, und von dieser Gabe auch weidlich Gebrauch machte. Gewiss, seine Launen waren unberechenbar. Aber er war nicht mehr hasserfüllt, sondern ein stolzer Notar, stolzer Kanzleiinhaber, stolzer Ehemann einer schönen Frau und damit stolzer Besitzer eines stolzen Anwesens, stolzer Vater dreier schöner Töchter und noch schönerer Enkelinnen, wie er Rosmarie und mir immer wieder versicherte, wobei er uns stolze Portionen Fürst-Pückler-Eiscreme auf die Kristallteller schaufelte. Alles hatte sich umgekehrt, jetzt wurde er, Hinnerk, von vielen gehasst, hasste aber selbst nicht mehr, schließlich hatte er alles erreicht, was er wollte. Er war immer noch der klügste Mann im Dorf, und jetzt wussten es alle.

Sogar ein Familienwappen hatte er sich malen lassen, um seine niedere Herkunft vergessen zu machen, was natürlich Unsinn war, denn schließlich kamen die Leute zu ihm, weil er mit ihnen Plattdeutsch sprach, und nicht we-

68

gen seines hohen Stammbaums. Also blieb das gerahmte Bild des Wappens in der Rumpelkammer, der früheren Mädchenkammer, wo es auch jetzt noch hing. Doch erinnerte ich mich auch, dass beim Anblick des Wappens immer ein hintergründiges Lächeln um seine scharf geschnittenen Lippen zuckte: Genugtuung oder Selbstironie? Das wusste er wohl selbst nicht genau.

Bertha liebte Hinnerk. Sie liebte seine düstere Aura, sein Schweigen und seinen beißenden Spott gegenüber anderen. Immer jedoch, wenn er Anna und sie traf, hellte sich sein Gesicht auf, dann lächelte er höflich und scherzte, und er konnte aus dem Stegreif ein Sonett auf den Apfelrest dichten, den Anna gerade in den Mund stecken wollte, eine feierliche Ode auf Berthas linken Zopf singen oder im Hof auf den Händen laufen, sodass die Hühner bestürzt gackernd davonstoben. Die beiden Mädchen lachten laut, Bertha zupfte sich verlegen an der Schleife des linken Zopfes, und Anna warf mit gespieltem Gleichmut und verstecktem Lächeln ihren Apfelrest in den Flieder und verzichtete dieses Mal darauf, ihn ganz zu verspeisen.

Nun wollte Hinnerk aber zunächst Anna. Natürlich wusste er, dass sie die älteste Tochter von Carl Deelwater war, wäre sie es nicht gewesen, hätte er sie wohl nicht gewollt, jedenfalls nicht so. Doch es war nicht ihr Erbe, das ihn lockte. Jedenfalls nicht nur. Vielmehr bewunderte er ihren Status, ihre ruhige Selbstsicherheit, die ihm so völlig abging. Natürlich sah er auch ihre Schönheit, ihren Körper mit den vollen Brüsten und Hüften und ihren biegsamen Rücken. Die herzliche Gleichgültigkeit, die Anna ihm entgegenbrachte, reizte ihn, doch achtete er stets darauf, beiden Mädchen gleich viel Aufmerksamkeit zu schenken. Aus Berechnung oder Respekt? Aus Zuneigung für Bertha oder aus Mitleid mit der jüngeren Tochter, über deren Gefühle er sich im Klaren sein musste?

Meine Großmutter hatte gewusst, dass sie Hinnerks zweite Wahl gewesen war. Sie hatte es Rosmarie und mir einmal gesagt, ohne Bitterkeit, nicht einmal mit Bedauern, sehr sachlich, als habe es so sein müssen. Wir hörten das nicht gern, fast waren wir böse auf Bertha, so durfte Liebe nicht sein, fanden wir. Und ohne dass wir dies je abgesprochen hätten, erzählten wir es nie Mira.

Jetzt, da Inga nicht mehr Hinnerks Tochter war, konnte ich mir Berthas fehlende Bitterkeit gegenüber Hinnerk besser erklären, vielleicht auch ihre Ergebenheit. Zudem kam es bei ihr eben immer, wie es kam, wohin die Äpfel fielen, da lagen sie, und meistens fielen sie ja, wie sie selbst gern sagte, auch nicht weit vom Stamm. Nachdem Bertha schließlich mit dreiundsechzig Jahren vom Apfelbaum gefallen war und sich daraufhin eine Erinnerung nach der anderen von ihr löste und abfiel, fügte sie sich dieser Auflösung kampflos und traurig. Schon immer begannen die Bewegungen des Schicksals – auch die unserer Familie – zunächst mit einem Sturz. Und mit einem Apfel.

Herr Lexow sprach ruhig und schaute in seinen Becher. Es war inzwischen dämmrig geworden, und wir hatten die Lampe mit dem Strohschirm angeknipst, die über dem Küchentisch hing. Eines Nachts, sagte Herr Lexow und seufzte in seine Milch, es sei den ganzen Tag über sehr warm und drückend gewesen, habe er einen Spaziergang gemacht, der ihn nicht ganz zufällig am Haus der Deelwaters vorbeigeführt habe.

Das Haus lag im Dunkeln. Er trat langsam in die Einfahrt und ging geradeaus am Haus und der Scheune entlang zur Obstbaumwiese. Es war ihm plötzlich peinlich, hier herumzuschleichen, und so nahm er sich vor, einfach bis nach hinten durchzugehen und dort über den Zaun zur angrenzenden Weide zu klettern, um dann quer über die Weide zurück auf den Schleusenweg zu gelangen. Als er unter den dichtbelaubten Apfelbäumen war, schrie er auf. Etwas Hartes hatte ihn über dem linken Auge getroffen. Kein Stein, so hart war es nicht gewesen, aber nass, und beim Aufprall an seiner Schläfe war es zerborsten.

Ein Apfel.

Vielmehr der Rest eines Apfels. Blüte und der untere Teil des Fruchtfleisches fehlten, die obere Hälfte mit Stiel lag in zwei Teilen vor seinem Schuh. Lexow blieb stehen, sein Atem kam schnell und stoßweise. Im Baum raschelte es. Er schaute angestrengt durch die Blätter nach oben, doch es war zu dunkel. Carsten hatte die Ahnung von etwas Großem, Weißem, das dort oben zu schimmern schien. Es raschelte wieder, und die Äste des Baums zitterten heftig. Als das Mädchen mit einem Plumps vom Baum sprang, konnte Carsten sein Gesicht nicht erkennen, so dicht stand es vor ihm. Das Gesicht kam noch näher und küsste Carsten auf den Mund. Carsten schloss die Augen, der Mund war warm und schmeckte nach Apfel. Nach Boskop. Und nach Bittermandel. Er sollte den Geschmack nie wieder vergessen. Noch bevor er etwas sagen konnte, küsste der Mund des Mädchens Carstens Mund noch einmal, und so küsste er ihn zurück, und beide sanken in das Gras unter dem Apfelbaum und zogen sich atemlos und mit ungeschickten Fingern die Kleider vom Leib. Carstens Baumnymphe trug nur ein Nachthemd, also war es nicht allzu schwierig, sie davon zu befreien, doch wenn zwei Menschen versuchten, sich auszuziehen, den anderen auszuziehen, ihn dabei aber auch küssen und zu keinem Augenblick aus den Armen lassen wollten, dann war es nicht so leicht, zumal beide nicht geübt waren in dem, was sie taten. Aber sie taten es und taten noch viel mehr, und die Erde glühte um sie herum, sodass der Apfelbaum, unter dem sie lagen, obwohl es schon Juni war, zum zweiten Mal anfing, Knospen auszutreiben.

Herr Lexow berichtete natürlich nichts über Einzelheiten der Liebkosungen, die unter dem Apfelbaum ausgetauscht wurden, und darüber war ich auch froh, aber seine leisen und doch heftig gesprochenen Worte, die Augen noch immer fest auf den Becher gerichtet, riefen Bilder in mir hervor, die mir vertraut vorkamen, als seien sie mir früher einmal erzählt worden, als habe ich sie als Kind gehört, vielleicht bei einem Erwachsenengespräch, das ich heimlich von einem Versteck aus belauscht und jetzt erst verstanden hatte. So wurde Carsten Lexows Geschichte Teil meiner eigenen Geschichte und Teil meiner Geschichte über die Geschichte von meiner Großmutter und Teil meiner Geschichte über die Geschichte meiner Großmutter über die Geschichte von Tante Anna.

Ob Carsten Lexow nun doch irgendwann laut Berthas Namen gerufen hatte und sich daraufhin die Frau aus seinen Armen befreit hatte und weggerannt war, ob er beim Liebkosen ihrer vollen Brüste die Verwechslung bemerkt hatte und von ihr abgelassen hatte, ob beide bis zum Schluss so getan hatten, als wüssten sie nicht, was der andere wusste, und nur danach stillschweigend auseinandergegangen waren, um sich niemals wiederzufinden, das wusste ich nicht und würde es wohl auch nicht mehr erfahren. Was sich aber alle im Dorf erzählten und was auch Rosmarie und ich und Mira oft zu hören bekamen, war die Geschichte vom alten Boskopbaum im Obstgarten der Deelwaters, der in einer warmen Sommernacht zu blühen begann und am nächsten Morgen weiß bereift war wie vom Frost. Doch hätten diese wunderbaren Blüten keine Kraft gehabt und seien noch am selben Vormittag still und in dicken Flocken zu Boden gefallen. Der ganze Hof stand ehrfuchtsvoll, misstrauisch, beglückt oder einfach nur verwundert um den Baum herum. Einzig Anna Deelwater sah ihn nicht, sie hatte sich verkühlt, fühlte ein leichtes Brennen im Hals und musste im Bett bleiben. Im Bett blieb sie, der Brand versengte die zarten Flimmerhärchen ihrer Bronchien und griff weiter um sich, bis sich die Flügel ihrer Lunge entzündeten und schließlich erlahmten. Carsten Lexow sah sie nie wieder, und vier Wochen nach Erblühen des Apfelbaums war sie tot. Ein tragischer Fall von Pneumonie.

Herr Lexow schaute auf die Uhr und fragte, ob er gehen solle. Ich wusste nicht, wie spät es war, wusste aber auch nicht, wie es weiterging, schließlich waren wir seiner eigenen Geschichte mit Bertha noch keinen Schritt näher gekommen. Aber vielleicht sollte er doch gehen? Er sah mein Zögern und stand sofort auf.

– Bitte, Herr Lexow, wir sind noch nicht fertig.

– Nein, sind wir nicht, aber vielleicht für heute Abend?

– Mag sein. Für heute Abend. Kommen Sie morgen Abend wieder?

– Nein, da ist eine Gemeinderatsversammlung, die ich nicht verpassen kann.

– Morgen Nachmittag zum Kaffee?

– Danke sehr.

- Danke für die Suppe. Und die Milch. Und für das Haus, den Garten –

- Nichts zu danken, ich bitte Sie, Iris, Sie wissen, dass ich zu danken habe und mich zu entschuldigen.

- Bei mir haben Sie sich ganz gewiss nicht zu entschuldigen. Wofür auch? Dafür, dass Sie meine Großmutter liebten bis in den Tod oder für den Tod meiner Großtante Anna? Ich bitte Sie.

- Nein, dafür muss ich mich nicht bei Ihnen entschuldigen, sagte er und schaute mich dabei freundlich an, ich konnte sehen, warum meine Großtante Anna ihm verfallen war.

- Nur dafür, dass niemand in Ihrer Familie wusste, dass ich einen Zweitschlüssel hatte, nicht einmal Ihre Tante Inga. Sie dachte, ich schaue nur ab und zu mal ums Haus herum.

Er fischte in seiner Hosentasche, und zum zweiten Mal wurde mir der riesige messingfarbene Schlüssel des Hauses in die Hand gedrückt. Herr Lexow besaß anscheinend den Zweitschlüssel zu vielen Dingen, dachte ich, als ich das angewärmte Metall auf den Küchentisch legte.

Ich begleitete den alten Lehrer und Liebhaber meiner Großmutter zur Tür.

- Morgen zum Kaffee also?

Er winkte knapp und ging etwas schwerfällig die Vordertreppe hinunter, verschwand kurz unter den Rosen und bog dann nach rechts zu seinem Fahrrad, das er in der Einfahrt an der Hauswand abgestellt hatte. Ich hörte den Ständer seines Rades über die Platten schleifen, kurz darauf das leise Singen seines Dynamos, als er hinter der Hecke auf dem Bürgersteig vorbeifuhr. Dann streifte ich mir die Socken ab, nahm den Schlüssel vom Haken und ging hinaus, um das Gatter zu schließen.

Ich lief hinüber zum Garten, in dem jetzt im Dunkeln an bestimmten Ecken Berthas Geist aufschien. Ihr Garten war inzwischen auch zu einer dieser Woll-Grotesken geworden, die meine Mutter bei sich im Kleiderschrank aufbewahrte: gähnende Löcher, wucherndes Gestrüpp und irgendwo die Ahnung eines Musters.

Anna liebte Boskop, Bertha Cox Orange.

Was wollte Bertha meiner Mutter damals sagen? Woran erinnerte sie sich, und welche Dinge ließ sie in Vergessenheit geraten? Das Vergessene blieb nie ohne Spuren, es lenkte immer, heimlich, die Aufmerksamkeit auf sich und auf sein Versteck. Der Kuss des Mädchens schmeckte nach Boskop, sagte Herr Lexow.

Als Bertha einen Monat nach dem sommerlichen Apfelblütenwunder weinend durch den Garten lief, sah sie, dass die roten Johannisbeeren weiß geworden waren. Die schwarzen waren schwarz geblieben. Alle anderen Johannisbeeren trugen nun das grünliche Grauweiß von Asche. In diesem Jahr gab es viele Tränen und besonders guten Johannisbeergelee.

V. Kapitel

In der Nacht wachte ich auf, weil ich fror. Beide Fenster und beide Türen von Christas Zimmer hatte ich offen gelassen, und jetzt wehte der Nachtwind kalt hindurch. Ich zog die Decke wieder hoch auf das Bett und dachte an meine Mutter. Sie liebte die Kälte. Im Badischen waren die Sommer so heiß, dass sie nicht nur allen Grund hatte, eine Klimaanlage zu besitzen, sondern dieselbe auch noch ganz aufdrehte, alle Getränke mit Eiswürfeln zu sich nahm und sich alle paar Stunden aus der Tiefkühltruhe, die im Keller stand, in einer kleinen Glasschüssel Vanilleeis holte.

Doch wenn es Winter war, dann froren die Kiesgruben, Baggerseen, Kanäle und Altrheinarme dort schneller zu als die Seen hier oben in der regennassen, norddeutschen Tiefebene.

Und dann lief sie Schlittschuh.

Sie lief Schlittschuh wie sonst niemand, sie war nicht besonders anmutig, sie tanzte nicht, nein, sie flog, sie rannte, sie brannte auf dem Eis. Mein Großvater hatte ihr früh ein Paar weiße Schlittschuhe gekauft. Er selbst war stolz auf seine Fahrkünste, die sich auf zügiges Vorwärtslaufen und wellenförmiges Rückwärtslaufen beschränkten. Er konnte auch große Kreise fahren, indem er mit dem äußeren Bein das innere kreuzte. Doch das, was seine Tochter Christa auf dem Eis tat, hatte er ihr nicht beigebracht. Sie fuhr weite Achten, wobei sie die Arme in die Seiten stemmte und sich in die Kurven legte. Sie nahm Anlauf und sprang wie wild fünf oder sieben Mal mit angezogenen Knien hoch in die Luft. Dabei machte sie bei jedem Sprung eine halbe Drehung und fegte mal vorwärts, mal rückwärts über die blanke Fläche. Oder sie kreiselte auf einem Bein, die behandschuhten Fäuste hoch in den Winterhimmel gestreckt, dass ihre Zöpfe nur so spritzten. Zunächst fragte sich Hinnerk, ob er diese Art des Eislaufens wirklich dulden könne. Die Leute guckten, denn auffällig war es ja schon. Doch dann glaubte er, im Tuscheln der Leute ihren Neid zu erkennen, und so beschloss er, sich über seine Tochter und ihr merkwürdiges Gebaren auf dem Eis zu freuen. Zumal sie sonst sehr artig war, sanft und mütterlich und stets darauf bedacht, es gerade Hinnerk, ihrem geliebten Vater, angenehm zu machen.

Meinen Vater lernte sie auf der zugefrorenen Lahn kennen. Sie studierten beide in Marburg, Christa Sport und Geschichte, mein Vater Physik. Natürlich konnte mein Vater meine Mutter auf dem Eis nicht übersehen. Auf den Brücken über dem Fluss sammelten sich bisweilen kleine Gruppen von Menschen an, die das auch nicht konnten. Alle blickten hinunter auf die hohe Gestalt, von der man nicht sofort sagen konnte, ob sie männlich oder weiblich war. Die Beine in den schmalen braunen Hosen waren die eines Jungen, die Schultern auch, die großen Hände steckten in gewalkten Fäustlingen und die kurzen braunen Haare unter einer Pudelmütze – die Zöpfe hatte Christa noch vor der ersten Vorlesung abgeschnitten. Nur die Hüften waren vielleicht eine Spur zu breit für einen Mann, die roten Wangen zu glatt, und die Linie von Ohrläppchen zu Unterkiefer und weiter zum Hals hatte einen so zarten Schwung, dass mein Vater sich fragte, ob man hier nun von einer parabolischen oder eher von einer Sinuskurve ausgehen müsse. Und zu seiner eigenen Überraschung verspürte er ein Interesse daran, herauszufinden, wie und wohin diese Kurve unter dem dicken hellblauen Wollschal weiterverlaufen könnte.

Mein Vater, Dietrich Berger, sprach die junge Eisläuferin zunächst nicht an. Er ging nur jeden Nachmittag auf die Lahn und schaute ab und zu mal hin. Damals lebte er noch zu Hause bei seiner Mutter, das jüngste von vier Kindern. Da sein älterer Bruder schon ausgezogen und seine Mutter eine Witwe war, lastete die Rolle des Herrn im Haus auf seinen Schultern. Er trug sie jedoch tapfer und empfand sie nicht als schwer, vielleicht auch, weil er nicht darauf gekommen wäre, darüber nachzudenken. Seine zwei Schwestern spotteten, schimpften und lachten zwar über ihn, wenn er ihnen sagte, wann sie abends wieder zu Hause sein sollten, aber sie waren doch froh, dass er Verantwortung für die Familie übernahm.

Die Mutter meines Vaters kannte ich kaum. Sie starb, als ich noch ein sehr kleines Kind war, und ich erinnerte mich nur an ihren festen Wollrock, dessen Taftunterrock mit einem singenden Geräusch an ihren Nylonstrumpfhosen rieb. Eine sanfte Heilige sei sie gewesen, sagte Tante Inga. Meine Mutter aber sagte etwas anderes: Ihre Schwiegermutter habe sich immer für andere Familien krummgemacht, aber ihr Haus habe sie nicht in Schuss gehalten, selten gekocht, und um ihre Kinder hätte sie sich ruhig auch mehr kümmern können. Mein Vater war sehr pedantisch, er liebte systematische Ordnung, bewegungsrationalistisches Aufräumen und effizientes Putzen. Chaos fügte ihm körperlichen Schmerz zu, und so räumte er abends meistens hinter seiner Mutter auf. Schalk und Witz hatten die vier Kinder von ihrer heilig-nüchternen Mutter nicht mitbekommen. Sich – wenn auch nicht andere – zu amüsieren, lernte er erst später von meiner Mutter, lange nachdem er sie am Ende der Marburger Eislaufsaison doch noch angesprochen hatte.

Als das Eis endlich stumpf zu werden begann und sich unter den Brücken schon Pfützen bildeten, da fasste sich mein Vater ein Herz, und nach vierzehn Tagen des täglichen Umeinanderherumkurvens stellte er sich förmlich vor und sagte: »Der Gleitreibungskoeffizient von Schlittschuhen auf Eis beträgt im Schnitt 0,01. Ganz egal, wie schwer man ist, ist das nicht erstaunlich?«

Christa wurde sehr rot und sah, dass die Eisspäne vorn auf den Zacken ihrer Schlittschuhe schon geschmolzen waren und wie Tränen vom blanken Metall rollten. Nein, das habe sie nicht gewusst, und ja, es sei schon sehr erstaunlich. Danach waren sie beide stumm. Schließlich fragte Christa, nach einer langen, sehr langen Pause, woher er das denn so gut wisse. Und er antwortete schnell und fragte, ob er ihr mal das Physikalische Institut zeigen könne. Dort gebe es auch eine Maschine, in der Trockeneis hergestellt würde. Gern, sagte Christa, ohne aufzublicken und mit einem angestrengten Lächeln im roten Gesicht. Dietrich nickte und sagte »Auf Wiedersehen«, und beide gingen rasch und sehr erleichtert auseinander.

Am nächsten Tag war die Lahn ganz aufgerissen, die weichen Eisschollen schoben sich bräunlich ans Ufer, und Dietrich wusste nicht, wo er die Schlittschuhläuferin wiederfinden sollte.

In der Nacht schien der Mond auf mein Kopfkissen und riss scharfe Schatten. Ich hatte vergessen, die Vorhänge zuzuziehen. Das Bett mit seinen drei Matratzenteilen war schmal und die Decke schwer.

Längst hätte ich bei Jon anrufen sollen, ich hätte wenigstens einmal an ihn denken können. Das schlechte Gewissen machte mich hellwach. Jetzt dachte ich an ihn. Jonathan, noch bis vor kurzem mein Freund, jetzt mein Ex-Freund, mein Aus-Freund. Er wusste nicht einmal, dass ich hier war, aber das war vielleicht auch egal, er war schließlich auch nicht dort, wo ich gewesen war, bevor ich hierherkam. Er lebte in England, und dort würde er auch bleiben. Ich aber nicht. Als er mich vor zwei Monaten fragte, ob wir zusammenziehen wollten, hatte ich plötzlich das Gefühl, dass es Zeit sei, nach Hause zu gehen. Auch wenn ich sein Land sehr liebte. Ja, gerade weil mir klar wurde, dass ich weniger aus Liebe zu ihm, denn aus Liebe zu seinem Land so lange dort geblieben war, musste ich gehen. Und nun war ich hier. Nun besaß ich sogar ein Stückchen Land in diesem Land. Ich weigerte mich, dies als ein Zeichen zu sehen, aber es bestärkte mich in meinem Entschluss, wieder hier zu sein.

Wenn man sein Gedächtnis verliert, vergeht die Zeit erst viel zu schnell, dann gar nicht mehr. »Ach, das ist doch schon so lange her«, sagte meine Großmutter Bertha über Dinge, die eine Woche, dreißig Jahre oder zehn Sekunden zurücklagen. Dabei machte sie eine wegwerfende Handbewegung, und ihr Ton war ein wenig vorwurfsvoll. Sie war immer auf der Hut. Wurde sie etwa geprüft?

Das Gehirn versandete wie ein unbefestigtes Flussbett. Erst bröckelte es nur ein bisschen vom Rand, dann klatschten große Stücke des Ufers ins Wasser. Der Fluss verlor seine Form und Strömung, seine Selbstverständlichkeit. Schließlich floss gar nichts mehr, sondern schwappte nur hilflos nach allen Seiten. Weiße Ablagerungen im Gehirn ließen die elektrischen Ladungen nicht durch, alle Enden wurden isoliert, und am Ende auch der Mensch: Isolation, Insel, Gerinnsel, England, Elektronen und Tante Ingas Bernsteinreifen, Harz wurde hart im Wasser, Wasser wurde hart, wenn der Frost klirrte, Glas war aus Silizium, und Silizium war Sand, und Sand rieselte durch die Eieruhr, und ich sollte jetzt schlafen, es wurde langsam Zeit.

Natürlich hatten sich die beiden bald nach dem Eislaufen auf der Lahn wieder gesehen. In Marburg hat man kaum eine Möglichkeit, sich aus dem Weg zu gehen. Erst recht nicht, wenn man sich sucht. Schon in der nächsten Woche trafen sie sich auf dem Ball des Physikalischen Instituts, wohin meine Mutter mit einem Kommilitonen, dem Sohn eines Kollegen meines Großvaters, gegangen war. Sie gingen normalerweise nicht zusammen aus, da ihre Väter eine Verbindung zwischen ihnen sehr gerne gesehen hätten. Das ließ Christa in seiner Gegenwart erstarren und ihn in der ihren verblöden. Dieses eine Mal war der Abend allerdings ein Erfolg. Christa war so damit beschäftigt, sich nach allen Seiten hin umzublicken, dass sie gelassen blieb. Der Sohn des Kollegen fühlte zum ersten Mal nicht, wie die Eisesstarre seiner Begleiterin sein Gehirn und seine Zunge wie mit Raureif überzog, und er schaffte sogar, ihr ein, zwei Mal mit spitzen Kommentaren über erste mutige Tänzer ein Lächeln zu entlocken. Christa war es gewesen, die dem Sohn des Kollegen den Ball im Physikalischen Institut nahegelegt hatte. Und obwohl er beim Anblick ihrer zusammengepressten Lippen merkte, wie er sich wieder beim Sprechen verhaspelte, so war er doch noch verständig genug, um sie zu diesem Ball einzuladen.

Christa sah Dietrich zuerst, schließlich hatte sie ja auch mit ihm gerechnet, aber er nicht mit ihr. So war ihre erste Verlegenheit schon ein wenig gewichen, als er sie kurz darauf auch sah. Seine grauen Augen leuchteten auf, er riss die Hand in die Höhe und neigte dann erst den Kopf, um sich knapp zu verbeugen. Zielstrebig und mit federndem Schritt ging er auf Christa zu und forderte sie auf der Stelle zum Tanz auf und dann noch einmal, dann holte er ihr ein Glas Weißwein und tanzte danach wieder mit ihr. Christas Begleiter schaute beunruhigt vom Getränketisch aus zu. Er war einerseits erleichtert, dass dieses Mal alles so einfach ging und er nicht mit ihr reden musste, fühlte aber doch, dass es so auch nicht ganz stimmte. Zudem sah er mit einer Mischung aus Erstaunen, Genugtuung und Eifersucht, dass seine Begleiterin eine begehrte Tänzerin war, und beschloss, sie sofort aufzufordern. Was das Gegenteil dessen war, was er sich für diesen Abend vorgenommen hatte.

Glücklicherweise tanzte er schlecht und mein Vater gut. Und meine Mutter tanzte gut mit meinem Vater, weil der sie schließlich schon auf dem Eis gesehen hatte, das befreite sie von ihrer erstickenden Schüchternheit. Das und die Tatsache, dass mein Vater fast noch schüchterner war als sie selbst. Also tanzten sie auf allen Marburger Bällen der Saison: Tanz in den Mai, Sommertanzvergnügen, Fakultätsfeste, Uniball. Beim Tanzen musste man nicht reden, wenn man nicht wollte, andere Leute waren dabei, und man konnte jederzeit nach Hause gehen. Tanzen war im Grunde genommen eine Sportveranstaltung, fand Christa, eine Art Paarlaufen.

Christas Schwestern merkten sofort, dass sie ein Geheimnis hatte. In den Semesterferien, die sie selbstredend in Bootshaven verbrachte, war sie – wie alle jungen Frauen mit Geheimnis – morgens immer die Erste am Briefkasten. Doch auf die mal bohrenden, mal schmeichelnden Fragen ihrer Schwestern hin wurde sie nur rot und lachte oder wurde rot und schwieg. Als Tante Inga im kommenden Semester in Marburg anfing, Kunstgeschichte zu studieren, gingen beide Schwestern auf den Erstsemesterball. Dietrich Berger war Inga schon vorgestellt worden, zusammen mit einer ganzen Gruppe junger Männer aus Dietrichs Studentenverbindung. Ein großer, schöner Sportstudent hatte ihr, Inga, gut gefallen, und sie nahm an, dass er es war. Als sie jedoch sah, dass Christa die Schuhe mit den hohen Absätzen, die so wunderbar zu ihrem braunen Seidenkleid passten, nicht einmal eines Blickes würdigte, sondern gleich nach den ganz flachen Ballerinas griff, da wusste Inga, wer es war: der knapp einssechsundsiebzig große Dietrich Berger.

Im selben Jahr verlobten sie sich, und als meine Mutter vierundzwanzig war und ihr verhasstes Referendariat an einer Realschule in Marburg beendet hatte, heirateten sie und zogen hinunter ins Badische, wo mein Vater eine Stelle an einem Physikalischen Forschungszentrum bekam. Seitdem war meine Mutter heimwehkrank.

Sie konnte Bootshaven nicht vergessen, und sie hing mit aller Kraft an dem Haus, das jetzt meines war. Obwohl sie schon viel länger dort lebte, wo sie jetzt lebte, als sie es je in Bootshaven getan hatte, so glaubte sie doch, sie wäre dort unten nur auf der Durchreise. Der erste dieser heißen, feuchten, windlosen Sommer ließ sie verzweifeln. Wenn sie nachts nicht schlafen konnte, weil die Temperatur nicht unter dreißig Grad fiel, lag sie schwitzend im Bett, blickte hinauf an die Deckenlampe aus Milchglas und biss sich auf die Unterlippe, bis es draußen hell wurde. Dann stand sie auf und machte ihrem Mann das Frühstück. Der Sommer wich einem belanglosen Herbst und dieser endlich einem harten, wolkenlosen Winter. Alle Gewässer froren zu. Und das über Wochen. Da wusste meine Mutter, sie würde bleiben. Im November des darauf folgenden Jahres wurde ich geboren.

So ganz hatte ich nie an diesen Ort gehört, dort im Badischen. Nach England aber schon gar nicht, auch wenn ich mir das ein paar Jahre eingebildet hatte. Auch nicht hierher, nach Bootshaven. In Süddeutschland war ich aufgewachsen und zur Schule gegangen, dort waren meine Busenfreundinnen, mein Elternhaus, meine Bäume, Baggerseen und meine Arbeit. Hier im Norden jedoch waren das Land, Haus und Herz meiner Mutter. Hier war ich Kind gewesen, und hier hatte ich aufgehört, eines zu sein. Hier lag meine Kusine Rosmarie auf dem Friedhof. Hier lag mein Großvater und jetzt auch Bertha.

Ich wusste nicht, warum Bertha das Haus nicht meiner Mutter oder einer ihrer Schwestern überlassen hatte. Nun, vielleicht war es ein Trost gewesen für meine Großmutter, dass es mit mir eine weitere Generation von Deelwaters gab. Aber keiner liebte das Haus so, wie meine Mutter es liebte, es wäre nur natürlich gewesen, es ihr zu überlassen. Dann wäre es früher oder später doch an mich gefallen. Was sollte sie mit den Kuhweiden? Ich musste noch einmal mit Miras Bruder darüber reden. Der Gedanke, mit Max Ohmstedt über Familiendinge zu reden, beunruhigte mich. Ich müsste dann auch nach Mira fragen, wie es ihr wohl ging.

Es war noch früh, als ich aufstand. Sonntags fühlten sich die Morgen anders an, man merkte es gleich. Die Luft hatte eine andere Beschaffenheit, sie war schwerer, und alles erschien dadurch ein wenig verzögert. Selbst vertraute Geräusche klangen anders. Gedämpfter und zugleich eindringlicher. Sicher lag das am fehlenden Autolärm, vielleicht auch am fehlenden Kohlenmonoxid in der Luft. Vielleicht lag es auch nur daran, dass man sonntags auf Lüfte und Laute achtete, worauf man alltags nicht eine Sekunde seiner Zeit vergeudete. Aber das glaubte ich eigentlich nicht, denn selbst in den Ferien fühlten sich die Sonntage so an.

In den Schulferien liebte ich es, am Morgen nach der ersten Nacht im Haus noch liegen zu bleiben und auf die Geräusche von unten zu lauschen. Das Knarren der Treppe, Absätze auf dem Küchenfußboden. Die Tür von der Küche zur Diele klemmte, und sie wurde immer mit einem quietschenden Ruck aufgestoßen und mit einem Knall zugezogen. Dabei klirrte der eiserne Riegel, der am Morgen ausgehängt wurde und neben dem Türrahmen baumelte. Im Gegensatz dazu ging die Tür vom Flur in die Küche viel zu leicht auf, und immer, wenn die Dielentür aufgedrückt wurde, schnappte die andere Tür aus dem Schloss und klapperte im Zugwind. Die Messingglocke an der Haustür schepperte, wenn mein Großvater das Haus verließ, um aus der Diele sein Fahrrad zu holen und ins Büro zu fahren. Er schob sein Rad durch den Dielenausgang nach draußen, stellte es in den Garten, ging wieder hinein, schloss von innen die Diele ab und ging dann durch die

Küche hindurch, den Flur entlang und durch die Haustür wieder nach draußen. Warum ging er nicht gleich hinten herum durch die Diele? Wohl weil er die Diele von innen verriegeln und nicht von außen mit dem Schlüssel abschließen wollte. Aber warum nicht von außen schließen? Mir schien es, als wollte er einfach nur die glänzende Messingklinke der großen Haustür in die Hand nehmen, ein paar Sekunden als Hausherr am oberen Ende der Außentreppe verweilen, die Zeitung beim Hinausgehen aus dem Briefkasten ziehen, in die Aktentasche stecken, die Treppenstufen hinunterlaufen, sich aufs Rad schwingen und mit Klingeln und einem knappen, ja schneidigen Gruß zum Küchenfenster in den jungen Morgen fahren. Jedenfalls hätte es nicht in das Bild gepasst, das er und alle anderen vom Herrn Notar hatten, wenn er sich unauffällig durch den Hinterausgang zur Arbeit geschlichen hätte. Auch dann nicht, als er im Büro längst nicht mehr das Sagen hatte. Doch immerhin hatte sich bis zu seinem Tod keiner der Partner getraut, sein Arbeitszimmer zu übernehmen, obgleich es das größte und schönste war.

Wenn er weg war, hörte man lauteres Geschirrklappern aus der Küche, Frauenstimmen, Frauenlachen, rasche Schritte, Türenschlagen, aber durch den Hall, der in der hohen Küche die Stimmen verzerrte, konnte man nie hören, worüber geredet wurde. Aber welche Gefühle durch die Küche schwirrten, das war ganz genau zu hören. Waren die Stimmen gedämpft und tief, die Worte einsilbig und mit langen Pausen dazwischen, dann gab es Sorgen. Wenn viel und schnell gesprochen wurde und auf immer demselben, meist lauten Ton, dann waren es Berichte über Alltägliches. Wurde gekichert und geflüstert oder gab es gar unterdrückte Schreie, war es ratsam, sich schnell anzuziehen und hinunterzuschleichen, denn Geheimnisse wurden nicht mehrmals am Tag gelüftet. Später, als Bertha ihr Gedächtnis verlor, redete sie nicht mehr laut, es gab unterschiedlich lange Pausen, die immer, wenn sie zu lange zu dauern drohten, hastig von anderen Stimmen beendet wurden. Meistens gleich von mehreren anderen Stimmen auf einmal, die abrupt anschwollen und ebenso schnell wieder abebbten.

An diesem Morgen war natürlich nichts zu hören. Ich war schließlich allein im Haus. Die Stille erinnerte mich an jenen anderen Morgen vor dreizehn Jahren, an dem auch nichts zu hören war. Nur ab und zu klapperte eine Tür oder eine Tasse. Ansonsten Stille. Es war eine Art Stille, wie sie nur nach einer Erschütterung eintreten konnte. Wie die Taubheit nach einem Schuss. Eine Stille wie eine Wunde. Rosmarie hatte nur ein ganz bisschen aus der Nase geblutet, aber auf der blassen Haut sah das kleine, scharf gezeichnete Rinnsal aus, als wolle es uns verhöhnen.

Ich stand auf, wusch mir das Gesicht in Tante Ingas Zimmer, putzte die Zähne, schlüpfte in mein schwarzes, zerknittertes Kleid und ging hinunter, um Tee zu kochen. Ich fand eine ganze Reihe von Schachteln mit Beuteltee, sogar ein paar Cornflakes, die zwar schon ein bisschen nach Küchenschrank schmeckten, aber wenigstens noch nicht aufgeweicht waren. Wahrscheinlich von Tante Ingas kurzen Aufenthalten im Haus. Im Kühlschrank hatte ich noch Milch von Herrn Lexow.

Später fuhr ich mit dem Fahrrad zur Telefonzelle an der Tankstelle und rief in Freiburg an. Natürlich war Sonntag, aber ich wusste, das Band in der Uni-Bibliothek würde laufen. Ich sagte, ich müsse mir noch drei Tage freinehmen, um die Erbschaftsangelegenheiten hier zu regeln. Dann fuhr ich weiter zum Moorsee.

Es musste noch sehr früh sein, denn die wenigen Menschen, die mir auf dem Weg begegneten, allesamt Hundebesitzer, grüßten mit diesem diskret-konspirativen Lächeln, mit dem sich wahrhaftige – da sonntägliche – Frühaufsteher einander zu erkennen geben. Der Weg zum See war leicht zu finden. Wie fast alle Wege hier ging es geradeaus über Weiden und durch kleine Wäldchen. Irgendwann bog ich rechts ab und fuhr auf einer Kopfsteinpflasterstraße durch eine Ortschaft, die aus drei Höfen mit Scheunen, Silos und Traktoren bestand, dann ging es um zwei Hügel herum, wieder über die Weiden, und im nächsten Wäldchen wieder rechts. Da lag er. Eine Scheibe aus schwarzem Glas.

Nachher würde ich in den Schränken nach alten Badeanzügen suchen, ich wollte schließlich nicht zum öffentlichen Ärgernis werden. Aber diesmal würde es so gehen, es war ja noch niemand hier. Leider hatte ich nicht einmal ein Handtuch. Und im Haus gab es zwei, wenn nicht drei gewaltige Truhen voll davon. Kleid und Schuhe streifte ich rasch ab und ging in den See. Er war ganz zugewachsen, nur vorne gab es eine flache Stelle mit etwas Sand. Ein Stückchen Strand für eine Person. Ich ging langsam hinein. Ein Fisch zuckte an mir vorbei. Ich schauderte. Das Wasser war nicht mehr so kalt, wie ich gedacht hatte. Der weiche Grund quoll zwischen meinen Zehen hindurch, schnell stieß ich mich ab und schwamm.

Immer wenn ich schwamm, fühlte ich mich in Sicherheit. Der Boden unter meinen Füßen konnte nicht weggezogen werden. Er konnte nicht brechen, nicht einsinken oder wegrutschen, weder sich auftun noch mich verschlingen. Ich stieß nicht gegen Dinge, die ich nicht sehen konnte, trat nicht versehentlich auf etwas, verletzte weder mich noch andere. Wasser war einschätzbar, es blieb immer gleich. Gut, mal war es klar, mal schwarz, mal kalt, mal warm, mal ruhig, mal bewegt, aber es blieb in seiner Beschaffenheit, wenn auch nicht in seinen Aggregatzuständen, immer gleich, war immer Wasser. Und Schwimmen, das war Fliegen für Feiglinge. Schweben ohne Absturzgefahr. Ich schwamm nicht besonders schön – mein Beinschlag war asymmetrisch –, aber zügig und sicher, und wenn es sein musste, auch stundenlang. Ich liebte den Moment des Verlassens der Erde, den Elementenwechsel, und ich liebte den Moment des Michverlassens darauf, dass das Wasser mich trug. Und, anders als Erde und Luft, tat es das ja auch. Vorausgesetzt, man schwamm.

Ich schwamm quer durch den schwarzen See. Wo meine Hände die glatte Oberfläche berührten, wurde sie sofort wellig und flüssig und weich. Herrn Lexows Geschichte glitt von mir ab, alle Geschichten glitten von mir ab, und ich wurde wieder die, die ich war. Und da fing ich an, mich auf die drei Tage im Haus zu freuen. Was, wenn ich es behielte? Erst mal. Am anderen Ufer des Sees ging ich nicht an Land. Als die ersten Wasserpflanzenblätter meine Füße streiften, drehte ich sofort um und schwamm zurück. Es hat mir immer schon Angst gemacht, wenn mich im Wasser von unten etwas berührte. Ich fürchtete mich vor den Toten, die dort ihre weichen, weißen

Hände nach mir ausstreckten, vor riesigen Hechten, die vielleicht unter mir schwammen, an Stellen, wo das Wasser plötzlich ganz kalt wurde. Als Kind stieß ich einmal mitten im Baggersee gegen einen dieser großen verwesenden Baumstämme, wie sie von Zeit zu Zeit in solchen Seen auftauchten und dann knapp unter der Wasseroberfläche schwebten. Ich schrie und schrie und schrie und wollte nicht mehr wieder an Land. Meine Mutter musste mich rausholen.

Ich blickte von weitem zu meinem Rad und dem kleinen schwarzen Kleiderhaufen auf dem weißen Sandstreifen. Und da sah ich doch tatsächlich noch ein zweites Rad und noch einen Kleiderhaufen. So weit wie möglich von meinem entfernt, aber das war nicht sehr weit, denn meiner lag ziemlich genau in der Mitte des kleinen Strandstücks. Und ich trug keinen Badeanzug. Hoffentlich war es eine Frau. Wo war sie?

Ich entdeckte den schwarzen Schopf im Wasser, der auf mich zukam, die weißen Arme hoben und senkten sich langsam. Nein. Das konnte nicht sein, das gab es einfach nicht! Nicht schon wieder! Max Ohmstedt. Verfolgte er mich? Max kam erstaunlich schnell näher. Er hatte mein Rad natürlich gesehen, als er hineinging, aber hatte er es erkannt? Und das schwarze Kleid?

Max schaute gar nicht auf, sondern pflügte mit großer Ruhe durch das dunkle Wasser. Ich hätte an ihm vorbeischwimmen, mich anziehen und nach Hause fahren können, und er hätte nichts gemerkt. Später fragte ich mich, ob er mir nicht genau dazu die Gelegenheit geben wollte. Nun jedenfalls rief ich halblaut:

- Hey.

Max hörte nicht, also musste ich noch lauter rufen:

- Hey!

Und:

- Max!

Da riss er den Kopf zu mir herüber, wir waren inzwischen auf gleicher Höhe, schob sich die nassen Haare, die an seiner Stirn klebten, nach oben und schaute mich ruhig an.

- Hey, sagte er ein bisschen atemlos. Er lächelte nicht, blickte aber auch nicht unfreundlich. Er schien zu warten. Schließlich hob er kurz die Hand aus dem Wasser und winkte. Eine Bewegung, die in ihrer Verzögerung halb ein verlegener Gruß, halb Friedensfahne zu sein schien.

Sein Ernst rührte mich ein bisschen, ebenso wie die hochgeschobenen Haare, die senkrecht von der Stirn nach oben zeigten. Ich musste lachen:

- Ich bin's doch nur.

- Ja.

Wir taten so, als stünden wir einander gegenüber und bemühten uns, so wenig wie möglich zu wackeln, aber die Beine unter uns traten wild das Wasser, damit wir nicht untergingen. Dabei suchten wir krampfhaft nach einem Thema für ein freundlich-distanziertes Gespräch. Ich war splitternackt und er mein Anwalt. Das alles ging mir durch den Kopf und trug nicht dazu bei, meiner Konversation eine sprühende Note zu verleihen. Zugleich überlegte ich verzweifelt, wie ich einen würdevollen Abgang hinbekommen könnte. Ein kleines Nicken und Lächeln, nicht zu herzlich, ein leicht hingeworfenes »Bis dann« und weiterschwimmen. Das schien mir die geeignete Strategie. Also holte ich Luft, hob grüßend meine Hand aus dem Wasser – und schob mir dabei aus Versehen eine Riesenladung Wasser in den Mund, leider verschluckte ich mich dabei furchtbar, denn ich hatte wirklich tief Luft geholt, hustete, röchelte, platschte mit beiden Händen auf dem Wasser herum, Tränen traten mir in die Augen, und mein Kopf musste eine sonderbare Farbe angenommen haben, denn Max legte den seinen leicht zur Seite, kniff die Augen zusammen und beobachtete mit Interesse mein wildes Gebaren im schwarzen, vormals glatten See. Ein Blesshuhn flatterte auf, ich hustete, tauchte unter, kam wieder nach oben. Max schwamm näher.

- Alles klar mit dir?

Beim Versuch zu sprechen spuckte ich ihm zunächst ein bisschen Wasser ins Gesicht.

- Ja, natürlich, alles klar! krächzte ich. Und mit dir?

Max nickte.

Ich schwamm hastig zurück zum Ufer. Ab und zu musste ich unterbrechen, um zu husten. Als ich mich jedoch kurz vor dem Rausgehen umschaute, schwamm Max hinter mir, er war mit mir umgedreht, und er kraulte auch nicht mehr. Herrje! Musste ich jetzt tatsächlich nackt und von Hustenkrämpfen geschüttelt aus dem Wasser rennen? Ich sah schon genau, wie ich versuchen würde, mir eilig das schwarze Kleid über den Kopf und die Schultern zu zerren und – weil nicht abgetrocknet – mit erhobenen Armen darin stecken bleiben würde. Blind und gefesselt, da das Kleid aus festem Baumwollstoff war, würde ich über mein Fahrrad fallen, und beim Wiederaufrappeln mit dem Armloch des Kleides am Pedal hängen bleiben. Und während ich fest verschnürt, ein Herrenrad hinter mir herschleifend, eilig davonhumpelte, würden meine dumpfen, ja mittlerweile als tierisch zu bezeichnenden Schreie noch weithin über den schwarzen See hinweg zu hören sein. Und jedem, der so unglücklich war, sie zu vernehmen, würde das Herz in der Brust gefrieren, und nie wieder würde er –

- Iris.

Ich drehte mich um. Diesmal brauchte ich wenigstens kein Wasser zu treten, denn ich konnte schon stehen.

- Iris. Ich. Nun. Ich freue mich, dich zu sehen. Ehrlich. Und Mira liebte diesen See auch. Er war eben, na ja, du weißt ja, wie sie war.

- Er war schwarz. Ich weiß.

Er war schwarz, ich weiß? Hatte ich das gerade gesagt? Max musste mich für vollkommen beschränkt halten. Ich tat, als hätte ich gerade etwas sehr Gescheites gesagt, und fragte dann:

- Wie geht es Mira?

- Oh gut, weißt du. Sie wohnt schon lange nicht mehr hier. Sie ist auch Juristin. In Berlin.

Max hatte inzwischen auch festen Boden unter den Füßen. Wir standen ungefähr zwei Körperlängen voneinander entfernt.

- Berlin. Das passt. Sie ist sicher in einer coolen Kanzlei und trägt teure schwarze Kostüme und schwarze Stiefel.

Max schüttelte den Kopf. Er schien etwas erwidern zu wollen, überlegte es sich und sagte dann zögernd:

- Ich habe sie schon lange nicht mehr gesehen. Nach dem Tod. Nach dem Tod deiner Kusine hat sie kein Schwarz mehr getragen. Sie kommt nicht mehr hierher. Ab und zu telefonieren wir.

Ich weiß nicht, warum mich das so erschütterte. Mira in Farbe? Ich schaute Max an. Er sah ein bisschen aus wie Mira, hatte mehr Sommersprossen, die Mira damals sicher weggebleicht hatte. Seine Augen waren mehrfarbig. Braun war darin, und noch was Helleres, vielleicht grün oder gelb. Die gleichen schweren Lider. Ich erinnerte mich wieder an sie. Seine Augen kannte ich schon, seit wir Kinder waren, sein Körper war mir fremd. Er war inzwischen ein ganzes Stück größer als meiner und etwas vorgeneigt, weiß, glatt, nicht richtig breit, aber durchtrainiert. Ich gab mir einen Ruck:

- Max.

- Was denn?

- Max. Ich habe kein Handtuch.

Er sah mich etwas verwirrt an, zeigte mit dem Kinn auf seinen Kleiderhaufen und öffnete den Mund. Doch bevor er mir sein Handtuch anbieten konnte, sagte ich schnell:

- Und einen Badeanzug habe ich auch nicht. Ich meine, nicht an.

Ich tauchte ein bisschen tiefer ins Wasser, als Max seinen Blick über meine Schultern streifen ließ. Er nickte. Konnte ich da vielleicht den Anflug eines Grinsens erkennen?

- Ist gut. Ich wollte sowieso noch ein bisschen schwimmen. Nimm dir, was du brauchst.

Sprachs, nickte kurz und kraulte davon.

Was für ein angenehmer, ernsthafter junger Mann, und so höflich, murmelte ich, als ich aus dem Wasser schritt, und wunderte mich, warum das so beißend klang. Erst wollte ich sein Handtuch nicht nehmen, dann aber nahm ich es doch und trocknete mich so lange damit ab, bis es ganz nass war. Ich zog mein Kleid an. Und als ich mich auf das Rad setzte, um zurückzufahren, schaute ich über den See und sah Max am anderen Ufer stehen. Ich winkte kurz, er hob den Arm, dann fuhr ich los.

VI. Kapitel

Als ich beim Haus ankam, hatte sich die Luft über dem Asphalt schon so erhitzt, dass sie flimmerte, und die Straße
schien sich in einen Fluss zu verwandeln. Ich schob das
Rad in die Diele, wo wie immer ein feuchtes Halbdunkel aus dem Lehmboden stieg und die gekalkten Mauern
Kälte ausströmten. Max' helle Schultern im schwarzen
Wasser. Augen wie Moor und Sumpf.

Sollte ich Papiere durchsehen? Erbschaftsunterlagen prüfen? Hatte ich überhaupt schon welche erhalten? Erinnerungsstücke zusammensuchen? Weiter durch die Zimmer
streifen? Hinausgehen? Einen Liegestuhl nehmen und lesen? Herrn Lexow besuchen?
Ich holte mir eine weiße Emailleschüssel aus einem
der Schränke und ging in den Küchengarten zu den Johannisbeerbüschen. Vertraut war mir das Gefühl der warmen Beeren, die man zart, als wären es Amseleier, in die
Hand nehmen und oben, wo die Traube vom Ast hing,
mit den Fingernägeln der einen Hand abknipsen musste,
während man mit der anderen den Ast festhielt. Rasch
und ruhig pflückten meine Hände die Schale voll. Ich
setzte mich auf einen querliegenden Kiefernstamm und
zog mit den Zähnen die milchig goldenen Beeren vom
grünen Gerippe. Sie waren sauer und süß zugleich, die
Kerne bitter und der Saft warm.

Durch den heißen Garten ging ich zurück ins Haus. Eine
große blaugrüne Libelle zuckte über den Büschen auf wie

eine Erinnerung, stand einen Augenblick in der Luft und verschwand. Es roch nach reifen Beeren und Erde und auch nach etwas Fauligem: Kot vielleicht, totes Tier und verrottetes Fruchtfleisch. Ich hatte plötzlich Lust, mit den Händen den Giersch auszureißen, der sich ausgebreitet hatte. Es drängte mich, hinzuknien und die Wickensprösslinge, die sich blindlings um Zaunpfähle, Blumenstängel und Gräser geschlungen hatten – Herr Lexow musste auch sie gesät haben –, an festere Stützen zu führen. Stattdessen pflückte ich entschlossen ein paar der hohen Glockenblumen ab, zog die niedrige Pforte hinter mir zu, ging an der Außentreppe und den Küchenfenstern vorbei und öffnete die Tür zur Diele. Nach dem gleißenden Vormittagslicht von draußen konnte ich in diesem Dämmer erst gar nichts sehen, umso heftiger fuhr mir die irdene Kühle unter das schwarze Kleid. Ich tastete nach dem Rad und schob es hinaus. Dann fuhr ich die Hauptstraße wieder hinauf, Richtung Kirche. Aber statt nach links bog ich rechts ab, an der kleinen Pferdekoppel vorbei zum Friedhof.

Das Rad stellte ich auf dem Vorplatz ab, gleich neben ein anderes altes Herrenrad, pflückte zu meinen Glockenblumen noch ein paar Stängel Klatschmohn und ging zum Familiengrab.

Herrn Lexow sah ich schon von weitem. Sein weißes Haar leuchtete vor dem Laub der immergrünen Hecken. Er saß auf einer Bank, die einige Meter entfernt von Berthas Grab stand. Sein Anblick rührte mich, aber gleichzeitig störte er mich auch. Ich wollte auch einmal allein hier sein. Als er meine Schritte im Kies hörte, stand er mühsam auf und kam mir entgegen.

– Ich wollte gerade gehen, sagte er, sicher wollen Sie hier auch einmal allein sein.

Ich schämte mich, weil er meine Gedanken Wort für Wort gelesen hatte, und schüttelte deshalb heftig den Kopf.

- Nein. Natürlich nicht. Ich wollte Sie ohnehin noch fragen, ob Sie nicht nachher vorbeikommen und mir die Geschichte zu Ende erzählen wollen.

Herr Lexow blickte sich unruhig um.

- Oh, da gibt es nichts mehr hinzuzufügen, denke ich.

- Ja, aber was geschah dann? Bertha heiratete Hinnerk – und Sie? Wie konnten Sie sie ... ich meine, wie konnten Sie meine ...

Ich brach verlegen ab: »Meine Großmutter schwängern« konnte ich ja wohl kaum sagen. Herr Lexow sprach leise, aber mit großem Nachdruck.

- Ich weiß, glaube ich, gar nicht, wovon Sie sprechen. Ihre Großmutter Bertha war eine gute Freundin, der ich nie etwas anderes als Respekt entgegengebracht habe. Vielen Dank für die freundliche Einladung, aber ich bin ein alter Mann und gehe abends früh ins Bett.

Er nickte mir zu, eine gewisse Kühle hatte sich in seinen Blick geschlichen. Er nickte dann den Blumenkränzen auf Berthas Grab zu, die schon recht schlaff aussahen, und schritt langsam zum Ausgang. Er ging also früh ins Bett. Nichts anderes als Respekt. Ich schaute nach Hinnerks Stein und nach Rosmaries Stück Erde mit dem Rosmarinbusch darauf. Hatte Herr Lexow den gestrigen Abend schon vergessen? Wurden nur die Menschen vergesslich, die etwas zu vergessen hatten? War Vergesslichkeit einfach nur die Unfähigkeit, sich etwas zu merken? Vielleicht vergaßen die alten Leute gar nichts, sie weigerten sich nur, sich Dinge zu merken. Ab einer bestimmten Anzahl von Erinnerungen musste es doch jedem zu viel werden. Also war Vergessen auch nur eine Form des Erinnerns. Würde man nichts vergessen, könnte man sich auch nicht an etwas erinnern. Das Vergessen war ein Ozean, der sich um Gedächtnisinseln schloss. Es gab darin Strömungen, Strudel und Untiefen. Manchmal tauchten Sandbänke auf und schoben sich an die Inseln, manchmal verschwand etwas. Das Hirn hatte Gezeiten. Nur bei Bertha kam die Flut und verschluckte die Inseln ganz und gar. Lag ihr Leben irgendwo auf dem Meeresboden? Und Herr Lexow wollte nicht, dass jemand dort herumschnorchelte? Oder nutzte er ihr Verschwinden, um seine eigene Geschichte zu erzählen, eine Geschichte, in der er eine Rolle spielte? Großvater hatte Rosmarie und mir oft vom versunkenen Nachbarort erzählt. Fischdorf, so Hinnerk, war nämlich einst eine reiche Gemeinde gewesen, reicher als Bootshaven, aber seine Bewohner hatten dem Pastor einmal einen Streich gespielt. Sie riefen ihn zu einem Totenbett und taten dann aber ein lebendiges Schwein hinein. Diesem Schwein gab der kurzsichtige Pastor voller Mitgefühl die Letzte Ölung. Als es quiekend aus dem Bett sprang, war der Pastor so erschüttert, dass er aus dem Dorf floh. Kurz vor der Ortsgrenze zu Bootshaven bemerkte er, dass er seine Bibel im Nachbardorf zurückgelassen hatte. Er kehrte um – und fand das Dorf nicht mehr. Wo es einst gestanden hatte, lag jetzt ein großer See. Nur die Bibel schaukelte noch im seichten Wasser am Rand des Sees.

Mein Großvater nahm diese Geschichte immer zum Anlass, um über die Dummheit und Trunksucht der Popen zu spotten. Dass sie Schweine nicht von Menschen unterscheiden könnten, überall ihre Sachen herumliegen ließen und sich danach noch verliefen. Das fand er typisch und schlug sich ganz auf die Seite der Fischdorfer. Hinnerk mochte es nicht besonders, wenn Menschen für ihren Erfolg bestraft wurden.

Vielleicht war Herr Lexow auch gar nicht Ingas Vater. Vielleicht wollte er sich nur das Beste von Bertha holen, was sie hatte. Etwas, das auch noch keinem anderen gehörte. Bertha jedenfalls hatte immer nur Hinnerk geliebt. Ich musste Inga fragen. Aber was außer einer fremden Geschichte könnte sie mir erzählen?

Hastig legte ich mein rot-lila Blumenbündel auf Rosmaries Grab. Herrn Lexow konnte ich nicht mehr sehen. Jetzt reichte es aber mit den alten Geschichten. Ich ging mit langen Schritten zurück zur Pforte. Aus dem Augenwinkel sah ich, dass sich links zwischen den Gräbern etwas bewegte. Ich schaute genauer hin und bemerkte einen Mann im weißen Hemd, der ein ganzes Stück von unserem Familien-Obelisken entfernt im Schatten einer Blutpflaume saß, den Rücken an einen Grabstein gelehnt. Ich blieb stehen. Neben dem Mann stand eine Flasche. Er hatte ein Glas in der Hand und hielt das Gesicht in die Sonne. Ich konnte nicht viel erkennen, nur, dass er eine Sonnenbrille trug, aber wie ein Obdachloser wirkte er irgendwie nicht, auch nicht wie ein trauernder Angehöriger. Komischer Ort. Bootshaven. Wer wollte hier leben?

Und wer begraben sein?

Ich warf einen letzten Blick auf den hohen schwarzen Stein, unter dem außer meinen Urgroßeltern und meiner Großtante Anna auch Hinnerk und jetzt Bertha Lünschen lagen und meine Kusine Rosmarie. Meine Tanten hatten sich schon ihre Plätze dort gekauft. Was würde aus meiner Mutter? Würde ihr heimwehkranker Geist nur in diesem unfruchtbaren Moorboden wirklich zur Ruhe kommen. Und ich? Gehörte die Besitzerin des Familienhauses auch ins Familiengrab?

Ich beschleunigte meine Schritte, zog die kleine Pforte zu. Da stand Hinnerks Rad. Ich schwang mich darauf und fuhr zurück zum Haus. Dort angekommen, ging ich kurz hinein, holte mir ein großes Glas Wasser und setzte mich vorne auf die Treppe, wo ich tags zuvor mit meinen Eltern und Tanten gesessen hatte.

Früher hockten Rosmarie, Mira und ich oft hier: Als wir kleiner waren wegen der Geheimnisse unter den Steinplatten, später wegen der Abendsonne. Diese Außentreppe war ein wunderbarer Ort, er gehörte zum Haus ebenso wie zum Garten. Er war mit Kletterrosen bewachsen, doch wenn die Haustür offen stand, mischte sich der Steingeruch des Flurs in den Duft der Blüten. Die Treppe war nicht oben, nicht unten, nicht drinnen und nicht draußen. Sie war dafür da, den Übergang zwischen zwei Welten sanft, aber doch bestimmt vorzubereiten. Vielleicht mussten wir als Teenager deshalb so viel auf solchen Treppen kauern oder in Türrahmen lehnen, auf kleinen Mauern sitzen, an Bushaltestellen herumhängen, auf Eisenbahnschwellen laufen und von Brücken gucken. Wartende auf der Durchreise, gefangen im Zwischenraum.

Manchmal saß Bertha mit uns auf der Treppe. Sie war angespannt, denn auch sie schien zu warten, aber sie wusste nicht genau, auf wen oder was. Meistens wartete sie auf jemanden, der schon tot war, ihren Vater, später dann Hinnerk und ein, zwei Mal auch auf ihre Schwester Anna.

Hin und wieder nahm Rosmarie eine Weinflasche und Gläser mit hinaus, sie kam aus Hinnerks Weinvorräten im Keller. Obwohl er Sohn eines Wirtes war, wusste er nicht viel über Wein. Im Dorfkrug hatte man eher Bier getrunken. Er kaufte Wein, wenn er ihm irgendwo besonders günstig erschien, mochte lieblichen Wein lieber als trockenen und weißen lieber als roten. Mira trank nur dunkelroten, fast schwarzen Wein. Doch der Keller war voller Flaschen, und Rosmarie fand immer eine dunkle.

Ich trank nicht mit. Alkohol machte mich dumm. Filmriss, Blackout, Bewusstlosigkeit – all solche fürchterlichen Dinge konnten beim Trinken geschehen, das wusste man ja. Und ich hasste es, wenn Rosmarie und Mira Wein tranken. Wenn sie laut wurden und zu viel lachten, war es, als klappte ein riesiger Fernsehbildschirm zwischen uns hoch. Durch das Glas konnte ich meine Kusine und ihre Freundin betrachten wie einen Tierfilm über Riesenspinnen, bei dem der Ton abgedreht war. Ohne die nüchternen Erklärungen des Sprechers blieben die Geschöpfe abstoßend, fremd und hässlich.

Mira und Rosmarie bemerkten nichts, ihre Spinnenaugen waren selbst schon etwas glasig geworden, und sie schienen sich ihrerseits über meinen starren Blick zu amüsieren. Ich blieb immer ein bisschen länger, als ich es ertragen konnte, erhob mich dann steif und ging hinein. Niemals wieder würde ich einsamer sein als damals auf der Treppe mit den zwei Spinnen-Mädchen.

Wenn Bertha dabei war, trank sie mit. Rosmarie schenkte ihr nach, und da Bertha vergessen hatte, ob sie nun ein oder drei Glas Wein getrunken hatte, hielt sie auch immer wieder ihr Glas hin. Oder sie schenkte sich selbst nach. Ihre Sätze wurden dann noch wirrer, sie lachte, ihre Wangen färbten sich rosa. Mira hielt sich zurück, wenn Bertha dabei war, vielleicht aus Respekt, vielleicht aber auch wegen ihrer Mutter. Denn Frau Ohmstedt, Miras Mutter, war dafür bekannt, dass sie gerne einen über den Durst trank. Einmal hatte Bertha uns zugenickt und gesagt, was sie immer sagte: »Der Apfel fällt nicht weit vom Stamm.« Da war Mira blass geworden, hatte ihr Glas genommen, aus dem sie gerade trinken wollte, und es in die Rosen geschüttet.

Rosmarie ermunterte Bertha zum Trinken, vielleicht weil sie so ihr eigenes Trinken besser rechtfertigen konnte. Aber es stimmte auch, wenn sie sagte:

– Trink, Oma, dann musst du nicht so viel weinen.

Bertha trank nur einen Sommer lang mit uns Wein auf der Treppe. Bald darauf wurde sie zu rastlos, um irgendwo zu sitzen, und am Ende des folgenden Sommers war Rosmarie tot.

Die Sonne stand tiefer, mein Glas war leer. Jetzt, wo ich hier war, konnte ich auch Miras Eltern besuchen und mich nach ihrer Tochter erkundigen. Von ihrem Bruder hatte ich ja nicht viel erfahren. Diesmal fuhr ich nicht nach links ins Dorf hinein, sondern ein Stück Richtung Stadt. Die Klingel ertönte immer noch in der vertrauten Kuckucks-Terz von damals. Der Garten war ziemlich verwildert und so gar nicht mehr das Musterbeispiel von geometrischem Heckenschnitt und mit Bindfaden gezogenen Rabatten.

– Na, hat dein Vater wieder mit deinem Geodreieck gespielt? pflegte Rosmarie zu spotten, wenn Mira uns die Tür aufmachte. Jetzt stand das Gras hoch, die Hecken und Bäume waren ungeschnitten, und das nicht erst seit kurzem.

Eigentlich hätte ich es wissen müssen, doch ich war grenzenlos überrascht, als Max mir die Tür aufmachte. Er war auch kurz verwundert, aber noch bevor ich etwas sagen konnte, lächelte er, kam einen Schritt auf mich zu und sah dabei richtig erfreut aus.

- Iris, wie gut. Ich wollte sowieso noch bei dir vorbeisehen heute.
- Wirklich?
Wieso schrie ich eigentlich so? Natürlich musste er bei mir vorbeisehen, er war schließlich so etwas wie mein Anwalt. Max warf mir einen unsicheren Blick zu.
- Ich meine, so ein Zufall. Und ich wollte eigentlich überhaupt nicht zu dir!
Sein Lächeln wurde etwas schmaler.
- Nein, nein, sagte ich, so natürlich nicht, ich wollte nur sagen, dass ich nicht wusste, dass du hier wohnst. Aber jetzt, wo du hier bist, nehme ich natürlich … äh dich.
Max' Augenbrauen fuhren in die Höhe. Ich verfluchte mich und fühlte, wie mein Gesicht rot anlief. Gerade als ich mir mit einer scharfsinnigen Bemerkung – vielleicht so etwas wie »äh, also ich geh mal wieder« – den Rückzug bahnen wollte, sagte Max grinsend:
- Tatsächlich? Du nimmst mich? Das hatte ich mir schon immer gewünscht. Nein, sei nicht albern. Bleib hier! Iris! Jetzt komm schon rein. Oder wir gehen beide raus, also geh am besten durch, du weißt ja wohl noch, wo es zur Terrasse geht.
- Ja.
Als ich verlegen durch das Haus lief, das mir einmal so vertraut gewesen war, wurde meine Verwirrung noch größer. Dies war nicht das Haus, das ich kannte. Es gab irgendwie gar keine Türen mehr. Keine Tapeten. Keine Decke! Alles war ein großer Raum, weiß gestrichen, meine Sandalen quietschten auf den nackten Holzdielen. Es gab eine glänzend weiße Küche und ein großes, vergammeltes blaues Sofa, eine Wand mit Büchern und eine Wand mit einer gewaltigen, aber durchaus eleganten Hi-Fi-Anlage.

- Wo sind deine Eltern? rief ich.

- Die wohnen in der Garage. Schließlich verdiene ich jetzt mehr als mein Vater mit seiner Rente.

Ich drehte mich um und schaute ihn an. Ich mochte ihn!

- Hey, war ja nur ein Scherz. Meine Mutter wollte immer weg von hier, das weißt du ja. Und mein Vater war krank, sehr krank sogar. Und als er wieder gesund war, haben sie beschlossen, so viel wie möglich zu reisen. Sie haben eine kleine Wohnung in der Stadt. Manchmal kommen sie hierher zu Besuch, und nur dann schlafen sie in der Garage. Aber mein Wagen ist nicht besonders groß, und daher –

- Max, halt die Klappe, du Niete. Ich wollte dich unbedingt fragen, wo man hier schwimmen gehen kann, ohne dass du hinter einem herschleichst. Kannst du mir nicht einfach sagen, wo du in den nächsten Tagen zu schwimmen gedenkst, damit ich weiß, welche Orte ich meiden sollte?

- Gib nicht so an. Ich tue nur das, was ich immer tue. Kann ich etwas dafür, dass du offenbar meine Gewohnheiten studiert hast und dich mir jetzt immer zufällig und inzwischen sogar unbekleidet in den Weg wirfst? Und nun klingelst du noch an meiner Haustür und stellst plumpe Fragen!

Max schüttelte den Kopf, drehte sich um und ging in die Küche. Er hatte ein weißes Hemd an und schon wieder Flecken auf dem Rücken, diesmal graue und grünliche, als hätte er sich gegen einen alten Baum gelehnt. Während er mit Flaschen und Gläsern hantierte, hörte ich noch sein trauriges Gemurmel. Ausdrücke wie »loses Wesen«, »Charakterschwäche« und »zwanghaft« kamen auch darin vor.

Wir tranken Weißweinschorle auf der Terrasse. In meiner war natürlich mehr Wasser als Wein. Die Terrasse war noch so, wie sie immer gewesen war, nur der Garten war ganz verwildert. Die Grillen zirpten. Und ich bekam fürchterlichen Hunger.

- Ich muss nach Hause.

- Warum? Du bist doch gerade erst gekommen. Ich habe dich noch nicht gefragt, was du von meinen Eltern wolltest. Ich habe dich übrigens auch noch nicht gefragt, was du so machst und wo du wohnst, denn das weiß ich alles schon aus meinen Unterlagen.

- So? Wie kommt denn das da hinein?

- Anwaltsgeheimnis. Über meine Klientinnen kann ich Ihnen leider keine Auskunft geben.

- Na, aber irgendwer muss dir ja über deine Klientinnen Auskunft gegeben haben?

- Sage ich ja, aber ich sage nicht, wer.

- Welche von meinen Tanten war es? Inga oder Harriet?

Max lachte, schwieg.

- Ich muss los, Max. Ich will noch, also, ich habe noch nicht. Jedenfalls muss ich los.

- Ja, dann. Das sind natürlich zwingende Gründe, warum hast du das nicht gleich gesagt? Darf ich meinen Eltern etwas ausrichten, vielleicht? Und willst du nicht wissen, wo ich morgen schwimmen gehe? Und willst du nicht mit mir Abend essen?

Er drehte mit großer Konzentration den Korken vom Korkenzieher, während er sprach, und nur bei der letzten Frage blickte er mich kurz an.

Ich lehnte mich zurück und seufzte tief.

- Ja. Ja, das will ich, Max. Ich möchte sehr, sehr, sehr gerne mit dir Abend essen, vielen Dank.

Max schwieg und sah mich an, sein Lächeln war ein bisschen angestrengt.

- Was ist? fragte ich erstaunt. Hast du nur aus Höflichkeit gefragt?

- Nein, aber ich warte auf das Aber.

- Welches Aber?

- Na, das Aber von »Ja, ja, liebster Max, ich will ja, ich will so schrecklich gerne, aber ...«, *das* Aber meinte ich.

- Kein Aber.

- Kein Aber?

- Nein, Mann. Aber wenn du noch lange fragst, dann –

- Siehst du, da war doch noch ein Aber!

- Ja. Stimmt.

- Ich wusste es, seufzte Max und hörte sich zufrieden an, dann stand er abrupt auf und sagte:

- Also los. Gehen wir und gucken wir nach, was wir in der Küche finden.

Wir fanden eine ganze Menge in der Küche. Ich lachte viel an diesem Abend, vielleicht unangemessen viel für jemanden, der wegen einer Beerdigung hier war. Aber ich fühlte mich wohl mit Max und seiner höflichen Unverschämtheit. Er hatte so viel Brot und Oliven und Pasten und Dips im Kühlschrank, dass ich ihn fragte, ob er Besuch erwartet hätte oder noch bekäme. Daraufhin hielt er kurz inne, guckte etwas komisch und schüttelte nur den Kopf. Dann knickte er ein und gab zu, dass er vorgehabt hatte, mich zu fragen, weil er eben ein sensibler Mensch wäre und mich an der Schleuse zu Tode erschreckt hätte und weil er nicht hätte ahnen können, dass ich gleich bei ihm eindringen würde. Dabei grinste er etwas schief und schmierte sich Porreecreme auf das Brot. Ich sagte nichts.

Als ich aufstand, um zu gehen, war es dunkel. Max begleitete mich hinaus zum Fahrrad. Und als ich meine

Hand auf den Lenker legte, tat er seine darüber und küsste mich kurz auf den Mundwinkel. Sein Kuss durchfuhr mich mit einer Wucht, die mich verblüffte. Jedenfalls gingen wir beide erst mal einen Schritt rückwärts, wobei ich einen Blumentopf umtrat. Hastig stellte ich ihn auf und sagte:

- Entschuldigung. Das tue ich immer, wenn ich mich irgendwo wohl fühle.

Und Max sagte, er habe sich auch wohl gefühlt heute Abend. Und wir wurden ganz still und standen da draußen im Dunkeln. Und bevor Max noch irgendetwas tun oder nicht tun konnte, nahm ich mein Rad und fuhr zurück zum Haus.

In dieser Nacht schlief ich wieder nicht gut. Ich musste schließlich nachdenken.

Und wieder wachte ich sehr früh auf. Die Sonnenstrahlen tasteten sich noch unsicher an der Zimmerwand entlang. Ich stand auf, warf mir das goldene Ballkleid meiner Mutter über, radelte zum See, schwamm einmal hin und her, begegnete wieder den gleichen Hundebesitzern wie gestern, Max aber nicht. Ich fuhr zurück, kochte Tee, legte Käse zwischen zwei Scheiben Schwarzbrot und stellte alles auf ein Tablett. Das trug ich durch die Diele und dann hinaus auf die Obstbaumwiese hinterm Haus. Dort standen ein paar verwitterte Gartenmöbel. Ich stellte mir zwei weiße Holzklappstühle in die Sonne, auf den einen Stuhl tat ich das Tablett, auf den anderen setzte ich mich. Meine bloßen Füße waren nass vom Tau, und der Saum des Kleids war es auch. Das Gras hier war zwar schon einige Zeit nicht gemäht worden, aber sicher nicht länger als vier oder fünf Wochen. Ich trank meinen Tee mit Herrn Lexows Milch und betrachtete die alten Apfelbäume und dachte an meine Großmutter Bertha.

Nachdem sie an einem Herbsttag beim Apfelernten aus dem Baum gefallen war, war nichts mehr wie vorher. Natürlich ahnte das zunächst noch keiner. Sie selbst am allerwenigsten. Aber von da an hatte sie oft Schmerzen in der Hüfte, wusste plötzlich nicht mehr, ob sie ihre Tabletten für die Hüfte schon genommen hatte oder nicht. Sie fragte Hinnerk immer wieder, ob sie sie schon genommen habe oder nicht. Hinnerk wurde ungeduldig und antwortete gereizt. Bertha bekam Angst vor dieser Schärfe, denn sie wusste es wirklich nicht und hätte schwören können, dass sie ihn noch nicht gefragt hatte. Da Hinnerk immer schon mit den Augen rollte, wenn sie fragte, fragte sie nicht mehr, wurde aber unsicher in vielen Dingen. Sie fand ihre Brille nicht mehr oder ihre Handtasche oder den Hausschlüssel. Sie verwechselte Termine, und es wollte ihr plötzlich auch der Name von Hinnerks Sekretärin, die schon über dreißig Jahre in der Kanzlei arbeitete, nicht mehr einfallen. Dies alles machte sie erst nervös, dann besorgt. Schließlich, als sie merkte, dass es immer schlimmer wurde und auch niemand da war, der ihr helfen oder mit dem sie darüber sprechen konnte, als ganze Teile ihres Lebens, nicht nur des jetzigen, auch des früheren Lebens, einfach im Nichts versanken, bekam sie große Angst. Diese Angst führte dazu, dass sie oft weinte, morgens mit Herzklopfen im Bett lag und einfach nicht aufstehen wollte. Hinnerk fing an, sich für sie zu schämen und sie mit leiser Stimme zu beschimpfen. Sie machte ihm kein Frühstück mehr. Der Weg von der Küche zum Esszimmer war lang, und wenn man im einen Zimmer war, wusste man gar nicht mehr, was man aus dem anderen holen wollte. Hinnerk gewöhnte sich daran, sich den Becher Milch, den er morgens immer trank, selbst einzuschenken und dann beim Bäcker gegenüber der Kanzlei ein Rosinenbrötchen zu kaufen. Eigentlich brauchte er auch gar nicht mehr zu arbeiten, aber er empfand es als unangenehm, bei Bertha zu sein und ihren unsicheren Schritt durch das Haus hallen zu hören. Wie ein ruheloser Geist streifte sie treppauf, treppab, rumorte in Schränken, wühlte in den alten Sachen, stapelte sie auf und ließ sie liegen. Dann und wann gelangte sie dabei auch ins Schlafzimmer und zog sich immer wieder andere Kleider an. Waren sie im Garten, so stürzte sich Bertha auf Fremde, die an der Einfahrt vorbeikamen, um sie mit überschwänglichen und zugleich unvollständigen Sätzen zu begrüßen, so als wäre man schon seit Jahr und Tag eng befreundet. »Oh. Da ist ja mein bester Mann«, rief sie über die Weißdornhecke, und der Spaziergänger drehte sich erschrocken um, um zu sehen, wem das strahlende Lächeln dieser älteren Dame galt. Berthas Verwirrung war Hinnerk peinlich, das war keine ehrliche Krankheit mit Schmerzen und Medikamenten. Diese Krankheit erfüllte ihn mit Zorn und Scham.

Meine Mutter wohnte weit weg. Inga war in der Stadt und sehr beschäftigt mit ihrer Fotografie. Harriet schwebte sowieso über den Dingen, sie machte immer irgendwelche Phasen durch und hatte zu jeder Phase auch einen neuen Mann, was Hinnerk noch viel wütender machte als alles andere. So rief er ab und zu meine Mutter an, schimpfte über Bertha, verriet aber nichts über seine wachsende Beunruhigung. Inga merkte als Erste, dass Bertha Hilfe brauchte. Dass auch Hinnerk Hilfe brauchte, das merkten wir erst, als es eigentlich schon zu spät war. Essen auf Rädern wurde bestellt. Wenn Bertha Mittag aß, dann wollte sie nicht, dass Flecken auf das Tischtuch kamen. Wenn es passierte, sprang sie auf und suchte nach einem Lappen, aber meistens kam sie nicht mehr wieder zurück zum Tisch. Und wenn doch, dann nicht mit einem Lappen, sondern mit einem Topf, einer Tüte Milchreis oder einem Damenstrumpf. Wenn sie der Ansicht war, dass meine Ärmel zu lang waren und Sorge hatte, sie könnten ins Essen hängen, sagte sie: »Man muss da hinterhergehen, sonst verbrennt es.« Aber wir konnten verstehen, was sie meinte, und uns die Ärmel hochkrempeln. Später gelang uns das nicht mehr, und dann wurde sie ärgerlich und stand auf, oder sie fiel in sich zusammen und weinte tonlos.

Eine der Kränzchenschwestern, Thede Gottfried, kam drei Tage die Woche zum Putzen und Aufräumen und Einkaufen und Spazierengehen. Irgendwann fing Bertha an wegzulaufen. Sie ging hinaus auf die Straße, verirrte sich und fand nicht mehr zurück in das Haus, in dem sie aufgewachsen war. Täglich musste Hinnerk sie suchen, meistens war sie dann doch nur irgendwo im Haus oder im Garten, aber beides war groß genug, um lange auf der Suche zu sein. Im Dorf kannte sie fast jeder, da wurde sie früher oder später wieder von irgendwem nach Hause begleitet, allerdings brachte sie einmal ein Fahrrad mit, das ihr nicht gehörte. Ein anderes Mal lief sie auch nachts hinaus. Das Auto konnte aber rechtzeitig bremsen. Sie begann sich einzunässen, wusch sich in der Klospülung die Hände und warf immer wieder kleine Dinge in die Toilette: Briefumschläge, Gummibänder, kaputte Reißzwecken, Unkraut. Hundertmal am Tag durchwühlte sie ihre Taschen nach einem Taschentuch, und wenn keines da war, weil sie es wenige Minuten vorher herausgekramt und in eine andere Tasche gesteckt hatte, geriet sie in Verzweiflung. Sie wusste nicht, was da mit ihr geschah, keiner sprach mit ihr darüber, und zugleich konnte sie nicht anders, als es doch zu wissen. Manchmal fragte sie meine Tanten oder meine Mutter, wenn diese mal auf Besuch war, mit Flüsterstimme und Angst im Gesicht: »Was wird werden?« oder »Wird das jetzt so bleiben?« oder »Aber früher, da war es nicht so, da hatte ich noch alles, jetzt habe ich nichts«. Sie weinte mehrmals am Tag, war schreckhaft, der kalte Schweiß stand ihr immer wieder auf der Stirn, und ihre innere Erregung entlud sich in plötzlichem Aufspringen und Weggehen, kleinen Spurts und ruhelosen Wanderungen durch das große, leere Haus. Meine Tanten versuchten, sie zu beschwichtigen, sagten, das sei das Alter und sie habe es doch im Grunde ganz gut. Und obwohl sie bei einem Arzt in Behandlung war, fiel das Wort »Krankheit« in Berthas Gegenwart nie.

Hinnerk war sechs Jahre älter als Bertha. Als er mit fünfundsiebzig einen Herzinfarkt bekam, war das eigentlich noch zu früh dafür, dass er im Grunde ganz gesund war. Und die Ärzte deuteten an, dass es nicht der erste Infarkt gewesen sein konnte. Aber wer hätte den oder die anderen bemerken sollen? Zwei Wochen lang lag er im Krankenhaus, und meine Mutter reiste zu ihm. Sie hielt seine Hand, und er hatte Angst, weil er wusste, dass dies das Ende sein würde. An einem Nachmittag sagte er nur den Namen meiner Mutter mit jener Zartheit, zu der er fähig war, aber die er nur selten zeigte, und starb. Währenddessen waren meine Tanten bei Bertha geblieben. Sie waren traurig darüber, dass sie sich nicht verabschieden konnten, traurig und zornig darüber, dass Hinnerk eine Lieblingstochter gehabt hatte, dass sie zu wenig von ihm gehabt hatten, vor allem natürlich zu wenig Liebe, dass jetzt nur noch das Wrack meiner Großmutter übrig geblieben war, dass meine Mutter wieder in den Süden davonrauschen durfte, wo ein treuer Mann und eine Tochter auf sie warteten und ihr Trost und Beistand bieten konnten. Diese Trauer und dieser Zorn ließen sie schreckliche Dinge zu meiner Mutter sagen. Sie warfen ihr vor, sie drücke sich vor der Verantwortung für ihre Mutter. Meine Großmutter stand dabei und weinte, sie verstand nicht, worum es ging, aber sie hörte die Bitterkeit, die enttäuschte Liebe, die sich in den Stimmen ihrer Töchter entlud. Christa hatte während der ganzen Zeit, in der Bertha noch lebte, und das waren vierzehn Jahre gewesen, ein sehr gespanntes Verhältnis zu ihren Schwestern gehabt. Nach jedem Anruf und vor jedem Besuch konnte sie nächtelang nicht schlafen. Als meine Tanten zwei Jahre nach Rosmaries Tod beschlossen, Bertha ins Heim zu geben, wurde Christa vorher spöttisch gefragt, ob sie ihre Mutter denn jetzt endlich zu sich nehmen wolle. Inga und Harriet hätten sich wahrlich lange genug um sie gekümmert. In der letzten Zeit hatten sich die drei Schwestern wieder vorsichtig angenähert: Sie waren drei Schwestern, sie waren über fünfzig, sie hatten viele Träume begraben, sie hatten Rosmarie begraben, und jetzt, jetzt hatten sie ihre Mutter begraben.

Das Gras dort zwischen den Apfelbäumen war viel höher als hier hinter dem Haus. Ich musste mich doch nochmal mit Lexow treffen. So leicht kam er mir nicht davon. Ich trank meinen Tee und aß mein Brot und dachte ein bisschen an Max und schüttelte den Kopf. Was war da eigentlich gewesen?

Die Sonnenstrahlen wurden schärfer. Ich nahm mein Tablett und wollte gerade feierlich – mit meinem golde-

nen Kleid ging das nicht anders – ins Haus zurückschrei-
ten, da sah ich durch die Bäume den alten Hühnerstall,
das »Hock«, wie sie ihn hier nannten. Irgendetwas Rotes
war auf den grauen Putz gemalt. Ich lief an den Obstbäumen vorbei zu jenem Haus, in dem schon meine Mutter
und ihre Schwester mit Puppen gespielt hatten. Rosmarie, Mira und ich hatten es als Regenhaus benutzt. Ich
sah von weitem die rote Sprühfarbe und dann das Wort
»Nazi«. Erschrocken drehte ich mich um, als erwartete
ich, noch einen Sprayer hinter den Holunderbüschen
wegspringen zu sehen. Mit einem Stein versuchte ich, das
Wort wegzukratzen, was aber nicht klappte. Als ich mich
nach dem Stein bückte, trat ich auf den Saum meines
Kleides, und beim Hochkommen riss der mürbe Stoff. Es
hörte sich an wie ein Schrei. Ich lief zurück in die Diele
und versuchte, mich in der Dunkelheit zurechtzufinden –
meine Augen hatten sich noch nicht an das Schummer-
licht hier drinnen gewöhnt. Irgendwo in der Nische bei
den Leitern hatte ich im Vorbeigehen große Farbeimer
herumstehen sehen. Ich machte den ersten auf, aber der
Rest weiße Farbe war steinhart und rissig. In den anderen Eimern sah es nicht anders aus. Also musste ich mich
später darum kümmern. Wer hatte das dorthin gesprüht?
Einer aus dem Dorf? Ein Rechter oder ein Linker? Ein
Schwachkopf oder jemand, der es ernst meinte? Das Vergessen lag bei uns in der Familie. Vielleicht wollte uns ja
jemand auf die Sprünge helfen.

Um mich erst einmal abzulenken, nahm ich mir das Arbeitszimmer meines Großvaters Hinnerk vor. Ich wollte
seinen Schreibtisch untersuchen. In der rechten unteren
Klappe waren früher Süßigkeiten gewesen, After Eight,
Toblerone und immer mehrere Dosen bunte Karamell-

bonbons von MacIntosh's. Ich liebte diese Dosen, die Dame in diesem wunderschönen lila Kleid und die Pferdekutsche. Den Mann fand ich etwas störend mit seinem Lächeln und dem hohen Hut, aber ich geriet in Entzücken über den zarten und duftigen Sonnenschirm der Dame und die zierlichen Beine der Pferde. Und gab es nicht auch noch irgendwo ein schwarzes Hündchen? Nur die schmale Taille der lila Dame war beunruhigend. Ihr strahlendes Lächeln täuschte mich nicht darüber hinweg, dass sie jederzeit in der Mitte durchbrechen konnte. Man konnte nicht lange dorthin sehen. Die Bonbons klebten uns die Zähne zusammen, und wenn man Pech hatte, dann gab es nur noch die mit der kalten, zäh-weißlichen Füllung. Ich aß am liebsten die quadratischen Roten, Rosmarie mochte die goldenen Taler, nur Mira hielt sich an die After Eight. Doch ab und zu, wenn mein Großvater selbst die Dose herumreichte, nahm sie eines der klebrigen dunkelvioletten Krokantbonbons.

Der Schlüssel steckte noch im Schreibtischschrank. Hinnerk hatte sich nie die Mühe gemacht, irgendetwas wegzuschließen. Es traute sich ohnehin keiner, bei ihm herumzuwühlen. Seine Zornausbrüche machten keinen Unterschied zwischen Kollegen und Untergebenen, Enkelinnen und deren Freundinnen, Ehefrau und Putzfrau, Freund oder Feind. Und vor seinen Töchtern machten sie auch keinen Halt, egal, ob deren Männer und Kinder gerade anwesend waren oder nicht. Hinnerk war ein Mann des Gesetzes, das hieß auch, er war das Gesetz. Fand Hinnerk. Aber Harriet fand das nicht.

Ich öffnete den Schreibtisch, und der vertraute Geruch von Holzpolitur, Akten und Pfefferminz schlug mir entgegen. Ich setzte mich auf den Boden, atmete den Geruch und schaute in den Schreibtisch. Dort stand tatsächlich eine Dose MacIntosh's, leer, und dann lag da noch ein schmales graues Buch. Ich zog es heraus, schlug es auf und sah, dass Hinnerk seinen Namen mit Tinte vorne hineingeschrieben hatte. Ein Tagebuch? Nein, ein Tagebuch war es nicht, es waren Gedichte.

VII. Kapitel

Harriet hatte uns früher schon von Hinnerks Gedichten erzählt. Sie wohnte zwar im selben Haus wie er, aber sie redete nicht viel mit ihm und noch weniger über ihn, und so fanden wir das mit den Gedichten umso seltsamer.

Ihrem Vater begegnete Harriet, indem sie sich entzog. Als Kind erstarrte sie nicht in seiner Gegenwart wie Christa und Inga. Sie weinte auch nicht wie Bertha. Sie floh. Wenn er sie anschrie oder gar einsperrte, dann schloss sie die Augen und schlief ein. Wirklich, sie schlief ein. Das war keine Trance, keine Bewusstlosigkeit, es war Schlaf. Harriet selbst nannte es fliegen und behauptete, sie träume jedes Mal, sie schwebe erst über die Obstbaumwiese und dann langsam über die Apfelbäume in den Himmel. Dort drehte sie eine Runde über die Weiden und landete erst wieder, wenn ihr Vater mit lautem Türenknallen aus dem Zimmer gelaufen war. Hinnerk, obwohl er als Kind oft von seinem Vater geschlagen worden war, rührte – so rasend sein Zorn auch sein konnte – niemals einen Menschen an. Er drohte mit Prügel und, wie er es nannte, »körperlicher Züchtigung«, er schäumte und spuckte, seine Stimme überschlug sich und wurde so laut, dass es in den Ohren wehtat, er wurde zynisch und leise, er konnte die schrecklichsten Dinge flüstern, aber er schlug nicht zu und war auch nie versucht, es zu tun. Das nutzte Harriet für sich, schlief ein und flog davon.

Harriet gehörte zu den Mädchen, die niemals nur einfach etwas mögen oder gut finden, sondern schwärmen. Über Kinder und kleine Tiere geriet sie ganz außer sich. Nach dem Abitur beschloss sie, Tiermedizin zu studieren, obwohl sie naturwissenschaftlich unbegabt war. Schlimmer noch als ihre unterdurchschnittliche Fähigkeit, logische Verknüpfungen durchzuführen, war die Tatsache, dass sie beim Anblick einer kranken Kreatur sofort in Tränen ausbrechen konnte. Schon in der zweiten Woche musste Harriets Professorin ihr erklären, dass sie nicht hier sei, um Tiere liebzuhaben, sondern um sie gesundzumachen. Meine Mutter hat erzählt, wie Harriet nach der ersten praktischen Stunde am Kadaver eines schwarzweißen Kaninchens dem Seminarleiter ihren Kittel vor die Füße geworfen habe und zusammen mit dem Kittel auch gleich das gesamte Studium. Nachdem sie den Übungsraum verlassen hatte, habe der Dozent ihr in milder Fassungslosigkeit nachgestarrt, sie sei aber nicht mehr wieder zurückgekommen. Meine Mutter erzählte diese Geschichte immer im Beisein von Harriet und immer mit deren kicherndem Einverständnis. Ich weiß nicht, ob Harriet sie ihr einst selbst erzählt oder ob sie sie von einer ihrer früheren Kommilitoninnen hatte. Auch Rosmarie mochte diese Geschichte, und so veränderte meine Mutter sie immer ein wenig. Mal war es eine Katze, die seziert wurde, mal ein Welpe, einmal sogar ein sehr kleiner Frischling.

Danach studierte Harriet Sprachen, Englisch und Französisch, und wurde nicht Lehrerin, wie ihr Vater es eigentlich für sie vorgesehen hatte, sondern Übersetzerin. Das war etwas, das sie sehr gut konnte. Sie war in der Lage, sich ganz in die Gedanken und Gefühle anderer hineinzubegeben – die geborene Vermittlerin zwischen zwei Welten, die sich nicht miteinander verständigen konnten. Sie vermittelte zwischen den Schwestern. Zwischen ihrer Mutter und der Schneiderin, die zweimal im Jahr ins Haus kam. Zwischen ihrem Vater und ihren Lehrern. Weil sie alles und jeden verstand, fand sie es schwer, sich selbst einen festen Standpunkt zu verschaffen. Stehen, dafür war sie ohnehin nicht gemacht: Harriet pflegte zu schweben. Und zwar über den Dingen – und natürlich in ständiger Gefahr, abzustürzen und auf dem Boden aufzuschlagen. Aber merkwürdigerweise waren diese Abstürze selten hart, eigentlich trudelte sie eher hinab. Unten angekommen, wirkte sie zwar ein wenig zerzaust und müde, aber keineswegs zerschmettert.

Als einziges der drei Mädchen hatte Harriet so etwas wie Jungsgeschichten. Christa war zu schüchtern. Inga hatte ihre Verehrer, die sie anschauen, aber nicht anfassen durften und es vielleicht auch gar nicht darauf abgesehen hatten. Harriet war keine besonders trickreiche oder heißblütige Liebhaberin, aber sie brauchte nur auf eine bestimmte Weise angesehen zu werden, und sofort fing es in ihrem Bauch an zu flattern. Ohne Mühe ließ sie sich mitreißen, und sie war fähig zu einer Ekstase, die den Jungen schier den Atem raubte. Sie war vielleicht nicht das, was man gut im Bett nannte, was immer das auch sein mochte, aber sie machte, dass die Männer sich fühlten, als wären sie es. Und das war fast noch besser. Hinzu kam, dass sie als jüngste der Schwestern auch in jene Zeit geriet, in der plötzlich Blumen, Sex und Frieden eine wichtige Rolle spielten. Nicht in Bootshaven und am allerwenigsten im Haus in der Geeststraße. Anders als Christa und Inga studierte Harriet in Göttingen, hatte ein paar indische Blusen im Schrank und trug mit Vorliebe eine Hose, die oben eng und unten weit war und aus lauter gleich großen rechteckigen Lederflicken bestand. Und sie begann, sich die kastanienbraunen Haare mit Henna zu färben. Wahrscheinlich war Harriet ein Hippie, aber es gab keinen Bruch in ihrer Persönlichkeit, keinen Sprung. Sie wurde genau so, wie sie ohnehin war.

Obwohl nur drei Jahre zwischen Inga und Harriet lagen und fünf zwischen Christa und Harriet, schien dieser Abstand wie eine ganze Generation. Doch da Harriet nun mal aus der Familie kam, aus der sie kam, bewegte sich ihr Hippiesein in gemäßigten Bahnen. Sie nahm keine harten Drogen, trank höchstens etwas Haschischtee, den sie aber nicht mochte und von dem sie vor allem Hunger kriegte. Ihre berauschte Seele hatte gar keine Zeit, die Flügel zu spannen und über den Horizont hinaus zu segeln, da Harriet unentwegt ihren Bauch mit Nahrung füllen musste. Sie wohnte mit einem anderen Mädchen zusammen, Cornelia. Diese war etwas älter als Harriet, ernst und sehr schüchtern. Herrenbesuch kam nicht in Frage. So viele Herren waren es ja auch gar nicht.

Doch dann kam dieser Medizinstudent, Friedrich Quast. Tante Inga hatte mir erst vor wenigen Jahren von ihm erzählt, nämlich an jenem Abend, als sie mir die Porträtaufnahmen von Bertha gezeigt hatte. Es hatte wohl an Tante Ingas betörender Stimme und ihrem spannungsgeladenen Wesen gelegen, dass ich mir Harriets Liebesgeschichte in glühenden Farben ausmalen musste.

Friedrich Quast war rothaarig und hatte eine weiße Haut, die an manchen Stellen bläulich schimmerte. Schweigsam war er und verschlossen. Nur seine kräftigen, sommersprossigen Hände waren lebhaft und selbstsicher und wussten genau, wohin sie wollten, und vor allem: was sie zu tun hatten, wenn sie dort waren, wo sie sein wollten. Harriet war hingerissen, das war etwas ganz anderes als das hastige und, zugegeben rührend, ungeschickte Anfassen ihrer früheren Verehrer.

Sie hatte ihn auf dem Fest einer Freundin das erste Mal gesehen, er war der Mitbewohner des Bruders dieser Freundin. Unbeteiligt stand er am Rand und schaute auf die Gäste. Harriet fand ihn arrogant und hässlich. Er war groß und dünn, hatte eine Nase, die lang und gebogen war wie ein Schnabel. Er lehnte an der Wand, als könnte er nicht gut auf seinen Kranichbeinen stehen.

Als Harriet nach Hause gehen wollte, stand er unten neben der Haustür und rauchte. Ohne ein Wort zu sagen, bot er ihr eine Zigarette an, die Harriet, weil sie neugierig und geschmeichelt war, annahm. Als er ihr aber Feuer gab und mit seiner Hand, die dem Streichholz Windschutz geben musste, ihre Wange streifte, wobei er nicht einmal so tat, als sei es aus Versehen gewesen, da bekam sie auf der Stelle weiche Knie.

Sie nahm ihn mit nach Hause, das heißt, als sie ging, ging er einfach mit. Und beiden war klar, dass er sie nicht nach Hause begleiten wollte, weil er so ein höflicher Mensch war. Es war Freitagabend, die Mitbewohnerin Cornelia war wie jedes Wochenende bei ihren Eltern. Friedrich Quast und Harriet blieben zwei Nächte und zwei Tage in Harriets Wohnung. So einsilbig und unbeteiligt Friedrich war, wenn er angekleidet war, so begeistert und phantasievoll setzte er sich ein, wenn er nackt mit Harriet im Bett lag. Seine schönen Hände strichen, pressten, ritzten, tupften mit einer Bestimmtheit über ihren Körper, die ihr den Atem raubte. Er schien ihren Körper viel besser zu kennen als sie selbst. Friedrich leckte und schnupperte und erkundete alles an ihr mit einem Interesse und einer Neugier, die aber gar nichts mit der Entdeckerfreude eines kleinen Jungen gemein hatte, sondern vielmehr mit der genussvollen Konzentration eines Feinschmeckers.

Harriet behielt dieses Wochenende immer als das in Erinnerung, an dem sie am meisten über sich gelernt hatte. Ihre sexuelle Befreiung hatte weniger mit den sechziger Jahren als mit diesen zwei Nächten und zwei Tagen zu tun. Wenn sie und Friedrich Quast nicht miteinander schliefen, dann aßen sie ein paar Brote und Äpfel, die Harriet immer in der Wohnung hatte. Friedrich rauchte. Sie redeten wenig. Obwohl er Mediziner war, sprachen sie auch nicht über Verhütung. Harriet dachte nicht einmal daran. Am Sonntagnachmittag stand Friedrich Quast auf, steckte sich eine Zigarette zwischen die Lippen, zog sich an und beugte sich hinunter zu Harriet, die ihn erstaunt ansah. Er schaute ihr ins Gesicht, sagte, er müsse los, küsste sie kurz, aber warm auf die Lippen und verschwand. Harriet blieb liegen und war nicht sehr beunruhigt. Sie hörte, wie er Cornelia im Treppenhaus traf. Hörte, wie beide ihre Schritte kurz anhielten, etwas murmelten, dann hörte sie Friedrich schnell hinuntergehen und erst nach einer gewissen Zeit Cornelias gemessene Schritte hinauf. Oje, dachte Harriet, ojeoje. Und tatsächlich, kurz darauf klopfte es auch schon an ihrer Tür. Cornelia war entsetzt, als sie Harriet im Bett vorfand, am helllichten Tag, das Haar zerzaust, Wangen rosig, die Augen mit dunklen Schatten, aber voller Glanz, der Mund rot, fast wund. Der Geruch von Rauch und Sex traf sie wie ein Schlag, und sie öffnete ein paar Mal den Mund, blickte Harriet fast hasserfüllt an und schloss die Tür hinter sich. Harriet fühlte sich schlecht, aber nicht so schlecht, wie sie eigentlich erwartet hatte.

Schlecht, dann aber viel schlechter, als sie erwartet hatte, ging es ihr, als Friedrich sich weder am nächsten noch am übernächsten Tag bei ihr meldete. Das folgende Wochenende verbrachte sie wieder im Bett, diesmal allein und so furchtbar unglücklich, dass sich Cornelia Sorgen machte und beinahe schon hoffte, der Mann möge sich doch wieder zeigen. Eine weitere Woche verging, Harriet hatte inzwischen herausbekommen, wo er wohnte, und ihm zwei Briefe geschrieben, da klingelte er am Samstagabend an ihrer Tür. Als sie sah, wer es war, übergab sie sich. Friedrich hielt ihr den Kopf, brachte sie zurück ins Bett, öffnete das Fenster, rauchte aus dem offenen Fenster hinaus und wartete, bis sie wieder Farbe im Gesicht hatte. Dann ging er zu ihr und legte ihr die Hand auf die linke Brust. Harriets Atem ging schneller.

Er blieb bis Montag früh. Wegen des Schmerzes, den sie in den zwei Wochen durchgemacht hatte, war alles noch intensiver als beim ersten Mal. Harriet begriff, warum Leidenschaft eben auch so heißen muss. Als er wegging, fragte Harriet voller Angst, ob er wiederkommen würde. Friedrich nickte kurz und verschwand. Wieder für zwei Wochen. Harriet versuchte, sich zusammenzureißen, aber es klappte nicht, sie fiel Tag für Tag mehr auseinander. Und immer, wenn sie sich bemühte, irgendwo ein Stück festzuhalten, dann rutschte an einer anderen Stelle etwas weg. Und kaum griff sie dorthin, fiel das ab, woran sie sich zuerst geklammert hatte. Ihre Noten wurden schlecht. Cornelia bat darum, sie möge sich eine andere Wohnung suchen. Ihre Eltern machten ihr Vorwürfe, weil sie eine Prüfung in den Sand gesetzt hatte. Sie wurde dünn und ihr Haar stumpf. Als er nach zwei Wochen wieder auftauchte, stellte sich Cornelia vor Harriets Zimmer und rief mit hoher Stimme, sie würde nächste Woche mit einer anderen Freundin zusammenziehen. Da sie jetzt im Examen stehe, sei sie auch an den Wochenenden in Göttingen und brauche mehr Ruhe. Harriet schämte sich, aber ihre Erleichterung darüber, Friedrich wiederzusehen, war größer. Sie fragte ihn, ob er bei ihr einziehen wolle. Friedrich nickte. Das war ein Skandal. Hinnerk, als er davon erfuhr, tobte, er ging sofort los und änderte sein Testament. Er verstieß Harriet. Sie sollte nicht mehr nach Hause kommen. Auch Weihnachten nicht.

Friedrich wohnte bei Harriet, aber konnte man wirklich sagen, er war bei ihr eingezogen? Er schlief dort und hatte ein paar Kleidungsstücke zum Wechseln in Cornelias alten Schrank gelegt. Aber seine Bücher, seine Sachen, Bilder, Stifte, Decken, Kissen, eben all das, womit auch ein möblierter Herr so lebte, das alles brachte er nie in die Wohnung. Harriet war verstört. Friedrich aber sagte, er brauche sonst nichts. Harriet ging einmal sogar heimlich zur Wohnung von Friedrichs vorherigem Mitbewohner, jenem Bruder ihrer Kommilitonin, aber der lebte auch nicht mehr dort. Er hatte fertig studiert und war zurück ins Sauerland gegangen, um in die Firma seines Vaters mit einzusteigen. Keiner im Haus wusste etwas Genaueres über Friedrich Quast. Als Harriet ihn einmal fragte, wo seine restlichen Sachen wären, antwortete er, seine Bücher habe er in einem kleinen Zimmer in der Medizinischen Fakultät, wo er einen Erstsemesterkurs leite. Und der Rest? Der Rest sei zwischengelagert. Bei einer Freundin seiner Mutter. Harriet wurde eifersüchtig. Sie hatte den Verdacht, dass sie nicht die einzige Frau war, die er traf. Und obwohl Friedrich jetzt tatsächlich öfter bei ihr war und obwohl sie, wenn er da war, immer miteinander schliefen, so war Harriet mehr und mehr davon überzeugt, dass er andere Frauen haben musste. Mal gab es einen fremden Geruch, mal einen zu beiläufig geöffneten Brief oder ein rasches Aufbrechen nach einem verstohlenen Blick auf die Uhr. Harriet schloss die Augen. Und flog davon.

Irgendwann machte sie die Augen wieder auf, um festzustellen, dass sie mitten im Flug sitzengelassen worden war. Schwanger sitzengelassen. Friedrich hatte es bemerkt, bevor sie es selbst bemerkt hatte. Ja, sie hatte in letzter Zeit öfter Zahnfleischbluten gehabt, einmal auch eine Zahnfleischentzündung. Ja, dass sie müde war, hatte sie auch festgestellt, aber das kam von den Nächten, in denen sie mit Friedrich Sex hatte, statt zu schlafen. Und vom Fliegen. Dass ihre Brüste größer wurden, nahm sie nicht wahr, gespürt hatte sie schon etwas, aber nicht darüber nachgedacht. Friedrich sagte nichts, er schaute sie nur an, fragte nach ihrem Zyklus. Harriet zuckte schlaftrunken mit den Schultern und schloss die Augen. In dieser Nacht weckte er sie, legte sich auf ihren Rücken, nahm sie zärtlich und zugleich energisch von hinten und verließ noch in derselben Nacht ihre Wohnung. Harriet fand das noch nicht weiter schlimm. Das war zwar anstrengend, aber nichts Besonderes. Als sie in seinen Schrank schaute, sah sie, dass selbst die spärlichen Kleidungsstücke verschwunden waren, und musste sich übergeben. Doch diese Übelkeit hörte danach gar nicht mehr auf. Sie erbrach sich morgens, mittags, abends und sogar nachts. Während sie im Badezimmer über der Toilettenschüssel kniete, erinnerte sie sich plötzlich an seine letzte Frage. Harriet kniff die Augen so fest sie konnte zusam-

men, aber sie flog nicht mehr. Sie hoffte, er würde zurückkommen, glaubte es aber nicht. Und ihr Gefühl, Harriet
selbst nannte es Intuition, trog sie nicht.

Zwei Jahrzehnte später, Rosmarie war fünf Jahre tot, ging
Inga in Bremen an einer Arztpraxis vorbei. Sie las das
Schild mehr aus Gewohnheit denn aus Interesse. Und als
sie schon an der nächsten Kreuzung war, wurde ihr mit
einem Schlag klar, welcher Name auf dem Schild gestanden hatte. Sie ging noch einmal zurück. Und tatsächlich:
Dr. Friedrich Quast, Kardiologe. Natürlich. Ein Herz-
spezialist, dachte Inga, schnaubte verächtlich und wollte
schon hineingehen. Doch dann überlegte sie es sich und
rief ihre Schwester Harriet an.

Die schwangere Harriet war nicht am Boden zerstört, als
ihr klar wurde, dass sie jetzt ganz allein ein uneheliches
Kind aufziehen würde. Das Spucken hörte irgendwann
auf. Sie machte ihr Examen, und das sogar recht gut. Die
Blicke und das Getuschel der Kommilitoninnen fochten
sie nicht so an, wie sie befürchtet hatte, und es wurde
auch gar nicht so viel getuschelt, wie sie erwartet hatte.
Nur als sie Cornelia zufällig in der Stadt traf und diese
mit vielsagendem Blick auf ihren Bauch kopfschüttelnd
an ihr vorbeilief, da setzte sie sich in ein Café und weinte.
Sie rang sich durch und schrieb ihren Eltern und war
nicht darauf gefasst, dass die Antwort so ausfallen würde.
Bertha schrieb ihrer Tochter, dass sie sich wünschte, Harriet möge nach Hause kommen. Sie habe mit Hinnerk
gesprochen, und er sei nicht glücklich über die ganze Geschichte. Aber – und das war das einzige Mal in ihrem
Leben, dass Bertha dieses Argument gegen ihren Mann
anführte – aber das Haus sei nicht nur Hinnerks, sondern

vor allem auch ihr eigenes, Berthas, Elternhaus und groß genug sowohl für ihre Tochter als auch ihr Enkelkind.

Harriet fuhr zurück nach Bootshaven. Als Hinnerk ihren Bauch sah, drehte er auf dem Absatz um und ging für den Rest des Tages ins Arbeitszimmer. Doch er sagte nichts. Bertha hatte sich durchgesetzt. Keiner hat je erfahren, wie hoch der Preis war, den sie dafür zahlen musste.

Während Harriets Schwangerschaft sprach ihr Vater kein einziges Wort mit ihr. Bertha tat, als merke sie nichts davon, und plauderte mit beiden, aber sie war abends früh müde, ihr blondes Haar löste sich aus der toupierten Hochfrisur, und sie sah abgekämpft aus. Ihre jüngste Tochter jedoch sah das nicht, sie war inzwischen ganz in sich hineingekrochen. Morgens saß sie in ihrem alten Zimmer und übersetzte. Durch die freundliche Vermittlung eines Professors, der ihre Arbeit schätzte – oder sie hatte ihm einfach nur leidgetan –, war sie an einen Verlag gekommen, der sich auf Biographien spezialisiert hatte. Die Gattung lag Harriet, und das Übersetzen ging ihr leicht von der Hand. So tippte sie oben in ihrer Mansarde, umgeben von Enzyklopädien und Wörterbüchern, mit zehn Fingern auf einer grauen Olympia und ließ ein fremdes Leben nach dem anderen in einer neuen Sprache auferstehen.

Zum Mittagessen kam sie hinunter. Mutter und Tochter aßen zusammen in der Küche. Seit Harriet wieder zu Hause war, blieb Hinnerk mittags im Büro. Harriet spülte ab, und Bertha legte sich kurz auf das Sofa im Wohnzimmer. Danach ging Harriet wieder an die Arbeit, aber nur bis zum frühen Nachmittag. Gegen vier hörte sie auf, legte eine weiche graue Plastikhülle über die Schreibmaschine und schob den Stuhl zurück. Inzwischen war sie schon recht schwerfällig und stapfte langsam die Treppen hinab. Wenn sie den Schritt ihrer Tochter hörte, legte Bertha die Bohnen beiseite, die sie gerade schnibbelte, stellte den schweren Wäschekorb ab, mit dem sie gerade durch die Diele laufen wollte, oder ließ den Bleistift sinken, mit dem sie gerade in ihr Haushaltsbuch schrieb. Sie wurde ganz still, lauschte und griff sich an den Hals. Manchmal entrang sich ihrer Kehle ein trockenes Schluchzen.

Harriet merkte von alldem nichts. Sie ging langsam hinaus in den Garten, es war Spätsommer, nahm eine Hacke und jätete die Beete. Das Bücken war schwierig geworden. Wenn sie nicht die Beine ganz weit auseinanderschob, sodass der Bauch dazwischen Platz fand, drückte es ihr die Luft ab und tat weh. Trotzdem zog Harriet das Unkraut heraus. Tag für Tag, Beet für Beet. Und wenn sie fertig war, fing sie vorne wieder an. Auch an Regentagen ging sie nach hinten zur Kuhweide, wo sonst die Wäsche auf der Leine hing, und watete durch das hohe Gras zu den großen Brombeerhecken, um Brombeeren zu pflücken. Die Regentropfen ließen die schwarzen Früchte noch größer erscheinen und machten sie schwer und weich. Saft und Wasser rannen Harriet in die Ärmel. Und bei jeder Beere, die sie pflückte, schüttelte sich der Busch wie ein nasser Hund.

Nach ein oder zwei Stunden im Garten setzte sie sich auf einen alten Klappstuhl, eine Bank, lehnte den Kopf an die überdachte Hauswand oder einen Baumstamm und schlief ein. Libellen zuckten über sie hin, Hummeln verhedderten sich in ihrem roten Haar, aber Harriet spürte nichts davon. Sie flog nicht, sie träumte nicht, sie schlief wie ein Stein.

Nachts schlief sie dafür umso schlechter. Es war heiß unter dem Dach, heiß unter der schweren Decke, unter ihren Brüsten schwitzte sie, warm lagen sie an ihrem großen Bauch. Auf dem Bauch schlafen ging nicht. Auf dem Rücken liegend wurde ihr schwindelig. Auf der Seite taten ihr nach kurzer Zeit die Gelenke weh, Knie, Hüfte und die Schulter, auf der sie lag. Außerdem wusste sie nicht, wohin mit dem unteren Arm, er schlief meistens vor ihr ein, und das war unangenehm. Jede Nacht stand Harriet auf, schleppte sich die Treppe hinunter, um auf die Toilette zu gehen. Als sie aber anfing, zwei Mal nachts aufzustehen, nahm sie schließlich den Nachttopf, den sie als Kind auch schon benutzt hatte. Damals, als der Weg hinunter zu lang, zu steil und zu kalt war, um ihn jede Nacht zurückzulegen. Wenn Harriet erst einmal aufgestanden war, ging sie nicht sofort wieder zurück ins Bett. Die Fenster waren offen, dennoch strömte die kühle Nachtluft nur zögerlich in die oberen Räume. Harriet stellte sich vor das Fenster, und der Zugwind bauschte ihr Nachthemd wie ein großes Segel.

Rosmarie erzählte, Harriet habe ihr erzählt, dass die Leute, die unten an der Straße entlangkamen, gesehen hatten, dass ein weißes Gespenst auf dem Dachboden des Hauses umherschwebte. Das musste Harriet gewesen sein. Sie verließ das Grundstück nie, und so hatten einige Leute im Dorf gar nicht mitbekommen, dass sie wieder zurück war. Die meisten wussten natürlich Bescheid, auch über ihren Zustand, und es wurde viel geredet.

Damals musste es angefangen haben, dass die Bücher der oberen Bücherschränke verstellt wurden. Das geschah alle paar Monate einmal. Immer wieder standen alle Bücher plötzlich anders als vorher, und jedes Mal hatte man das Gefühl, dass es nicht willkürlich geschehen war, sondern nach einem bestimmten Muster. Mal hatten wir den Eindruck, die Form der Bücher gab den Ausschlag, mal die Beschaffenheit ihrer Umschläge, mal fanden wir, dass die Autoren, die gerade aneinanderlehnten, sich viel zu sagen gehabt hätten, ein anderes Mal standen gerade die eng zusammen, die sich gehasst und verachtet hätten.

Aber Harriet gab es niemals zu.

- Warum sollte ich wohl so etwas tun? fragte sie ihre Tochter und mich und sah uns mit freundlichem Erstaunen an.

- Wer sollte es sonst getan haben? fragten wir zurück.

- Schließlich fliegst du doch, wenn du schläfst, fügte Rosmarie trotzig hinzu.

Harriet lachte laut.

- Wer hat euch das schon wieder erzählt! Sie lachte noch einmal, schüttelte den Kopf und ging aus dem Zimmer.

Ich fragte mich allerdings immer noch, wer die Bücher oben verstellt hatte. War es die ganze Zeit über Bertha gewesen? Wenn sie vom Heim aus zu Hause zu Besuch war? Doch jetzt kniete ich hier unten vor dem Schreibtisch meines toten Großvaters und hatte ein schlechtes Gewissen, weil ich ein Gedichtbuch gefunden hatte, das er vor über vier Jahrzehnten geschrieben hatte. Ich legte es wieder zurück. Das wollte ich mir für ein andermal aufheben. Jetzt musste ich mich um das Hühnerhock kümmern.

Ich holte meine grüne Tasche mit dem Portemonnaie darin und fuhr los. Am Ortseingang gab es einen riesigen Baumarkt. Ich schloss mein Rad nicht ab, ging hinein und schnappte mir einen großen Eimer Farbe, zwei wären besser gewesen, aber ich war mit dem Fahrrad da, mehr als ein Eimer ging nicht, und selbst bei diesem war ich mir nicht sicher, wie ich ihn zurückschaffen sollte. Ich griff noch nach einer Malerrolle und einer Flasche Terpentin und ging zur Kasse. Die Kassiererin, sie war vielleicht so alt wie ich, musterte mich und zog die Mundwinkel herab. Ich machte, dass ich mit meinem Kram hinauskam. Erst beim Versuch, den Farbeimer auf dem Gepäckträger festzuklemmen, wobei mir der Saum meines Kleides in die Kette geriet, wurde mir klar, warum die Kassiererin so frech geguckt hatte. Ich hatte immer noch das goldene Kleid an, und der Anblick des abgerissenen Saumes – jetzt auch noch mit schwarzen Schmieröflecken – trug nicht dazu bei, mein Selbstbewusstsein zu stärken und meine Laune zu heben. Ich stopfte Rolle und Terpentin in die Tasche, hängte sie mir quer über die Schulter, raffte das Kleid und klemmte es in die Beinausschnitte meiner Unterhose, damit es kürzer wurde. Beim Aufsteigen auf das Herrenrad rutschte mir um ein Haar der schwere Farbeimer vom Gepäckträger. Ich bekam ihn gerade noch zu fassen, schlenkerte dabei jedoch gefährlich mit dem Rad und fuhr fast in einen unschuldigen Baumarktbesucher. Er rief mir etwas hinterher, das nach »blöder Junkie« klang. Wahrscheinlich glaubte der Mann, ich säße den ganzen Tag mit meinen Freunden im Schneidersitz in der Garage, um dort einen 20-Liter-Eimer weißer Farbe nach dem anderen wegzuschnüffeln. Betroffen griff ich hinter mich, drückte den Eimer fest auf den Gepäckträger und fuhr einhändig und etwas verschwitzt den Weg zum Haus. Kurz vorher bog ich rechts in Max' Straße ein, ich wollte noch eben bei ihm vorbei und ihn fragen, ob noch Akten meines Großvaters im Keller des Büros deponiert waren. In Wirklichkeit wollte ich ihn aber einfach nur sehen, mein nächtliches Nachdenken hatte nämlich zu keinem Ergebnis geführt. Der

Gurt meiner Tasche schnitt mir inzwischen schmerzhaft in den Hals. Die Tasche selbst wurde beim Fahren von einem Knie auf das andere geworfen, wobei das Kleid langsam aus meiner Unterhose gezogen wurde und schon wieder in die Fahrradkette hing. Ich konnte aber nichts machen, weil ich mit einer Hand den Eimer und mit der anderen die Lenkstange festhalten musste. Aber dann war sowieso alles egal, denn gerade als ich fast bei Max angekommen war, flog mir eine kleine schwarze Fliege ins Auge. Sie zwickte mich gewaltig, und bald sah ich nichts mehr, weil meine Augen heftig tränten. Das Auto parkte einfach auf der rechten Seite, durfte es das? Wahrscheinlich schon, ich fuhr jedenfalls dagegen, ließ den Eimer los, ließ auch das Lenkrad los, das Rad kippte, vorher kippte der Eimer auf die Straße, und ehe ich noch um Hilfe schreien konnte, klatschte mir meine eigene Tasche mit der schweren Terpentinflasche ins Gesicht, und ich blieb stumm. Wenigstens hatte sie mich nicht niedergestreckt, denn zu Boden war ich schon vorher gegangen. Inzwischen hatte sich auch der Inhalt des durch den Aufprall geplatzten Eimers über die Straße ergossen und floss mir in die Haare und ins linke Ohr, auf dem ich lag. Aufstehen war unmöglich, denn irgendwie hatten sich meine Füße und auch meine Tasche in das Fahrrad gewickelt, ganz zu schweigen von meinem − früher einmal goldenen − Kleid. Ich hatte nicht vor, lange hier herumzuliegen, ich wollte mich nur sammeln, meine Extremitäten ordnen und dann die paar Meter nach Hause schieben. Da hörte ich Schritte an meinem rechten Ohr, am linken nicht, da war ja die weiße Farbe drin.

– Iris? Iris, bist du das? fragte eine Stimme irgendwo über mir. Es war die von Max. Ich hatte das Gefühl, als zeigte ich mich gerade nicht von meiner vorteilhaftesten Seite, und wollte schon zu einer wortreichen Erklärung ansetzen, da fing ich tatsächlich an zu heulen. Auf diese Weise wurde glücklicherweise die kleine schwarze Fliege aus meinem Auge gespült, und ich brauchte nicht mehr so töricht zu zwinkern.

Während ich mich diesen und anderen Überlegungen hingab, wickelte Max das Fahrrad aus meinem Kleid und löste den Gurt meiner Tasche vom Lenker. Er zog meine Füße aus dem Rahmen und nahm die Tasche von meinem Kopf. Er lehnte das Fahrrad an die Hecke vor seinem Haus und kniete sich neben mich auf die Straße. Wenn ich erwartet hatte, dass Max mich jetzt auf starken Armen in den Sonnenuntergang tragen würde, dann hatte ich mich getäuscht. Wahrscheinlich wollte er auch nicht sein hübsches blaues Hemd mit weißer Farbe verschmieren. Ich versuchte aufzustehen, und es ging auch ganz gut, jetzt, wo das Rad weg war.

– Kannst du auftreten? Was tut dir weh?

Alles tat weh, aber ich konnte auftreten. Er nahm mich am Ellbogen und schob mich in seinen Garten. Den leeren Farbeimer warf er vorher noch in die Mülltonne.

– Setz dich, Iris.

– Aber ich.

– Kein Aber. Diesmal. Fügte er hinzu und lächelte schief. Aber an seinen Augen konnte ich erkennen, dass ihn mein Anblick ängstigte.

– Max, bitte lass mich in dein Badezimmer und das Zeug wegmachen, bevor es sich für immer in meiner Haut festsetzt.

Dieser Satz, den ich ohne Schluchzen oder törichtes Zwinkern hervorgebracht hatte, schien ihn zu beruhigen.

Er sagte:

- Ja, warte. Ich komme mit.
- Wozu?
- Meine Güte, Iris, jetzt stell dich nicht so an.

Ich saß auf dem zugeklappten Toilettensitz und ließ ihn machen. Er wischte so nett und so zart an meinem Ohr und meiner Wange herum, dass ich gleich wieder heulen musste. Max sah es und entschuldigte sich dafür, dass er mir wehgetan habe. Da heulte ich gleich noch viel mehr. Er ließ den Schwamm sinken, kniete vor mir auf den Badezimmerfliesen und nahm mich in den Arm. Und das war das Ende seines hübschen blauen Hemds.

Ich heulte noch ein bisschen in seinen Kragen, aber nur, weil es dort so gut roch und auch sonst sehr gemütlich war, dann schaute er sich meine Schürfwunden an den Knien und Händen an. Im Gesicht hatte ich keine, meine Tasche hatte mich gerettet, und die Terpentinflasche war sogar heil geblieben. Dann ging er hinaus, und ich stieg in die Dusche und wusch mir mit einem blauen Männershampoo den Rest weißer Farbe aus dem Haar.

Als ich in einem blauen Männerbademantel wieder hinaus auf die Terrasse kam – das goldene Kleid war als solches nicht mehr zu erkennen gewesen –, lag er in einem Liegestuhl und las Zeitung. Ein großer Stapel Akten türmte sich neben ihm auf. Natürlich, es war ja ein ganz gewöhnlicher Arbeitstag heute, wie konnte ich annehmen, dass er überhaupt zu Hause sein würde.

- Wieso bist du nicht im Büro? fragte ich ihn.

Er lachte.

- Sei froh, dass ich es nicht bin. Manchmal nehme ich mir die Sachen mit nach Hause.

Er legte die Zeitung weg und betrachtete mich kritisch.

- Die Farbe ist weg, aber die richtige Farbe hat dein Gesicht immer noch nicht.

Ich begann, an meiner Backe zu reiben. Max schüttelte den Kopf.

- Nein, das meinte ich nicht. Du siehst blass aus.

- Das macht dein Bademantel, ist nicht meine Farbe.

- Ja, kann sein. Vielleicht möchtest du doch lieber wieder das Ding anziehen, mit dem du gekommen bist?

Ich hob die Hände.

- Schon gut, schon gut, du hast ja gewonnen, ich gebe auf, zufrieden? Darf ich mich jetzt hinsetzen?

Max stand auf und drückte mich in seinen Liegestuhl. Das war schon wieder sehr nett, ich schämte mich für meinen mürrischen Ton, den ich mir auch nicht erklären konnte, und da fing ich schon wieder an zu heulen.

Max sagte hastig:

- Nein, nicht, Iris, ist schon gut, ehrlich. Es tut mir leid.

- Nein, mir tut es leid. Du bist so nett, und ich und ich –

Ich wischte mir mit dem Ärmel seines Bademantels über die Nase.

- … und ich, ich putze mir mit dem Ärmel deines Bademantels die Nase! Das ist schrecklich!

Max lachte und sagte, dass das wirklich schrecklich sei und dass ich damit aufhören solle und lieber ein bisschen von dem Wasser trinken solle, das da für mich auf dem Tisch stehe.

Also tat ich, was er mir geraten hatte, und aß auch gleich noch zwei Schokoladenkekse und einen Apfel dazu. Max fragte:

- Was wolltest du mit der Farbe?

134

- Na streichen.
- Ach so.

Er schaute mich an, ich kicherte. Dann aber dachte ich an die Schrift am Hühnerhaus und wurde ernst.

- Wusstest du, dass auf dem Hühnerhaus bei uns im Garten »Nazi« steht? Mit roter Farbe.

Max schaute hoch.

- Nein, das wusste ich nicht.
- Und jetzt will ich das Hühnerhaus streichen.
- Das ganze Hühnerhaus? Mit einem Eimer Farbe?
- Nein. Aber viel mehr als zwei oder drei weitere Eimer hätte ich wohl doch nicht auf den Gepäckträger bekommen, oder was meinst du, hm?
- Weißt du, Iris, wieso fragst du mich nicht einfach, ob du mein Auto leihen kannst oder ob ich dir das Zeug mitbringen kann?
- Weißt du, Max, wie soll ich wissen, dass du hier rumhängst, statt im Büro zu arbeiten?

Und dann fügte ich noch hinzu:

- Außerdem war ich ja gerade auf dem Weg zu dir.

Dabei sah ich ihn fest an und hoffte, er würde dann nicht sofort merken, in welch sonderbaren Widersprüchen ich mich gerade verheddere.

Max runzelte die Stirn, und ich sprach schnell weiter:

- Ich wollte wissen, was ihr im Büro noch an Akten über meinen Großvater habt. Hat das ein Nazi geschrieben, oder wollte jemand uns als Nazis beschuldigen?
- Verstehe. Ich kann mal nachsehen. Im Keller haben wir Kartons, die noch vom alten Herrn stammen. Aber wenn da etwas Belastendes drin wäre, dann hätte er sie sicher nicht bei uns aufbewahrt.
- Das stimmt. Also muss ich wohl einfach so zu dir gekommen sein.

Max schaute mich nervös an.

- Machst du dich jetzt über mich lustig, oder flirtest du mit mir?

- Ich mache mich nicht über dich lustig: Du hast mich gerettet, ich habe dein blaues Männershampoo benutzt und mich in deinen Bademantel geschnäuzt. Ich stehe tief in deiner Schuld.

- Dann flirtest du also mit mir, sagte Max nachdenklich. Gut.

Er nickte.

VIII. Kapitel

Obwohl der Weg zu meinem Haus nur kurz war, wollte ich ihn nicht in Max' blauem Bademantel zurücklegen. Also stieg ich in sein Auto, Max legte das Fahrrad in den Kofferraum, wo es nur zur Hälfte hineinpasste. Er ließ mich nicht an der Einfahrt hinaus, sondern öffnete das breite Gatter und fuhr mich bis vor das grüne Hoftor. Dort holte er das Rad aus dem Kofferraum und schaute es sich genau an.

– Scheint keinen Schaden genommen zu haben. Du hast Glück gehabt.

Ich nickte.

Max musterte mich mit demselben Blick wie gerade das Fahrrad.

– Du solltest dich ausruhen.

Ich nickte noch einmal, bedankte mich und lief dann durch den Garten zur Haustür, wobei ich mich bemühte, trotz des großen Bademantels Würde und Anmut in meinem Gang zu vereinen. Es musste mir gelungen sein, denn als ich mich an der Hausecke nach Max umdrehte, sah ich, wie er mit verschränkten Armen hinter mir herschaute. Seinen Blick konnte ich nicht lesen, aber ich versuchte mir einzureden, dass er voll des Staunens war.

Inzwischen musste es Nachmittag sein. Ich streifte meine Sandalen unten an der Treppe ab und schleppte mich hinauf, wobei ich mit dem Geländer zweistimmig wimmerte. Immer noch tat mir alles weh. Der Schreck. Ich warf mich auf das Bett und schlief sofort ein.

Etwas klingelte, zweimal, dreimal, ich wurde erst richtig wach, als es schon wieder aufgehört hatte. Ich kämpfte mich aus den Träumen und Decken, da hörte ich plötzlich die Treppe ächzen und krachen. Ich sprang auf und sah erst Max' braunen Schopf durch das Geländer, dann kamen seine Schultern dazu, und als er schließlich als ganzer Mensch oben angekommen war, entdeckte er mich an der Tür zu Ingas Zimmer.

- Iris? Krieg bitte keinen Schreck, bitte nicht.

Ich bekam überhaupt keinen Schreck, sondern war vielmehr sehr froh, ihn hier zu sehen. Auch wenn es hier oben unaufgeräumt war und ich immer noch seinen Bademantel anhatte.

Ich lächelte ihn an und sagte:

- Ist das eine Masche von dir, sich immer an Frauen heranzuschleichen, wenn sie gerade irgendwo wehrlos herumliegen?

- Du hast das Klingeln nicht gehört, ich wollte nach dir sehen, es ist sechs Uhr abends. Und als niemand aufmachte, habe ich mir Sorgen gemacht, dass dir schlecht geworden sein könnte. Da bin ich einfach reingegangen, die Haustür war nicht abgeschlossen. Und Farbe habe ich auch mitgebracht und Pinsel und eine Malerrolle. Alles steht unten.

Ich stellte fest, dass es mir gutging. Meine Hände brannten zwar noch etwas, meine Knie auch, aber die Erschöpfung war von mir abgefallen, und mein Kopf war klar.

- Es geht mir gut. Sehr gut sogar. Wie nett, dass du da bist. Geh mal raus, es ist, wie du sagst, sechs Uhr abends, und ich hatte den ganzen Tag noch nichts Vernünftiges an.

Max warf einen langen nachdenklichen Blick auf seinen Bademantel.

– Du hast da nichts drunter, stimmts? Ist das eine Masche von dir?

– Hey, raus habe ich gesagt.

– Denn wenn es eine Masche ist, dann muss ich sagen, dass sie funktioniert.

– Guck weg, du Niete.

– Schon gut, ich gehe ja. Allerdings finde ich, dass ich das Recht habe, meinen eigenen Bademantel anzusehen. Man möchte schließlich sichergehen, dass du dir nicht ständig damit die Nase putzt.

– Raus!

Max duckte sich geschickt, als ich das Kissen nach ihm warf. Obwohl er schon halb aus der Tür war, drehte er sich langsam zu mir um, hob das Kissen auf, zupfte es zurecht und lehnte sich an den Türrahmen. Das Kissen im Arm stand er da und sagte nichts, und plötzlich hatte ich am ganzen Körper Gänsehaut.

Max schüttelte den Kopf, warf das Kissen auf den Fußboden und verließ das Zimmer. Ich zog den Bademantel aus und hörte, wie Max die Treppe hinunterging. Sollte er doch.

Ich zog mir frische Unterwäsche an, und dann stand ich vor einem Problem. Die schwarzen Sachen von der Beerdigung waren zu fein und zu warm, die zweite Garnitur schwarzer Sachen war staubig und verschwitzt. Es blieb mir nichts anderes übrig, als in den alten Schränken zu stöbern. Dieses pinkorange Hängerchen von Harriet musste es tun. Harriets und Ingas Sachen passten mir besser als die meiner Mutter. Die waren mir zu eng.

Als ich unten war, dachte ich, Max wäre ganz verschwunden. Doch dann fand ich ihn draußen. Er saß auf der Treppe vor der Haustür, die Ellbogen auf die Oberschenkel und den Kopf in die Hände gestützt. Eine Stufe unter ihm standen drei Eimer weiße Farbe. Ich setzte mich neben ihn auf die steinerne Stufe.

– Hey.

Ohne die Stirn aus der Hand zu nehmen, wandte er mir das Gesicht zu und guckte mich durch den Arm an. Seine Miene war düster, aber seine Stimme klang warm, als er sagte:

– Hey, du.

Ich hätte gern meinen Kopf auf seine Schulter gelegt, tat es aber nicht. Sein Körper spannte sich an.

– Wollen wir jetzt euer Hühnerhaus streichen?

– Jetzt?

– Warum nicht? Es bleibt noch lange hell heute. Und wenn es Nacht wird, dann macht das nichts, denn dein Kleid leuchtet bestimmt auch im Dunkeln, bei Tageslicht tun einem ja sogar die Augen davon weh.

– Schrill, oder?

– Äh ja. Schrill. Das ist es.

Ich schubste ihn. Er sprang auf, holte von drinnen meine grüne Tasche. Sein Feuereifer ging mir ein bisschen auf die Nerven. Auf die Nerven ging mir auch, dass er ganz offensichtlich meine körperliche Nähe mied. Feigling. Oder hatte er irgendwo eine Freundin? Bestimmt eine Anwältin. Sie machte wahrscheinlich in Cambridge gerade einen MBA oder MLL oder was weiß ich einen KMA. Sprach alle europäischen Sprachen fließend und hatte Rehaugen und einen Körper, der sich entzückend in kleinen, sexy geschneiderten Kostümchen ausnahm. Ich kam mir dumm vor in meinem fluoreszierenden Hippie-Kittel und hätte Max gerne nach Hause geschickt. Aber hier war er nun, mit drei Eimern Farbe, wartete geduldig darauf, dass ich die Malerrolle aus der

Tasche holte, und ich? Ich hatte gerade ungefähr zweiein-
halb Stunden geschlafen, vor Mitternacht würde ich ohnehin kein Auge zutun. Warum sollte ich also nicht das
Hühnerhaus streichen?

Ich griff mir einen Eimer und beide Rollen. Max nahm
einen Eimer in jede Hand, steckte die Pinsel hinten in die
Hosentasche, und so zuckelten wir um das Haus herum.
Am Küchengarten vorbei, wo uns der Geruch von Zwiebeln anwehte, dann am Kiefernwäldchen entlang, in dem
die Abendsonne bizarre Schatten warf, bis wir schließlich
beim Hühnerhaus ankamen. Das Gras war hier hinten
schon seit langer, langer Zeit nicht mehr gemäht worden.
Die Wiese vor dem Haus hielt Bertha mit dem Rasen-
mäher kurz, aber hinter dem Haus schwang Hinnerk die
Sense. Als Kind liebte ich das zischende Geräusch, unter
dem die Gräser und Butterblumen hinsanken. Langsam
und ruhig schritt Hinnerk dabei über die Wiese. Es war
keine große Gebärde, mit der er die Sense führte, aber
rhythmisch und gleichmäßig wie ein barocker Tanz.
  – Oh. Hier ist es.
Wir standen vor der Wand mit der roten Aufschrift.
  – Max, weißt du, ich glaube, es stimmt.
  – Was stimmt?
  – Na, dass er einer war. Ein Nazi.
  – War er in der Partei?
  – Ja. Und dein Opa?
  – Nee, meiner war Kommunist.
  – Aber mein Großvater war nicht nur einfach ein Par-
teigenosse, er musste immer bestimmen.
  – Verstehe.
  – Harriet hat uns manchmal etwas erzählt.
  – Und woher wusste sie es?

141

- Keine Ahnung, vielleicht hat sie ihn gefragt? Oder meine Großmutter hat es ihr erzählt?

Max zuckte die Schultern und öffnete den ersten Eimer. Mit einem Stock, den er sich am Kiefernwäldchen gesucht hatte, rührte er in der dicken Farbmilch.

- Komm, wir fangen an zu malen. Du von da und ich von hier.

Wir tauchten die Malerrollen ein und fuhren über den dunkelgrauen Putz. Das Weiß leuchtete grell. Langsam drückte ich die Rolle an die Wand. Das Dach begann auf Höhe meiner Stirn. Dünne Rinnsale weißer Farbe flossen die Wand hinab. Streichen war auch eine Spielart des Vergessens. Ich wollte die rote Schrift nicht zu hoch hängen. Sie war schließlich nicht von Gott, sondern von einem gelangweilten Teenager an die Wand gesprüht. Ein Streich eben.

Das Streichen ging schnell, die Wände des Hühnerhauses waren wirklich nicht besonders groß. Als wir dort gespielt hatten, Rosmarie, Mira und ich, war das Haus noch nicht so klein gewesen.

Die Hände meiner Großmutter strichen über alle glatten Flächen, Tische, Schränke, Kommoden, Stühle, Fernseher, Stereoanlagen, überall streifte sie entlang, immer auf der Suche nach Krümeln, Staub, Sand, Essensresten. Das fegte sie mit der Hand zu einem Häufchen zusammen und schob es in die zur Schale gekrümmte linke Hand. Das Zusammengefegte trug sie dann so lange herum, bis es ihr jemand abnahm und in einen Mülleimer, in die Toilette oder aus dem Fenster warf. Es war ein Symptom der Krankheit, das machten sie alle hier, hatte die Schwester im Heim zu meiner Mutter gesagt. Ein gespenstisches Haus. Einerseits war es so praktisch und funktionell eingerichtet, doch dann war es bevölkert mit Körpern, die auf unterschiedliche Weise und in verschieden starker Ausprägung von ihren Geistern verlassen worden waren. Den guten wie den bösen. Sie strichen alle mit ihren Händen über die glatten Kunststoffmöbel mit den runden Ecken, als suchten sie etwas zum Festhalten. Doch der Eindruck täuschte. Sie tasteten nicht nach einem Halt. Wenn Bertha einen harten Schmutzfleck erspähte, und sei es auf ihrer Schuhsohle, dann kratzte sie mit einer Heftigkeit und Beharrlichkeit daran herum, bis er unter ihren Fingernägeln nachgab, sich in Krümel oder kleine Röllchen auflöste und schließlich ganz verschwand. Tabula rasa: Nirgends gab es reinere Tische als im Heim des Großen Vergessens. Hier vergaß man glatt.

Wenn Christa von den Besuchen zurückkam, weinte sie viel. Wenn Leute sagten, dass es ja auch ganz tröstlich wäre, wenn die Eltern wieder zu Kindern würden, dann wurde sie sehr ärgerlich. Ihre Schultern strafften sich, ihre Stimme wurde kalt, und sie sagte leise, das sei das Dümmste, was sie je gehört habe. Verwirrte alte Menschen seien kein bisschen wie Kinder, sondern einzig wie demente Greise. Da gebe es keine Gemeinsamkeiten. Und sie mit Kindern zu vergleichen, das wäre zum Lachen, wenn es nicht zum Heulen wäre. Das würde nur denen einfallen, die entweder nie ein Kind oder nie einen dementen Greis zu Hause gehabt hätten.

Die Leute, die Christa doch nur trösten wollten, schwiegen betroffen und oft auch beleidigt. Der Ausdruck mit den dementen Greisen war hart und geschmacklos. Christa wollte provozieren, und das wiederum erschreckte meinen Vater und mich. Wir kannten sie nur leise und höflich, bestimmt zwar, aber niemals angriffslustig.

Als ich in der Schule »Macbeth« durchnahm, musste ich an Bootshaven denken. Es ging die ganze Zeit ums Erinnern und Nicht-erinnern-Wollen, um das Wegmachen von Flecken, die gar nicht da waren, und dann gab es noch diese drei Hexenschwestern.

Streich, Streichen, Berthas Hände über allem, was flach war: das Vergewissern des Körpers, dass es ihn noch gab, dass er noch einen Widerstand bot. Sein Überprüfen, ob es noch einen Unterschied gab zwischen ihm und den unbelebten Dingen im Raum. Das alles kam erst später. Zuvor waren die inzwischen leergefegten Tische und Sideboards und Stühle und Kommoden nämlich voll. Voll von Zetteln. Kleine quadratische Zettel, sauber abgetrennt von Papierblockwürfeln, abgeschnittene Zettel vom Rand einer Tageszeitung, große DIN-A4-Seiten aus einem Heft gerissen, Rückseiten von Kassenzetteln. Einkaufszettel, Merkzettel, Listen mit Geburtstagen, Listen mit Adressen, Zettel mit Wegbeschreibungen, Zettel mit großgeschriebenen Befehlen: DIENSTAGS EIER HOLEN! stand dort. Oder SCHLÜSSEL FRAU MAHLSTEDT. Dann begann Bertha Harriet zu fragen, was sie sich eigentlich merken wollte.

- Was bedeutet »Schlüssel Frau Mahlstedt«? fragte sie ganz verzweifelt. Hat Frau Mahlstedt mir einen Schlüssel gegeben? Wo ist er denn? Will sie ihn mir geben? Wollte ich ihr einen geben? Welchen denn? Wozu?

Die Zettel wurden mehr und mehr. Wenn wir in Bootshaven waren, flogen sie überall herum. Weil es immer irgendwo zog, wehten sie langsam durch die Küche wie im Herbst die großen Blätter der Linden draußen auf dem Hof. Die Nachrichten auf den Zetteln wurden immer unleserlicher und unverständlicher. Waren auf den

144

ersten Zetteln noch Dinge wie die schrittweise Bedie-
nung der neuen Waschmaschine, so wurden die Zettel im
Laufe der Zeit mehr und dafür kürzer. »Rechts vor links«
stand auf einem, das konnte man noch verstehen. Doch
manchmal schrieb meine Großmutter Zettel, die sie
selbst nicht mehr lesen konnte, und manchmal versuchte
sie Zettel zu lesen, auf denen aber nichts Lesbares mehr
stand. Allmählich wurden die Botschaften immer sonder-
barer: »Badeanzug im Ford«, aber zu der Zeit hatten sie
gar keinen Ford mehr, und dann immer wieder »Bertha
Lünschen, Geeststraße 10, Bootshaven«. Irgendwann
nur noch »Bertha Deelwater«, doch da waren es schon
weniger Zettel geworden. Bertha. Bertha. Als müsste sie
sich vergewissern, dass es sie noch gab. Der Name sah
nicht mehr so aus wie eine Unterschrift, sondern wie etwas mühsam Kopiertes. Der kurze Schriftzug war voller
Stellen, an denen der Stift abgesetzt, innegehalten und
wieder neu angesetzt hatte, lauter kleine Narben. Zeit ver-
strich, und der Blätterregen versiegte ganz. Wenn Bertha
noch ab und zu auf einen alten Zettel stieß, stierte sie ihn
blind an, knüllte ihn zusammen und steckte ihn sich in
die Schürze, den Ärmel oder in ihren Schuh.

Mein Großvater schimpfte über die Unordnung im Haus.
Harriet tat ihr Bestes, aber sie musste ihre Übersetzungen
fertig machen, und Rosmarie trug auch nicht dazu bei,
dass alles gepflegt und ordentlich aussah. Hinnerk fing an,
sein Arbeitszimmer abzuschließen, damit ihm seine Frau
nichts durcheinanderbrachte. Bertha rüttelte ratlos an der
Tür seines Zimmers und sagte, sie müsse doch dort hinein. Das war ein Anblick, den wir alle nicht gut ertragen
konnten. Es war schließlich ihr Haus.
    Eigentlich kannte ich Bootshaven nur im Sommer,

wenn ich hier in den Ferien war. Mal kam ich mit meinen Eltern, aber meistens nur mit Christa, ein oder zwei Mal auch allein. Zu Hinnerks Beerdigung waren wir im November angereist. Da hatte es aber nur geregnet. Wirklich gesehen habe ich außer dem Friedhof nichts, nicht einmal den Garten vom Haus.

Wie war der Garten im Winter?, fragte ich meine Mutter, die Schlittschuhläuferin, deren Name klang wie das Kratzen von Kufen auf Eis.

Der Garten im Winter sei natürlich schön, sagte sie dann und zuckte mit den Schultern. Als sie merkte, dass das nicht reichte, fügte sie hinzu, dass einmal alles übergefroren sei. Erst habe es den ganzen Tag geregnet, aber am Abend sei plötzlich die große Kälte gekommen, und alles sei glasiert worden. Jedes Blatt, jeder Halm habe eine durchsichtige Eisschicht gehabt, und wenn der Wind durch das Kiefernwäldchen geblasen habe, hätten die einzelnen Nadeln aneinandergeklirrt. Das sei wie Sternenmusik gewesen. Keiner habe hinausgedurft. Jeder Stein auf dem Hof sei wie aus Glas gewesen. Sie hätten das Fenster von Ingas Schlafzimmer geöffnet und hinuntergesehen. Am nächsten Tag sei es dann wieder wärmer geworden, und der Regen habe alles fortgespült.

Wie war der Garten von Berthas Haus im Winter?, fragte ich meinen Vater, der ihn schließlich auch mal außerhalb der Sommerferien gesehen haben musste. Er nickte lebhaft und sagte:

– Na, so ähnlich wie im Sommer, bloß braun und platt.

Er war eben ein Naturwissenschaftler, mit Natur konnte er wahrscheinlich nicht so viel anfangen.

Ich fragte Rosmarie und Mira, als ich im Sommer dort war. Wir saßen auf der Treppe und versteckten kleine Briefe in den aufgesprungenen Platten. Der Garten im

146

Winter? Rosmarie dachte nicht lange nach. Langweilig, sagte sie. Todlangweilig, sagte Mira und lachte.

Als Rosemarie, Mira und ich wieder einmal Verkleiden spielten, kam mein Großvater vorbei, um uns Bonbons aus der MacIntosh's-Dose zu geben. Er mochte uns. Er mochte mich lieber als Rosmarie, weil ich Christas Kind war, weil ich jünger war, weil ich nicht mit ihm in einem Haus wohnte und weil er mich nicht so oft zu Gesicht bekam. Aber er liebte es, mit den beiden größeren Mädchen zu schäkern, und sie schäkerten auch immer kräftig zurück. Das machte ihn fröhlich und charmant, und so fragte ich auch ihn, wie der Garten denn im Winter aussehe. Hinnerk zwinkerte uns zu, schaute aus dem Fenster und nach einem dramatischen Seufzer wandte er sich uns zu und sprach mit tiefer Stimme:

Im Winter kommt der graue Mann,
der Frost, der Frost, mein Kind.
Und wer sich nicht warm anziehn kann,
verkühlt sich ganz geschwind.
Wird niesen, husten, röcheln, schniefen
und durch die Nase sprechen.
Sie selbst wird rot und etwas triefen –
der Winter bringt Gebrechen.
Und einsam wirst du dir im Haus
die rote Nase tupfen.
Kein Mädel geht heut mit dir aus,
denn du, du hast den Schnupfen.
Und einsam gehst du durch den Garten,
dein Herz wird traurig klopfen:
Kein Mädel wird heut auf dich warten
aus Angst vor kleinen Tropfen.

Hinnerk lachte dröhnend und verbeugte sich. Bravo, riefen wir mehr höflich als aufrichtig und klatschten in unsere behandschuhten Hände. Rosmarie und ich trugen weiße, die man am Handgelenk zuknöpfen konnte. Miras Handschuhe waren aus schwarzem Satin und reichten ihr über die Ellbogen. Hinnerk ging lachend wieder hinunter, die Treppe krachte unter seinen Schritten. Ob er sich das Gedicht wirklich in diesem Moment ausgedacht habe, wollte Mira wissen. Ich hätte es auch gern gewusst, aber Rosmarie zuckte mit den Schultern. Kann sein, sagte sie, er macht ständig Gedichte. Er hat ein ganzes Buch voll davon.

Inzwischen hatten Max und ich das Wort auf der Wand erreicht, ich rollte über das i, er über das N. Langsam kamen wir uns in die Quere.

– Ich mach das hier zu Ende, sagte ich, mach du doch mit einer anderen Wand weiter. Eine einzelne weiße Wand sieht auch komisch aus, jetzt malen wir eben alle weiß. Geht ja doch schnell.

Max nahm sich einen neuen Eimer, öffnete den Deckel, rührte drin herum und schleppte ihn dann um die Ecke, um die Seite anzumalen, die dem Wäldchen ganz zugewandt war.

– Sag mal, Max …

Ich sprach zu meiner Wand. Max' Stimme kam von rechts:

– Hm?

– Hast du eigentlich nichts Besseres zu tun, als heute Abend hier zu streichen?

– Beschwerst du dich?

– Nein, natürlich nicht, ich freue mich. Wirklich. Aber du hast doch ein Leben, ich meine, du wirst doch wohl, na, du verstehst schon.

- Nein, ich verstehe nicht. Das wirst du jetzt schön zu Ende sagen, Iris. Ich denke nicht daran, dir da rauszuhelfen.

- Also gut, selber schuld. Ich wollte nur höflich sein. Es kommt mir so vor, als würdest du dich auf mich und meine Angelegenheiten werfen, als gäbe es sonst gerade nichts in deinem Leben, ist das so?

Max blickte um die Ecke und schaute mich mit zusammengekniffenen Augen an. Er sagte:

- Vielleicht ja, vielleicht ist das gerade so. Und jetzt folgerst du natürlich mit deinem armseligen kleinen Weiberhirn, dass ich hier nur herumhänge, weil ich so einsam und gelangweilt bin.

Max seufzte, schüttelte den Kopf und verschwand wieder hinterm Hühnerhaus. Ich holte tief Luft:

- Und? Bist du's?

- Einsam und gelangweilt?

- Ja?

- Zugegeben. Manchmal ein bisschen. Aber es treibt mich im Allgemeinen nicht dazu, die Gesellschaft fremder Frauen aufzusuchen und handwerkliche Arbeiten in und an ihren Häusern und Hühnerhäusern zu verrichten.

- Hm. Also sollte ich das hier persönlich nehmen?

- Unbedingt.

- Was machst du, wenn du nicht Hühnerhäuser anmalst oder arbeitest?

- Oje, ich wusste, das würde kommen. Verdammt wenig, Iris. Also. Ich spiele zweimal die Woche Tennis mit einem Kollegen. Ich gehe abends laufen, obwohl ich Laufen todlangweilig finde. Wenn es heiß ist, gehe ich schwimmen, ich sehe fern, lese jeden Tag zwei Zeitungen und blättere ab und zu den »Spiegel« durch. Manchmal gehe ich nach der Arbeit ins Kino.

- Und wo ist deine Frau? Bei euch auf dem Land hat man doch schon mit Mitte zwanzig zwei bis drei Kinder von einer Frau, die man mit sechzehn kennengelernt hat.

Ich war froh, dass ich ihn nicht sehen konnte.

- Stimmt. Hätte ich auch fast gehabt. Meine letzte Freundin, die ich übrigens erst mit zweiundzwanzig kennengelernt habe und mit der ich vier Jahre zusammen war, ist letztes Jahr weggezogen. Sie war Krankenschwester.

- Warum bist du nicht mitgegangen?

- Sie wechselte das Krankenhaus, noch weiter weg von der Stadt als hier. Und bevor wir überlegen konnten, ob wir in der Mitte zwischen ihrem Krankenhaus und meiner Kanzlei zusammenziehen sollten, da hatte sie schon eine Affäre mit dem Chefarzt.

- Oh, das tut mir leid.

- Mir auch. Aber was mir am meisten leidtat, war, dass es mir irgendwie egal war. Einzig das Klischee mit Arzt und Krankenschwester hat mich aufgebracht. Mein Herz war nicht gebrochen. Nicht einmal verstaucht. Wahrscheinlich habe ich keines mehr, es ist hier in der moorigen Landschaft einfach versumpft.

- Als du klein warst, da hattest du eins.

- Tatsächlich? Wie beruhigend.

- Als du Mira aus dem Wasser gezogen hast. An der Schleuse.

- Aber war das ein Zeichen von Herz? Das war eher so etwas wie meine Pflicht. Und ich habe es auch nicht gern getan.

- Nein, aber Herz hast du gezeigt, als du uns danach nie mehr gegrüßt hast.

- Ihr wart mir unheimlich.

- Ach komm, du fandest uns toll.
- Zum Fürchten.
- Du warst in uns verknallt.
- Ihr wart total durchgeknallt.
- Du fandest uns schön.

Max schwieg.

- Du fandest uns schön!
- Ja, verdammt. Na und?
- Nur so.

Wir strichen weiter.

Nach ein paar Minuten ertönte Max' Stimme noch einmal dumpf von rechts:

- Die Aufschrift auf der Wand hier hat entweder einer hingemalt, der nicht den geringsten Schimmer davon hatte, was er schreibt, oder jemand, der Hinnerk Lünschen gut gekannt hat. Denn eine rechte Szene gibt es in Bootshaven nicht. Hier gibt es überhaupt keine Szene. Es sei denn, du meinst die Autowäscherszene oder die Geranien-in-Waschbetonblumenkästen-Züchter-Szene. Hier ist so wenig los, dass ich mich manchmal auf den Friedhof setze und Rotwein saufe, nur damit irgendetwas passiert. Ich bin ein langweiliger Typ und gerade noch intelligent genug, um es zu merken. Pech für mich.

Ich schwieg. Ich hatte keine Lust, ihn zu trösten, und glaubte auch nicht, dass er nach Trost verlangte. Es stimmte ja auch irgendwie. Was sah ich in diesem glatten Junganwalt? Wahrscheinlich die Vergangenheit. Ich nahm an, es war mir wichtig, dass er mich noch so vor Augen hatte, wie ich damals war, ein pummeliges blondes Mädchen, das krampfhaft versuchte, die Aufmerksamkeit von zwei älteren Mädchen zu erhaschen. Er kannte mich als Berthas Enkelin, als Rosmaries Kusine, als Hinnerks »leewe Deern«. Und auch wenn Max sich, wie alle kleinen Brüder, zwischen acht und dreizehn irgendwie in Luft auflöste, so hatte er uns doch gesehen. Manchmal musste Mira ihn mit zu uns rüberbringen, dann würdigten wir ihn keines Blickes und er uns auch nicht, aber ich merkte, wie er uns wahrnahm. Ich konnte es deshalb spüren, weil wir beide dieselbe Gleichgültigkeit an den Tag legten, in die sich immer auch ein guter Teil Verzweiflung mischte.

Außer meinen Eltern und Tanten kannte ich niemanden, der uns gesehen hatte, wie wir damals waren. Doch die zählten nicht, da sie nie aufhörten, uns so zu sehen. Max aber sah mich jetzt. Was für ein Glück, dass er so nett war. Wahrscheinlich musste er das sein, Mira hatte ja alle anderen Eigenschaften schon besetzt. Sie war wild, er brav. Sie fiel auf, er machte sich unsichtbar. Sie ging fort, er blieb. Mira wollte Drama, Max seine Ruhe. Und weil er so nett war, hatten wir ihn natürlich auch nie bemerkt. Welches Mädchen, das etwas auf sich hielt, bemerkte schon nette Jungs?

Aber nun hatte ich ihn ja bemerkt, und ich fragte mich, warum ich ihn bemerkt hatte. Tod und Erotik gingen natürlich immer schon zusammen, aber abgesehen davon? Weil wir beide gerade niemanden hatten? Ich hatte Jon verlassen, weil ich »nach Hause« wollte: Jeder Mensch wusste, dass man mit seinen Wünschen vorsichtig zu sein hatte, weil sie womöglich in Erfüllung gehen konnten. Max kam mit dem Haus. Das Haus. Geteiltes Vergessen war ein genauso starkes Band wie gemeinsame Erinnerungen. Vielleicht noch stärker.

Und das Geheimnis von dem Mann mit der Flasche

auf dem Friedhof war damit auch gelüftet. Lange konnte auf dem Dorf nichts geheim bleiben, nicht einmal vor mir. Sicher war es auch schon allen bekannt, dass Max hier stand und Bertha Deelwaters Hühnerhaus anmalte.

Und was hatte Max damals bemerkt? Der Tag an der Schleuse war einer von den ersten Sommertagen gewesen. Ich erinnerte mich an riesige grüne Fliegenschwärme, als wir mit den Rädern durch die Kuhweiden zum Kanal fuhren. Rosmarie trug ein schmales violettes Kleid, der Fahrtwind pumpte Luft in die bauschigen Ärmel, die aus einem dünnen, durchsichtigen Stoff geschneidert waren. Ihre Arme schimmerten weiß durch den lila Schleierstoff, und es sah aus, als wüchsen aus ihrer Schulter zwei Seeschlangen. Um fahren zu können, hatte sie das Kleid über die Knie gezogen, die Wäscheklammern stellten sich waagrecht im Fahrtwind. Ich musste hinter ihr gefahren sein, denn ich sah vor mir die Sommersprossen in ihren Kniekehlen. Aber vielleicht war das auch bei einem anderen Radausflug gewesen.

Ich hatte auch damals schon das Grüne von Tante Inga an, ganz sicher. Denn ich fühlte mich auf der Hinfahrt wie eine Flussnymphe und auf der Rückfahrt wie eine aufgeblähte Wasserleiche.

Mira trug schwarz.

Wir nahmen die Badesachen von den Gepäckträgern, warfen die Räder oben ans Ufer und rannten hinunter auf einen der Anglerstege. Ich legte mir ein riesiges Handtuch über die Schultern und versuchte, mich darunter auszuziehen. Außer uns war niemand da. Mira und Rosmarie lachten, als sie mich sahen.

– Warum musst du dich denn so verstecken? Was sollte man dir denn schon weggucken?

Doch ich schämte mich meines Körpers, gerade weil ich noch nichts hatte, dessen man sich hätte schämen können. Rosmarie hatte kleine feste Brüste mit aufmüpfigen rosa Brustwarzen, Mira hatte einen erstaunlich großen Busen, den man bei ihren schmalen Schultern und unter ihren schwarzen Pullis nicht vermutete. Ich hatte nichts. Nichts Richtiges. Es war hier oben nicht mehr so flach wie noch vor einem Jahr, als ich noch ganz unbefangen mit einer Badehose zum Schwimmen ging. Irgendetwas war da schon, aber es war seltsam und peinlich und fühlte sich falsch an. Ich verstand nicht, warum sich in den Hallenbädern die Mädchen immer in einem Gemeinschaftsraum umziehen mussten, während die Damen Einzelkabinen hatten. Umgekehrt wäre es sinnvoller gewesen: Das Unfertige bedurfte der Verhüllung. Das war bei Kunstwerken nicht anders als bei Kartoffelkäfern. Mir war schon klar, zu welcher der beiden Gruppen ich gehörte.

Wir legten uns auf den Holzsteg und verglichen unsere Hautfarben. Alle waren wir furchtbar käsig; und obwohl ich die hellsten Haare hatte, hatte ich die dunkelste Haut von uns dreien, einen Gelbton, Mira war alabastern, Rosmarie bläulich geädert mit Sommersprossen. Dann verglichen wir unsere Körper, Rosmarie sprach über Brüste und darüber, dass sie kleiner wurden nach der Regel. Ich verstand nicht, was sie sagte, welchen Regeln zufolge wurden Brüste groß und klein? Und gab es Regeln, nach denen Brüste für immer so stummelig bleiben würden wie meine? Mira und Rosmarie lachten noch lauter. Ich wurde rot und heiß und wusste nur, dass ich irgendetwas nicht wusste, was ich hätte wissen müssen, meine Augen brannten, und um nicht zu heulen, biss ich mir von innen auf die Wangen.

Mira fasste sich als Erste und fragte, ob mir meine Mutter nicht erklärt habe, dass bei Frauen einmal im Monat Blut unten rauskomme. Ich war entsetzt. Blut. Davon hatte mir keiner was gesagt. Dunkel erinnerte ich mich an etwas, das meine Mutter »die Tage« genannt hatte, aber das hatte etwas damit zu tun, dass man beim Sport nicht mitmachen konnte. Ich war wütend auf meine Mutter. Und wütend auf Mira und Rosmarie. Ich hätte sie gerne getreten. Mitten hinein in ihre wabbeligen Quallenbrüste.

- Schau mal, sie hat es echt nicht gewusst, Mira! rief Rosmarie. Regelrecht entzückt.

- Ja. Stimmt. Wie süß!

- Natürlich habe ich es gewusst, ich wusste nur nicht, dass man es »Regel« nennt. Wir zu Hause sagen »Tage« dazu.

- Okay, dann weißt du also auch, was man nimmt, damit nichts ausläuft.

- Ja, klar.

- Und? Was?

Ich schwieg und biss mir wieder von innen in die Backen. Es tat weh und lenkte mich ab. Mit der Zunge konnte ich den Abdruck meiner Zähne abtasten. Ich wollte nicht zugeben, wie wenig ich wusste, aber ich wollte auch nicht das Thema wechseln, weil ich unbedingt mehr herausbekommen musste.

Rosmarie schaute mich an, sie lag in der Mitte, ihre Augen glänzten silbrig wie die Haut der schmalen Fische im Kanal. Sie schien zu wissen, was in mir vorging.

- Ich sag's dir: Tampons und Binden. Mira, erklär' ihr, wie ein Tampon funktioniert.

Was Mira da sagte, verstörte mich: dicke, harte Watte-stäbchen, die man sich unten reinschob, Fäden, die aus einem heraushingen, und immer wieder Blut, Blut, Blut. Mir wurde schlecht. Ich stand auf und sprang ins Wasser. Hinter mir hörte ich Rosmarie und Mira lachen. Als ich wieder aus dem Wasser kam, sprachen die beiden über ihr Gewicht.

- ... und unsere kleine Iris hier hat auch einen ganz schön dicken Hintern.

Rosmarie schaute mich herausfordernd an. Mira prus-tete:

- Das kommt von den Schogetten eures Opas.

Es stimmte, ich war nicht dünn. Ich war nicht einmal schlank. Ich hatte einen dicken Po und dicke Beine, kei-nen Busen, aber einen runden Bauch. Ich war die Häss-lichste von uns dreien. Rosmarie war die Geheimnisvolle, Mira die Verruchte, ich die Fette. Es stimmte auch, ich aß zu viel. Ich liebte es, zu lesen und dabei zu essen. Ein Brot nach dem anderen, einen Keks nach dem anderen, süß und salzig im stetigen Wechsel. Es war wunderschön: Lie-besgeschichten mit Gouda-Käse, Abenteuerromane mit Nuss-Schokolade, Familientragödien mit Müsli, Märchen mit weichen Karamellbonbons, Rittersagen mit Prinzen-rolle. In vielen Büchern wurde immer dann gegessen, wenn es gerade am schönsten war: Fleischbällchen und Grütze und Zimtwecken und einen Ring Fleischwurst von der besten. Manchmal, wenn ich auf Nahrungssu-che durch unsere Küche streifte, biss sich meine Mutter auf die Unterlippe, nickte mir auf eine bestimmte Weise zu und sagte, dass es jetzt gut sei, dass es in einer Stunde Abendbrot gebe oder dass ich ein bisschen auf meine Li-nie achten könnte. Warum sagte sie immer, dass es gut sei, wenn es gerade nicht mehr gut war? Sie wusste, dass sie mich durch diese Sätze demütigte, dass ich beleidigt in mein Zimmer gehen und nicht zum Abendbrot kommen würde und dann später heimlich die Mandeln und die Backschokolade klauen und mit ins Bett nehmen würde. Und ich würde lesen und essen, und ich würde eine unglückliche, stumme Meerjungfrau oder ein kleiner Lord sein, würde auf einer einsamen Insel stranden, mit wildem Haar über ein Hochmoor rennen oder Drachen töten. Zusammen mit den Mandeln zermalmte ich meine Wut und meinen Ekel vor mir selbst und schluckte dann beides mit Backschokolade hinunter. Und solange ich las und aß, war es gut. Ich war alles, was man sein konnte, nur nicht ich selbst. Bloß durfte ich um keinen Preis aufhören zu lesen.

An jenem Tag an der Schleuse las ich nicht. Ich stand nass auf dem Steg und fror unter den Blicken der beiden Mädchen. Ich sah hinunter auf meine Füße, von oben betrachtet, ragten sie weiß und breit unter meinem Bauch hervor, und meine Gänsehaut war höher als meine Brustwarzen.

Rosmarie sprang auf.

- Kommt, wir hüpfen von der Brücke.

Mira erhob sich langsam und streckte sich. In ihrem Bikini sah sie aus wie eine schwarz-weiß gefleckte Katze.

- Muss das sein?

Sie gähnte.

- Ja, es muss sein, meine Süße. Komm auch mit, Iris.

Mira sträubte sich:

- Kinderchen, geht woanders spielen, aber lasst bitte die Erwachsenen sich ein bisschen ausruhen, ja?

Rosmarie schaute mich an, ihre wasserfarbenen Augen schillerten. Sie reichte mir die Hand. Dankbar ergriff ich sie, und wir rannten zusammen zur Brücke. Mira folgte langsam.

Die Brücke war höher, als wir dachten, aber nicht so hoch, dass man es nicht hätte wagen können. Im Hochsommer sprangen hier die größeren Jungen hinunter. Heute war niemand auf der Holzbrücke.

– Schau mal, Mira, da unten sitzt dein kleiner Bruder. Hey! Niete!

Rosmarie hatte recht. Da unten saß Max mit einem Freund auf einem Handtuch. Sie aßen Butterkekse und hatten uns noch nicht gesehen. Als Rosmarie rief, schauten sie hoch.

– Okay. Wer zuerst? fragte Rosmarie.

– Ich.

Ich hatte keine Angst vor dem Springen, ich konnte gut schwimmen. Und wenn ich schon hässlich war, so war ich wenigstens mutig.

– Nein, Mira springt zuerst.

– Wieso? Lass doch Iris, wenn sie will.

– Ich will aber, dass du springst, Mira.

– Ich will aber nicht springen.

– Na komm. Setz dich auf das Geländer.

– Das mache ich gern, aber das war's dann auch.

– Schon klar.

Rosmarie schaute mich wieder an mit diesem Schillern im Blick. Ich wusste plötzlich, was sie wollte. Sie und Mira hatten mich gerade noch ausgelacht, und nun verbündete sich meine Kusine mit mir. Ich war immer noch verärgert wegen vorhin und fühlte mich doch geschmeichelt. Ich nickte Rosmarie zu. Sie nickte zurück. Mira saß auf dem Geländer, ihre Füße baumelten über dem Wasser.

– Bist du kitzlig, Mira?

- Ihr wisst, dass ich es bin.
- Bist du hier kitzlig?

Rosmarie piekste ein bisschen gegen ihren Rücken.

- Nein, lass das.
- Oder hier?

Rosmarie kitzelte sie halbherzig an der Schulter.

- Geh weg, Rosmarie.

Ich stellte mich daneben und rief:

- Oder hier?

Und dann kniff ich Mira kräftig in die Seite. Sie zuckte und schrie und verlor das Gleichgewicht und fiel von der Brücke.

Rosmarie und ich schauten uns nicht an. Wir beugten uns über das Geländer, um zu sehen, was Mira tun würde, wenn sie wieder auftauchte.

Wir warteten.

Nichts.

Sie tauchte nicht wieder auf.

Bevor ich sprang, sah ich noch, wie Max ins Wasser rannte, dass es nur so spritzte.

Als ich wieder auftauchte, zog Max seine Schwester schon Richtung Ufer. Sie hustete, aber sie schwamm.

Sie taumelte an Land und legte sich ins hohe Gras am Ufer. Max saß neben ihr. Sie sprachen nicht miteinander. Als ich aus dem Wasser stieg und Rosmarie von oben angerannt kam, sah er uns drei der Reihe nach an, spuckte ins Wasser, stand auf und ging weg. Schwang sich mit der nassen Badehose aufs Rad und fuhr davon.

Rosmarie und ich setzten uns neben Mira, die immer noch die Augen geschlossen hatte und schnell atmete.

- Ihr spinnt.

Sie stieß die Worte hervor.

- Es tut mir leid, Mira, ich …

Ich fing an zu weinen.

Rosmarie schwieg, blickte auf Mira. Als Mira endlich die Augen aufmachte, um Rosmarie anzuschauen, legte diese den Kopf in den Nacken und lachte. Miras kleiner roter Mund verzog sich – war es vor Schmerz, aus Hass, oder musste sie auch weinen? Ihr Mund öffnete sich, es folgte ein kurzer röchelnder Laut, dann begann sie zu lachen, erst leise, dann laut, hilflos, schrill. Rosmarie ließ sie dabei nicht aus den Augen. Ich saß daneben und heulte.

- Max?
  - Hm?
  - Damals bei der Schleuse –
  - Hm?
  - Es tat mir so leid. Ich frage mich –
  - Hm?
  - Ich frage mich, ob das was mit Rosmaries Tod zu tun hatte.
  - Keine Ahnung. Glaube ich aber nicht, das war ja nicht einmal im selben Sommer. Das war doch lange vorher. Wie kommst du jetzt da drauf?
  - Ach. Keine Ahnung.
  - Weißt du, vielleicht hatte alles was damit zu tun. Also, vielleicht hatte auch das etwas damit zu tun, das und das Wetter, und das, was hier auf dem Hühnerhaus steht, und ein paar Tausend andere Sachen auch noch. Verstehst du?
  - Hm.

Ich strich mir die Haare aus der Stirn. Wir malten weiter. Es war immer noch warm. Übermalen brachte nicht viel, man konnte die rote Aufschrift nach wie vor gut lesen. Nazi. Hinnerk selbst hatte oft das Wort Sozi gebraucht. Die Sozis mochte er nicht, das war nicht zu überhören. Er schimpfte auf die Rechten, auf die Linken, auf alle Parteien und alle Politiker. Er verachtete das ganze korrupte Pack, was er allen, die es hören wollten, vor allem aber denen, die es nicht hören wollten, gern und oft mitteilte. Mein Vater zum Beispiel wollte es nicht hören, er war selbst Mitglied des Gemeinderates und setzte sich bei uns zu Hause sehr für Fahrradrampen an Bordsteinen, das nächtliche Abschalten von Ampeln auf menschenleeren Straßen und für Kreuzungen mit Kreisverkehr ein.

Die Gedichte, so erzählte es Harriet, hatte Hinnerk nach dem Krieg geschrieben, als er nicht mehr als Anwalt arbeiten durfte. Er war zur Entnazifizierung nach Süddeutschland geschickt worden. Mein Großvater war nicht nur einfaches Parteimitglied gewesen, ich konnte das Max gegenüber nicht offen zugeben. Von Harriet wusste ich, dass er zweiter Kreisrichter gewesen war. Er hatte Glück, dass er keine schlimmen Urteile unterschreiben musste. Meine Mutter, die ihn oft in Schutz nahm, hatte erzählt, dass er den Herrn Reimann, Hufschmied und bekennender Kommunist, freigesprochen habe. Bei Herrn Reimann hatte er als Schüler oft in der Werkstatt gesessen, der Anblick des glühenden Metalls ängstigte und begeisterte ihn zugleich. Er liebte das Zischen und Dampfen des Wassers. Die fertigen Hufeisen, die aus dem Wasser kamen, erschienen ihm jedoch wie Abfallprodukte. Sie waren hart und stumpf und braun und tot. Wohingegen sie vorher rot, ja magisch leuchteten, als hätten sie ein eigenes Leben. Hinnerk musste in der Schule zunächst Hochdeutsch lernen. Christa sagte, der Lehrer habe die Schulanfänger gefragt, was der Satz bedeute: »Quäle nie ein Tier im Scherz, denn es fühlt wie du den Schmerz.« Da habe sich Hinnerk gemeldet und gesagt: »as wenn eck dat wer.« Hinnerk hatte Glück, seine Eltern gaben dem Drängen des Pastors nach und schickten ihn dann doch noch auf die Oberschule. Gleich danach brach der Krieg aus, Hinnerks Vater wurde eingezogen, aber Hinnerk blieb auf der Schule. Also, pflegte meine Mutter zu sagen, wenn der Erste Weltkrieg ein halbes Jahr früher losgegangen wäre, hätte Hinnerk nie die Schule besucht, hätte er nie studiert, hätte er niemals Bertha heiraten können, hätte er niemals sie, Christa, bekommen, hätte es auch mich, Iris, nie gegeben. Mir wurde früh klar, dass Schule wichtig war. Lebenswichtig.

Als dann der Zweite Weltkrieg ausbrach, war Hinnerk schon ein Familienvater, kein siegessüchtiger Heißsporn. Er wollte kein Soldat sein, wurde auch nicht eingezogen, sondern betreute ein Gefangenenlager in der Stadt und kam abends wie gewohnt zum Essen nach Hause. Hinnerk Lünschen war stolz auf sich. Nichts war ihm geschenkt worden, nichts in die Wiege gelegt. Kraft seines Willens, seines hellen Kopfes und seiner Selbstbeherrschung hatte er es zu etwas gebracht. Er war sportlich, er mochte sich in der Uniform gut leiden, schneidig sah er darin aus. Und er fand, die meisten Ideen der Nazis waren genau für Männer wie ihn gemacht. Nur das mit den Untermenschen brauchte er nicht. Übermensch zu sein reichte ihm völlig. Er verachtete Menschen, die andere kleinmachen mussten, damit sie groß sein konnten. Das hatte er, Doktor Hinnerk Lünschen, Notar, nicht nötig. Natürlich besorgte er seinem alten Mitschüler Johannes Weill die nötigen Papiere, damit er zu seinen Verwandten nach England ausreisen konnte. Das war doch Ehrensache. Er hatte nie darüber gesprochen, aber Johannes Weill hatte uns einen Brief geschrieben, als ihm über Umwege

Hinnerks Todesanzeige nach Birmingham geschickt worden war. Das war ein halbes Jahr nach Großvaters Tod. Inga fotokopierte ihn und schickte ihn ihrer Schwester Christa. Der Brief war höflich und distanziert, freundschaftliche Gefühle hatte dieser Mann nicht für meinen Großvater übrig. Ich möchte nicht wissen, wie gönnerhaft Hinnerk sich ihm damals gegenüber verhalten hatte. Ich weiß auch nicht, ob mein Großvater ein Antisemit war, es gab jedenfalls kaum jemanden, mit dem er sich nicht irgendwann überworfen hätte. Aber der Brief sagte ganz klar, dass Hinnerk seinem Schulfreund geholfen hatte. Das war eine große Erleichterung für die ganze Familie.

Natürlich zerstritt er sich auch mit den Nazis, er verachtete die Dummen, und viele der Nazis waren viel dümmer als er. Dumm fand er auch, einen Krieg, in dem man offensichtlich keine Chance mehr hatte, weiterzuführen. Und das sagte er auch eines Abends, als er noch bei Tietjens für ein Bier eingekehrt war. In der Gastwirtschaft saß eine stille Frau. Wir haben nie herausgefunden, wer sie war. War sie die Frau eines Mannes, den Hinnerk verklagt oder verurteilt hatte? Hatte Hinnerk sie einst gedemütigt? Er war klug genug, um schnell die Schwächen der Leute zu erkennen, und geistreich genug, um sie scharfzüngig zu beschreiben, aber er war nicht weise genug, um der Versuchung zu widerstehen, dies auch zu tun. Frau Koop hatte einmal gesagt, Hinnerk habe eine Geliebte in der Stadt gehabt, eine dunkelhaarige schöne Frau. Sie selbst habe ein Foto von ihr gesehen, und zwar in Hinnerks Schreibtisch. Rosmarie und ich waren erstaunter darüber, dass Frau Koop einen Blick in Hinnerks Schreibtisch geworfen hatte, als über das Foto der geheimnisvollen dunkelhaarigen Frau. Inga behauptete, sie kenne das Foto. Es sei ein Abzug jener Fotografie gewesen, die von Berthas Schwester Anna gemacht worden sei. Jedenfalls sagte Hinnerk, er habe die stille Frau bei Tietjens nicht gekannt. Doch sie musste ihn gekannt oder sich zumindest nach ihm erkundigt haben. Denn sie denunzierte ihn. So wurde der Kreisrichter Dr. Hinnerk Lünschen zum Schrecken der ganzen Familie noch kurz vor Kriegsende mit fast vierzig Jahren Soldat. Hinnerk hasste Gewalt. Er hatte seinen gewalttätigen Vater gehasst und verachtet, und jetzt sollte er losgehen und Menschen erschießen und noch schlimmer, selber erschossen werden. Er schlief nicht mehr, saß nächtelang am offenen Fenster im Arbeitszimmer und blickte in die Dunkelheit. Die Linden auf dem Hof waren damals schon hoch. Es war Herbst, die Einfahrt war gepflastert mit den gelben, herzförmigen Blättern. Am Tag vor der Abreise trat Hinnerk aus der NSDAP aus. Und er bekam eine Lungenentzündung.

Im Zug hatte er hohes Fieber und war sehr schwach. Nach Russland konnte er in diesem Zustand nicht verfrachtet werden, also blieb er in einem Lazarett. Er bekam zwar kein Penizillin, wurde aber gesund. Daraufhin schickte man ihn im Januar 1945 an die Front nach Dänemark. Dort kam er in ein Gefangenenlager, nach Kriegsende in ein Internierungslager nach Süddeutschland. Das wusste ich von Christa, die Berthas Briefe an Hinnerk abgetippt und meinem Vater und mir vorgelesen hatte. Bertha schrieb von dem Schwein, das sie gekauft und bei Hinnerks Schwester Emma auf dem Hof untergebracht hatte. Und ausgerechnet ihr Schwein, ausgerechnet ihres von all den vielen Schweinen, die ihre Schwägerin hatte, war gestorben. So ein dummer Zufall. Nicht, dass Bertha ihr Schwein unter den anderen Schweinen hätte erkennen können, nein, aber sie musste Emma glauben. Was blieb ihr übrig. Davon schrieb sie Hinnerk. Und wie sie bei Schnee mit dem Fahrrad bei einem Mann war, dem Berthas Vater einmal einen Gefallen getan hatte. Bei ihm holte sie sich eine Axt, weil ihre zerbrochen war. Bertha schuftete und konnte ihre Familie am Leben halten. Sie hatten Ursel, die Kuh. Es kamen fremde Menschen ins Haus, Flüchtlinge aus Ostpreußen, die dort einquartiert wurden. Das war schwierig, schrieb Bertha, wenn man sich die Küche teilen musste. Nach dem Krieg wohnten auch englische Soldaten im Haus. Sie machten Feuer in der Küche, einfach so auf dem Fußboden. Sie waren schrecklich laut. Aber freundlich zu den Kindern. Bertha berichtete von den Flüchtlingsströmen, die die Hauptstraße hinunterkamen. Die Mädchen standen am Zaun und sahen, wie täglich Hunderte von Menschen mit Pferden und Taschen und Handwagen und Körben am Haus vorbeizogen. Das fanden sie sehr aufregend. Wochenlang luden sie alles, was sie im Haus finden konnten, in den Kinderwagen der zweijährigen Harriet, zogen sich über, was sie in den Schränken finden konnten, und humpelten im Gänsemarsch über den Hof. »Wir spielen Flüchtling«, erklärten sie ihrer Mutter und quartierten sich daraufhin zwangsweise im Hühnerhock ein. Davon schrieb Bertha ihrem Mann. Sie reiste quer durch Deutschland, um ihn zu besuchen. Ohne die Kinder.

Und dann kehrte er zurück. Er war nicht verstört, er war auch nicht böse oder krank. Er war nicht anders als vorher, nicht launischer, nicht milder. Hinnerk war einfach nur froh, wieder zu Hause zu sein. Er wollte, dass alles wieder so war wie früher, und riss sich zusammen. Nur seine jüngste Tochter Harriet, sie war noch ein Baby gewesen, als er fortging, die nannte er von da an Fjodor. Warum, wusste niemand. Wer war Fjodor? Christa und Inga malten sich aus, dass Fjodor ein kleiner russischer Junge gewesen sein musste mit schrägen hellblauen Augen und struppigen dunklen Haaren. Er rettete meinem Großvater das Leben, weil er ihn in seinem Baumhaus versteckt gehalten und mit Brotrinden am Leben erhalten hatte. Aber er war doch überhaupt nicht bis nach Russland gekommen.

Nach Hinnerks Heimkehr trat Bertha, ohne zu murren, in die zweite Reihe zurück. Sie zeigte ihm das Haushaltsbuch, das er prüfte. Sie überließ ihm die Entscheidung, ob Ursel behalten oder verkauft werden sollte. Er wollte sie behalten, sie blieb, obwohl sie kaum noch Milch gab. Es lebten immer noch fremde Menschen im oberen Stockwerk des Hauses. Das missfiel Hinnerk. Er schimpfte auf das feine ältere Ehepaar, auch wenn sie es hören konnten. Es wurde auf einmal alles zu eng, und Bertha, die sich bisher wunderbar die Küche mit diesem Ehepaar geteilt hatte, musste nun Pläne erstellen, wer wann wo sein durfte. Sie schämte sich, aber sie tat es.

Hinnerk, obgleich aus der Partei ausgetreten, war zweiter Kreisrichter gewesen. Er hatte einen höheren Posten im Naziregime eingenommen und verlor damit seine Zulassung als Rechtsanwalt. Bald wurde er von den Amerikanern in das Entnazifizierungslager geschickt. Meine Mutter erzählte mir, dass sie und ihre Schwestern sich alle paar Monate fein anziehen mussten. Dann fuhren sie mit der Eisenbahn nach Darmstadt, um ihren Vater zu besuchen. Als Inga, sie war acht, ihn fragte, was er hier denn so mache den ganzen Tag, schaute er sie nur an und sagte nichts.

Auf der Rückfahrt von diesen Besuchen erklärte Bertha ihren Töchtern, dass ihr Vater dort von den Engländern und Amerikanern noch geprüft werde, damit er bald wieder arbeiten könne. Meine Mutter gestand mir, sie habe sich jahrelang immer eine Art Juraexamen vorgestellt, nur auf Englisch.

Dann kam er zurück, erhielt seine Anwaltszulassung zurück und verlor nie wieder ein Wort über diese anderthalb Jahre. Und auch nicht über die Jahre davor.

Inga erzählte, dass Hinnerk in seinem Testament verfügt hatte, dass seine Tagebücher nach seinem Tode verbrannt werden sollten. Und das hätten sie auch getan.

- Und du hast nicht vorher reingeschaut? fragte Rosmarie ungläubig.

- Nein, sagte Inga und sah Rosmarie an.

Hinnerk mochte Feuer. Ich sah ihn oft tagelang Feuer im Garten machen, er stand da und stocherte mit einer Mistgabel in der Glut. Wenn Rosmarie, Mira und ich dazukamen, dann sagte er:

- Wisst ihr, es gibt drei Dinge, auf die man unentwegt gucken kann, ohne ihrer überdrüssig zu werden. Das eine ist Wasser. Das andere ist Feuer. Und das Dritte ist das Unglück anderer Leute.

Die Brandflecken auf dem Küchenboden, wo die englischen Soldaten ihr Feuer gemacht hatten, sah man immer noch. Aber die rote Schrift auf dem Hühnerhaus war inzwischen unter der weißen Farbe verschwunden. Nun, beinahe. Wenn man wusste, dass sie dort war, dann sah man sie auch. Doch ich fand, man könne es so lassen. Ich ging um die Ecke, um nach Max zu sehen. Er hatte die große Malerrolle zur Seite gelegt und malte inzwischen mit dem Pinsel.

– Na, wie weit bist du?

Max blickte nicht auf, sondern pinselte konzentriert weiter.

– Hallo, Max! Ich bin es. Geht es dir gut? Hast du einen Streichzwang? Einen Krampf? Muss ich dir helfen?

Max pinselte wild in der Mitte der Wand herum.

– Nein, alles in Ordnung.

Ich kam näher, da stellte er sich mir in den Weg und sagte:

– Äh, bist du schon fertig mit deiner Wand? Lass mal sehen. Kann man das N-Wort noch lesen?

Mit seinem Körper schob er mich dabei wieder auf meine Seite, betrachtete sie und sagte dann:

– Ist doch ganz gut geworden.

– Man sieht es noch.

– Ja, aber nur, wenn man möchte.

Ich starrte auf die weiße Wand.

– Herrje: Ist diese Hühnerhauswand jetzt etwa ein Sinnbild oder sowas?

Aber Max hörte nicht zu. Er war schon wieder hinter dem Haus verschwunden. Es war dämmrig geworden. Die gestrichene Wand leuchtete weiß. Warum benahm er sich so komisch? Ich stellte mich neben ihn, er schaute immer noch nicht auf. Ich sah, dass er die Wand nicht gleichmäßig von einer Seite zur anderen anstrich, sondern in der Mitte begonnen hatte. Nein, er malte etwas über. Für einen Moment dachte ich, da wäre noch eine rote Aufschrift gewesen, die ich übersehen hatte und die er mir vorenthalten wollte. Vielleicht um mich zu schonen. Aber dann sah ich, dass er etwas wegmachte, das er selbst hingeschrieben hatte. Meinen Namen. Ungefähr ein Dutzend Mal.

- Iris, ich …
- Mir gefällt die Wand.

Wir standen beide vor der Wand und schauten sie eine längere Zeit an.

- Komm, wir hören auf, Max. Es ist zu dunkel zum Streichen.
- Geh du rein. Ich mach das noch eben fertig.
- Sei nicht albern.
- Nein wirklich, es macht mir Spaß. Außerdem war es meine Idee, heute Abend noch anzufangen.

Bitte sehr. Ich drehte mich um und begann, meine Malsachen wegzuräumen.

- Lass alles liegen. Ich mach das schon. Wirklich.

Ich zuckte die Schultern und ging langsam durch den Garten zur Haustür. Als ich an den Rosen vorbeikam, stellte ich fest, dass sie abends schwermütiger dufteten als tagsüber.

Ich trank noch einen großen Becher Milch und nahm Hinnerks Gedichtbuch mit ins Bett. Es war in Sütterlin, aber wozu war man schließlich Bibliothekarin? Trotzdem musste ich mich erst an seine Handschrift gewöhnen. Das erste Gedicht war ein Achtzeiler über dicke und dünne Frauensleute. Dann kam ein längeres über Bauern, die gerissene Anwälte mit gespielter Tölpelhaftigkeit bloßstellten. Es gab ein gereimtes Rezept zur Vorbeugung gegen Seuchen, das begann mit:

»Heidecker, Pestwurz, Ehrenpreis,
Engelwurz und Lungenkraut,
Wacholder, Enzian blau, nicht weiß,
Osterluze unzerkaut …«

Ich las Gedichte über Irrlichter im Moor, über einen alten, längst versandeten Hafen an der Geeste, an dem bei Vollmond im September ein leerer Nachen anlegte. Und immer wenn er ablegte, fehlte am nächsten Tag ein Kind aus dem Dorf. Hinnerk schrieb über das satte Geräusch, wenn vier Männer auf den Feldern die Flegel schwangen und droschen. Es gab ein Gedicht über die Auswanderer nach Amerika. Ein anderes hieß »Der 24. August« und handelte vom Abreisetag der Störche. Wieder eines ging über die Eiserntе am Weiher außerhalb des Dorfes. Ich las ein etwas zotiges Gedicht über den Gemeindebullen, der eine Kuh lädierte, die dann notgeschlachtet werden musste. Über das Tanzvergüngen bei Tietjens auf der Diele. Und am Ende kamen noch zwei unheimliche Gedichte, das eine hieß »De Twölften«. Es handelte von den sechs letzten Nächten des alten und sechs ersten Nächten des neuen Jahres. Wer in dieser Zeit Wäsche aufhing, würde Leichentücher brauchen. Wer ein Rad drehte, auch an einem Spinnrad, für den würde der Totenwagen vorfahren. Denn der Hirskejäger stürmte während dieser Zeit durch die Luft. Das letzte Gedicht des grauen Buchs ging über den Großbrand in Bootshaven im Jahr von Hinnerks Geburt. Die Menschen schrien darin wie Vieh und das Vieh wie Menschen, während das halbe Dorf verbrannte.

Ich knipste die Nachttischlampe aus und starrte in die Schwärze des Zimmers. Nachdem sich meine Augen daran gewöhnt hatten, erkannten sie Schatten und Umrisse. In Hinnerks grauem Buch war kein einziges Gedicht über den Krieg. Und auch keines, das darauf schließen ließ, dass die Verse in einem Lager geschrieben worden waren. In einem Lager, das eigens dazu diente, den Insassen ihre eigenen und andere grauenvolle Taten der vergangenen Jahre ins Gedächtnis zu rufen. Ich dachte an die Gedichte, die von Hinnerks Dorf handelten und getränkt waren von Liebe zu den Orten seiner Kindheit. Seine Kindheit, die er so gehasst hatte.

Und ich stellte fest, dass nicht nur das Vergessen eine Form des Erinnerns war, sondern auch das Erinnern eine Form des Vergessens.

IX. Kapitel

Natürlich dachte ich an Max. Ich dachte darüber nach, ob er sich so zurückhielt, weil ich mich so zurückhielt, und ob ich mich zurückhielt, weil er sich so zurückhielt oder weil ich mich zurückhalten wollte aus Gründen, über die ich nachdenken musste.

Am nächsten Morgen, es musste Dienstag sein, lief ich mit bloßen Füßen zum großen Schrank und klappte die Türen auf. Es roch nach Wolle, Holz, Kampfer und noch ein klein wenig nach dem Haarwasser meines Großvaters. Nach kurzem Überlegen zog ich ein weißes Kleid mit hellgrauen Pünktchen hervor. Es war einmal Ingas Ballkleid gewesen, dünn und leicht, denn die Hitzewelle schien anzuhalten. Mit einem Tee setzte ich mich auf die Treppenstufen vor der Haustür, es duftete jetzt wieder zuversichtlich nach Sommer. Die drei leeren Farbeimer am Fuße der Treppe sah ich erst, als ich gerade zurück ins Haus gehen wollte. Ich lief am Haus entlang zum Wäldchen. Und tatsächlich: Alle vier Wände des Hühnerhocks waren weiß gestrichen. Das hatte ich befürchtet. Es sah wunderhübsch aus, wie ein kleines Sommerhaus. Wie lange hatte Max hier gestern noch gemalt? Beim Drumherumlaufen sah ich noch das Wort »Nazi« unter dem weißen Anstrich schimmern. Die vielen »Iris« waren nicht mehr zu erkennen. Ich ging in das kleine Haus hinein, konnte aber nur geduckt darin stehen.

Wenn der Regen uns draußen überraschte, krochen Rosmarie, Mira und ich hier hinein. Aber ich war auch öfters allein dort. Vor allem später, wenn ich in den Ferien auf Besuch war. Im September hatte Rosmarie manchmal schon wieder Schule, ich aber noch nicht. Dann hatte ich den Vormittag für mich. Ich sammelte Steine, die hier ganz anders aussahen als zu Hause. Bei uns gab es vor allem runde, glatte Kiesel, aber hier lagen Steine, die wie Glas aussahen und auch fast wie Glas zerbrachen. Warf man sie auf einen harten Boden, sprangen Stücke ab, scharf wie richtige Klingen. »Feuersteine« nannte Mira sie. Meist waren sie hellbraun, graubraun oder schwarz, selten weiß.

Rheinkiesel, die es bei uns zu Hause gab, zersprangen nicht. Eine Zeit lang brach ich viele Steine auf, weil ich hoffte, Kristalle darin zu finden. Ich hatte einen guten Blick für diese Steine, je rauer und unscheinbarer sie von außen waren, desto funkelnder von innen. Meistens fand ich sie auf den alten Bahnschienen im Wald in der Nähe unseres Hauses. Es war ihre Form, die mir sagte, dass sie etwas enthielten. Da war etwas in ihrer Rundung, das weniger willkürlich schien als bei gewöhnlichen Steinen. Manchmal drangen die Kristalle auch bis zur äußersten Schicht durch, wie Glasfenster, durch die man hineinsehen konnte. Mein Vater schenkte mir eine Steinsäge, und so saß ich stundenlang in unserem Keller und sägte Steine auf. Die Säge machte ein scheußliches Geräusch, das mir in den Ohren wehtat. Begierig schaute ich mir die glitzernden Höhlen an. Einerseits fühlte ich Triumph und Stolz, wenn ich recht gehabt hatte mit meiner Vermutung, andererseits wusste ich, ich tat etwas Verbotenes, brach in etwas ein, zerstörte Geheimnisse. Und doch fühlte ich Erleichterung darüber, dass die braunen Steine nicht nur Steine waren, sondern Kristallhöhlen für Feen und kleine Zauberwesen.

Später verlegte ich mich auf das Sammeln von Wörtern und die kristallinen Welten der hermetischen Lyrik. Doch hinter allem Sammeln steckte die gleiche Gier nach singenden Zauberwelten in schlafenden Dingen. Ich hatte als Kind ein Vokabelheft, in dem hob ich besondere Wörter auf, so wie ich auch Muscheln und besondere Steine aufhob. Es gab die Kategorien »schöne Wörter«, »hässliche Wörter«, »falsche Wörter«, »verdrehte Wörter« und »Geheimwörter«. Unter »schöne Wörter« hatte ich aufgelistet: Wiesenschaumkraut, violett, Sinnsucher, Schattenmorelle, Brotfrucht, quetschen, Schneebesen, Ellenbogen, Wolke. Bei den »hässlichen Wörtern« stand: Kropf, Rumpf, Stumpf, Ohrenschmalz. »Falsche Wörter« empörten mich, weil sie so taten, als wären sie harmlos, und dann aber gemein oder gefährlich waren, etwa wie »Nebenwirkung« oder »pikieren«. Oder sie taten, als wären sie zauberisch, so wie »Rettungsring« und »Baumschule«, und waren dann aber enttäuschend normal. Oder sie bezeichneten etwas, was für niemanden klar war: Keine zwei Menschen, die man fragte, hatten dieselbe Farbe vor Augen, wenn sie das Wort »purpurrot« hörten!

Die »verdrehten Wörter« waren so etwas wie ein Hobby. Oder war es eine Krankheit? Es kam vielleicht auf dasselbe heraus. Der Taubenhaucher gehörte zu meinen Lieblingstieren ebenso wie das Kuschbänguruh und die Dringsossel. Ich fand es lustig, über das grüne Klo zu leben, und liebte jenes Herbst-Gedicht, das mit der Aufforderung begann, doch umgehend in den totgeparkten Sarg zu kommen. Wie Luftschutzkellertreppen aussahen, konnte ich mir vorstellen, aber was waren Schuftlutztellerkreppen? Ich vermutete eine Art Einwickelpapier für Geschirr, das auch als Maske für Raubüberfälle verwendbar war.

Die »Geheimwörter« waren am schwierigsten zu finden, das gehörte sich auch so. Es waren Wörter, die so taten, als wären sie ganz normal, aber dann etwas ganz anderes, Wunderbares in sich trugen. Also das Gegenteil der »falschen Wörter«. Dass man in der Aula meiner Schule eine verwunschene Südseeinsel finden konnte, gab mir Trost. Die Insel hieß »Schula-Ula«, und es lag ein Schatz auf ihr vergraben.

Oder Straßenschilder mit dem Wort »Spurrillen« deuteten in Wirklichkeit daraufhin, dass es hier in der Nähe irgendetwas Köstliches, wahrscheinlich Österreichisches, zu essen gab: Warme Spurrillen-Knödel mit Vanillesoße stellte ich mir herrlich vor und freute mich jedes Mal, wenn wir an einem solchen Schild vorbeikamen. Oder jene seltene und wohlschmeckende Fischart der Lachs-Alven. Gegrillt mit etwas Olivenöl, ein Gedicht.

Meine Erinnerungen hatten mich hungrig gemacht, also ging ich hinein. Leider gab es in der Küche fast nichts Essbares mehr. Ich aß Schwarzbrot mit Nussschokolade und beschloss, nachher einkaufen zu gehen.

Ich rannte nach oben und holte mir ein bretthartes, aber immerhin geblümtes Frotteehandtuch aus der kleinen Wäschetruhe in Ingas Zimmer. Das klemmte ich mir auf den Gepäckträger und fuhr zum See. Es war ein ganz gewöhnlicher Arbeitstag, ich hatte ein schlechtes Gewissen, weil ich weder in der Bibliothek war noch mich um die Hinterlassenschaftsdinge kümmerte, und am Boden zerstört vor Trauer war ich auch nicht. Nun, ich hatte mir freigenommen, auch wenn es nur per Anrufbeantworter war. Ich hatte keine Adresse und Telefonnummer dort hinterlassen, aber wie auch. Ich musste nachher noch einmal versuchen, meine Chefin zu erreichen.

Natürlich war mein Beruf nur eine Fortsetzung des Sammelns von Geheimnissen. Und wie ich später die Steine, in denen ich Kristalle vermutete, nicht mehr aufsägte, sondern nur noch aufhob, so hörte ich auch auf, die Bücher zu lesen, die mich wirklich interessierten, und interessierte mich für Bücher, die keiner mehr las.

Als wir kleiner waren, machte sich Rosmarie immer darüber lustig, dass ich es persönlich nahm, wenn die Nüsse, die wir knackten, taub waren. Ich konnte nicht aufhören, darüber nachzudenken, wie die Nuss durch die geschlossene Schale herausgelangt war. Ihr liebster Scherz war es, ein weiches Frühstücksei auszulöffeln und es mir dann so zu reichen, dass das Loch unten im Eierbecher verschwand. Wenn ich auf das Ei schlug und mit dem Löffel ins Leere stieß, heulte ich jedes Mal laut auf. Und jetzt hatte man mir dieses Haus überreicht. Wenn ich es ablehnte, würde ich für immer davon träumen.

Frühnebel dampfte noch über dem Moorsee. Ich legte mein Rad auf das abschüssige Gras und zog mich aus. Wie eine Wolke fiel das Kleid in den Tau. Ich breitete das Handtuch aus und tat meine Sachen darauf, damit sie sich nicht vollsogen. Als ich ins Wasser watete, stoben kleine Fische um meine Knöchel und retteten sich ins Schwarze. Kalt war es. Wieder fragte ich mich, was da drinnen alles so herumschwamm. Tauchen hatte mich nie gereizt, aufgewühlte Meere, trübe Kiesgruben und dunkle Moorseen passten mir gut. Denn am Ende wollte ich es doch nicht so genau wissen.

Mit langen Zügen schwamm ich durch den See. Kleine Luftblasen kitzelten mich am Bauch. Nackt zu schwimmen fühlte sich schön an, am ganzen Körper kam es dabei zu allerlei Verwirbelungen und Unruhen.

Denn stromlinienförmiger wurde man ohne Badeanzug nicht gerade. Wenigstens besaß ich inzwischen einen Körper, den ich auch als den meinen betrachtete. Lange genug hatte es ja gedauert. Das Verschlingen von Büchern auf Brot hatte meinen Geist leicht und meinen Körper träge gemacht. Da ich mich damals selbst nicht sehen mochte, spiegelte ich mich in den Geschichten. Essen, lesen, lesen, essen: Als ich später aufhörte zu lesen, da hörte ich auch auf zu fressen. Ich erinnerte mich wieder meines Körpers. Nun hatte ich einen. Etwas verwahrlost vielleicht, aber er war da, und er überraschte mich in seiner Vielfalt an Formen, Linien und Oberflächen. Die Gemeinschaftsumkleidekabine des Hallenbads verlor ihren Schrecken, und da wusste ich, ich war ein Fall für die Dameneinzelkabine.

Fall, fällig, fällen, fallen, Rosmarie zum Gedenken. Ihr Körper zerfiel, noch bevor er ganz beisammen war. Alle Mädchen waren doch besessen von ihren Körpern, weil sie noch keine Körper besaßen. Sie waren wie Libellen, die jahrelang unter Wasser lebten und fraßen und fraßen. Hin und wieder legten sie sich eine neue Haut zu und fraßen weiter. Dann wurden sie Nymphen. Die Nymphen kletterten an einem langen Halm aus dem Wasser, bekamen einen Körper und flogen davon. Es hätte ja auch klappen können. Als Harriet in Rosmaries Alter war, konnte sie schon fliegen.

Kurz vor dem anderen Ufer drehte ich mich um und schwamm zurück. Der Nebel hatte sich inzwischen fast aufgelöst, es dampfte nur noch eine kleine Schicht ganz nah über dem Wasserspiegel. Gerade schon wollte ich mit dem Fuß nach dem Boden tasten, da sah ich Max. Er legte sein Rad neben meines, schaute aber nicht zu mir, sondern zog sich schnell Hemd und Shorts aus und rannte ins Wasser, dass es spritzte. Er tauchte und fing sofort an zu kraulen. Doch als er fast schon an mir vorbei war, hielt er plötzlich inne, drehte sich zu mir um und hob die Hand.

- Hey, Iris.
- Guten Morgen.

Er kam näher. Ich wusste nicht, was ich sagen sollte. Er offenbar auch nicht. Wir standen uns gegenüber und vermieden es, uns anzusehen. Ich hatte das Wasser wie eine Decke bis zum Kinn gezogen, schaute auf seine Schultern und beobachtete, wie die Wassertropfen von ihnen herabrannen. Wohin er sah, so dicht vor mir, konnte ich zwar nicht sehen, aber fühlen. Schnell verschränkte ich die Hände vor der Brust. Da blickte er mich schließlich an.

Langsam holte er die Hand aus dem Wasser und zog mit dem Zeigefinger die Linie meiner Schlüsselbeine nach. Max ließ den Arm wieder sinken. Er stand ganz nah, ich drückte meine Arme fester an mich. Er beugte sich vor und küsste mich auf den Mund. Warm fühlte er sich an und weich und gut. Ich musste nach seinen Schultern gegriffen haben. Schwindelig war mir. Max zog mich an sich. Als meine Brüste seinen Oberkörper berührten, fühlte ich, wie er seinen Körper anspannte. Was ich selbst daraufhin alles so tat, konnte ich nicht mehr mit Bestimmtheit sagen und auch nicht, wie lange ich es tat. Bald jedoch landeten wir auf dem schmalen Sandstreifen des Ufers. Ich spürte die Kühle des Wassers auf seinem Körper unter mir, seinen Schwanz in der nassen Badehose, seine Lippen auf meinem Hals. Als ich ihm dabei half, die Badehose auszuziehen, hielt er mich plötzlich an den Händen fest:

- Ich habe mit Klientinnen keinen Sex im Freien.

- Ach nein? Merkst du nicht, dass du gerade dabei bist, mit einer Klientin Sex im Freien zu haben?

- O Gott. Ich habe mit Klientinnen keinen Sex. Punkt. Weder im Freien noch sonst wo.

- Bist du sicher?

- Nein. Ja! Nein. Iris, was machst du mit mir?

- Sex im Freien?

- Iris. Du machst mich irre. Mit deinem Geruch und deinem Gang und deinem Mund und deinem Gerede.

- Mit meinem was?

Ich rollte mich auf den Sand. Max hatte wahrscheinlich recht. Es war eine dumme Idee, er war Miras kleiner Bruder. Er war außerdem mein Anwalt und der Anwalt meiner Tanten, wir mussten noch darüber sprechen, was mit dem Haus geschehen würde, wenn ich es nicht nähme. Was wir da jetzt taten, würde alles unnötig verkomplizieren. Die Beziehung zu seiner Schwester und Rosmarie war auch kompliziert gewesen. Wie kompliziert, das wusste er gar nicht. Ich legte mir die Hände auf die Augen. Unter meinem Zeigefinger spürte ich die Narbe über meiner Nasenwurzel.

Da fühlte ich seine Finger auf meinen Händen.

- Nicht. Iris, komm her. Was ist los? Hey, du.

Max' Stimme war weich und warm, genau wie sein Mund.

- Iris, du kannst dir nicht einmal im Ansatz vorstellen, wie gern ich mit dir Sex am See hätte. Ich wage gar nicht erst, dir zu sagen, dass ich auch gerne schon Sex im Hühnerhaus, Sex in deinem Bett, Sex in meinem Badezimmer, Sex im Baumarkt und, Gott steh mir bei, Sex auf dem Friedhof mit dir gehabt hätte.

Ich musste grinsen unter meinen Händen.

- Ah ja?
- Ja!
- Im Baumarkt, hm?
- Ja!
- So mit weißer Farbe, die zwischen meinen Brüsten herunterrinnt?
- Nein. Das war eher die Hühnerhaus-Phantasie. Im Baumarkt sah ich all diese Schrauben und Muttern und Bohrmaschinen und Dübel und –

Ich richtete mich auf und sah, wie Max versuchte, sein Gelächter zu unterdrücken. Vor lauter Anstrengung fing er schon an zu zucken. Als er meinen Blick auffing, platzte er laut heraus. Ich schlug ihm mit der Faust gegen die Brust, er fiel auf den Rücken, lachte weiter. Dabei hatte er meine Arme gepackt und mich mitgezogen, sodass mein nackter Oberkörper schon wieder auf seinem lag. Es war wie ein Stromstoß. Jetzt lachte er nicht mehr.

Ich hätte sofort mit ihm Sex im Freien haben können. Stattdessen stieß er mich fast grob von sich, schüttelte den Kopf und ging schwimmen. Ohne sich umzusehen, kraulte er los. Da stand ich auf, warf mir mein Kleid über und fuhr weg.

Das Rad ließ ich vor der Haustür stehen, ich ging hinein und zog mir die schwarzen Beerdigungssachen an – nach meiner Erfahrung mit dem goldenen Kleid im Baumarkt hielt ich das für klüger. Ich griff meine Tasche und fuhr zum Edeka-Laden. Dort kaufte ich Brot, Milch, Butter, Mandeln, zwei Sorten Käse, Karotten, Tomaten, noch mehr Nussschokolade, Haferflocken und eine große Wassermelone, weil mir so heiß war. Zu Hause tat ich alles in den Kühlschrank, rief in Freiburg an und sprach mit meiner Chefin. Sie kondolierte mir noch einmal und hatte

Verständnis dafür, dass die Erbschaftsangelegenheiten noch geklärt werden mussten.

- Tun Sie das so schnell wie möglich, sagte sie und seufzte. Je früher Sie diese Dinge entscheiden, desto besser. Mein Bruder und ich sind uns immer noch nicht einig, obwohl unsere Eltern schon seit Jahren tot sind. Doch, hier ist viel los. Die Semesterferien stehen vor der Tür, aber machen Sie sich keine Sorgen. Es sind genug Leute da, Frau Gerhardt ist aus dem Urlaub zurück. Also bleiben Sie dort so lange, wie Sie müssen. Sie hören sich gar nicht gut an, liebe Frau Berger. Ach ja. Diese Woche rechne ich also nicht mit Ihnen, ja? Ja. Kein Thema. Alles klar. Auf Wiederhören, auf Wiederhören, ciao, Frau Berger.

Wir legten auf. Ich hörte mich nicht gut an? Na klar. Ich war verärgert, verwirrt und gekränkt über Max' Zurückweisung. Aber was tat ich dagegen? Ich zog mich verschämt zurück. Mit Verachtung stellte ich fest, dass ich auch nicht viel weiter gekommen war als die Frauen der vorherigen Generation. Von wegen Selbstbestimmung. Doch kein Wunder: schließlich stammte ich ja auch von der verklemmtesten der drei Lünschen-Schwestern ab.

Christa hing an Bootshaven, an großen Himmeln über leeren Flächen, am Wind in ihrem braunen Haar, das sie immer noch kurzgeschnitten trug. Bei Storms Gedicht von der grauen Stadt »am grauen Meer« bekam sie nasse Augen und sprach die dritte Strophe mit einer bebenden Stimme, die mir unangenehm war. Wenn ich als Kind und auch später als Teenager an bestimmten Sommerabenden in das Wohnzimmer trat, konnte es passieren, dass meine Mutter dort in der Dämmerung saß. Sie hockte auf der Sofakante, die Hände unter den Oberschenkeln, und schaukelte ruckartig vor und zurück. Den Blick auf den Boden geheftet. Es waren kurze, rasche Bewegungen, kein verträumtes Wiegen. Teile ihres Körpers schienen gegen andere Teile ihres Körpers zu kämpfen: Ihre Beine pressten sich gegeneinander. Die spitzen Knabenknie stießen immer wieder auf ihre Brüste ein. Ihre Zähne bissen sich an der Unterlippe fest. Die Oberschenkel quetschten ihr die Hände ab.

Meine Mutter saß sonst nie herum. Sie arbeitete entweder im Garten, zupfte Unkraut, schnitt Äste, erntete Beeren, hackte, mähte, grub oder pflanzte. Oder sie hängte die Wäsche auf, räumte Regale und Kisten ein und aus, bügelte Laken, Bettbezüge und Handtücher mit der Mangelmaschine im Keller. Sie buk Hefekuchen oder kochte Marmelade ein. Oder sie war gar nicht da, weil sie bis zur Erschöpfung durch die staubigen Spargelfelder rannte und das machte, was sie »einen Waldlauf« nannte. Wenn Christa sich abends auf das Sofa setzte, dann nur, um dort nach der Tagesschau fernzusehen oder die Zeitung zu lesen und recht bald einzuschlafen, irgendwann verwirrt hochzufahren und ein bisschen zu schimpfen: dass es schon so spät sei und dass wir – also mein Vater und ich – doch endlich ins Bett gehen müssten und dass sie, Christa, jetzt aber ins Bett gehe. Und das tat sie dann auch.

Doch an den wenigen Abenden, an denen ich sie auf dem Sofa fand – es mögen vielleicht insgesamt sieben oder acht gewesen sein –, hatte sie den Plattenspieler laut gedreht. Ungewohnt laut. Unangemessen laut. Rebellisch laut. Ich kannte die Schallplatte. Auf der Hülle war ein Mann mit Vollbart, Fischerhemd und Prinz-Heinrich-Mütze irgendwo auf einer Wiese oder einem Strand und sang plattdeutsche Lieder zur Gitarre: »Ick wull wi weern noch kleen, Jehann!«, rief dieser Mann weniger sehnsuchtsvoll als fordernd durch unser Wohnzimmer. Ich wusste nicht, ob ich einfach wieder gehen sollte, weil ich ganz klar irgendwo eindrang, wo ich nicht hingehörte. Aber ich ging nicht, denn ich wollte, dass das aufhörte. Ich wollte, dass meine Mutter wieder meine Mutter würde und nicht Christa Lünschen, die Schlittschuhläuferin aus Bootshaven. Einerseits brach es mir das Herz, meine Mutter dort hocken und ruckeln zu sehen, und ich machte mir Vorwürfe, weil ich und mein Vater es offenbar nicht schafften, sie glücklich zu machen. Andererseits war ich entrüstet und empfand ihr Heimweh als Verrat.

So blieb ich in der Tür stehen, konnte nicht hinein zu ihr, aber auch nicht fortgehen. Wenn es zu lange dauerte, bewegte ich mich. Meine Mutter sah auf, erschrak, manchmal entfuhr ihr sogar ein Schrei. Sie sprang auf die Füße und stellte die Platte aus. Mit einer Stimme, die munter klingen sollte, sagte sie:

– Iris, ich habe dich ja gar nicht gehört! Wie war's bei Anni?

Wenn sie so ertappt klang, dann hatte sie ja wohl auch etwas zu verbergen. Also doch Verrat. Ich sagte verächtlich:

– Was hörst du denn da für ein Zeug? Grauenvoll.

Dann ging ich ins Wohnzimmer, machte den Schrank mit den Süßigkeiten auf, an den ich nur durfte, wenn ich gefragt hatte, nahm mir ein großes Stück Schokolade raus, drehte mich um und ging hinauf in mein Zimmer, um zu lesen.

Hatte Bertha auch Heimweh gehabt? Bertha, die ihr Haus nie verlassen hatte. Dass ein Heim ausgerechnet Heim hieß, war eine Gemeinheit, die dem Wort »Heim«

für immer den obersten Listenplatz der »falschen Wörter« zusicherte.

Nachdem Bertha aus ihrem Haus in ein Heim gebracht worden war, wusste sie nie wieder, wo sie war. Und doch schien sie zu wissen, wo sie nicht war. Ständig packte sie Koffer, Taschen, Plastiktüten, Manteltaschen mit Dingen voll. Und jeden Menschen, der in ihre Nähe kam, ob Besucher, Schwester oder Mitbewohner, fragte sie, ob er sie nach Hause bringen könne. Das Heim tat Bertha weh. Es war ein teures privates Pflegeheim. Aber die Dementen gehörten zweifelsfrei in die unterste Kaste der heimlichen Hackordnung. Gesundheit war das höchste Gut. Die Tatsache, dass man früher ein Bürgermeister, eine reiche Dame der Gesellschaft oder ein angesehener Wissenschaftler gewesen war, spielte keine Rolle. Im Gegenteil, je höher man einst stand, desto tiefer konnte man fallen. Rollstuhlfahrer waren zwar in der Lage, Bridge zu spielen, aber nicht, zum Tanztee zu gehen. Das war eine unumstößliche Tatsache. Außer Klarheit im Geiste und körperlicher Gesundheit konnte man sich im Heim noch durch eine andere Sache Respekt und Ansehen verschaffen: durch Besuch. Hierbei zählte die Häufigkeit der Besuche, die Regelmäßigkeit und Dauer. Gut war auch, wenn nicht immer nur die Gleichen kamen. Männer zählten mehr als Frauen. Jüngere Besucher waren besser als alte. Heimbewohner, deren Familien oft kamen, wurden respektiert: Sie mussten zweifellos etwas richtig gemacht haben in ihrem Leben.

Berthas treueste Kränzchenschwester Thede Gottfried war jeden zweiten Dienstagvormittag gekommen – ihre Schwägerin war im gleichen Heim untergebracht. Christa hatte Bertha immer nur in den Schulferien besucht, dann aber täglich. Tante Harriet kam an allen Wochentagen, Tante Inga jedes Wochenende.

Bertha vergaß ihre Töchter der Reihe nach. Die älteste zuerst. Sie wusste zwar noch lange, dass Christa zu ihr gehörte, aber der Name sagte ihr nichts mehr. Sie nannte sie erst Inga, später Harriet. Inga war noch eine ganze Zeit Inga, dann wurde auch sie Harriet. Harriet blieb sehr lange Harriet, aber irgendwann, viel später, war selbst Harriet eine Fremde. Doch da war Bertha schon im Heim.

- Wie bei den drei kleinen Schweinchen, sagte Rosmarie.

Ich verstand nicht, was sie meinte.

- Na ja, das erste rennt ins Haus des zweiten, das bricht zusammen, und die beiden rennen, als das zweite Haus zusammenbricht, ins Haus des dritten.

Berthas Haus aus Stein. Und jetzt sollte es meins sein?

Meine Mutter nahm es sich damals sehr zu Herzen, dass ihre Mutter ihren Namen nicht mehr kannte. Vielleicht erschien es ihr ungerecht, dass sie selbst ihre Heimat nicht vergessen konnte, aber ihre Heimat nichts Besseres zu tun hatte, als sie zu vergessen. Inga und Harriet nahmen es gelassener. Inga hielt Berthas Hand und streichelte sie und schaute Bertha lächelnd in die Augen. Das mochte Bertha. Harriet ging mit Bertha auf die Toilette, wischte sie ab, wusch ihr die Hände. Und Bertha sagte Harriet, wie lieb sie sei und wie froh sie, Bertha, sei, dass sie Harriet habe.

Inga machte es nichts aus, Harriet genannt zu werden, aber als Bertha einmal Christa zu ihr sagte, wurde sie böse. Christa war nicht hier. Sie hielt keine Hand. Sie ging nicht mit aufs Klo. Sie hatte einen Mann. Hinnerk hatte sie am meisten geliebt. Manches konnte man niemals verzeihen. Wenn Christa in den Schulferien da war und sich um Bertha kümmerte, war es schwierig für Inga und Harriet, nett und unbefangen zu sein. Wenn Christa traurig und schockiert war über die Verschlechterung von Berthas Gedächtnis, fiel es ihren jüngeren Schwestern schwer, Verständnis zu zeigen. Sie empfanden vielmehr Verachtung. Ihre Schwester hatte ja keine Ahnung, wie schlimm und anstrengend und beängstigend alles in Wirklichkeit war.

Letzten Sonntag, in den frühen Nachmittagsstunden, war Bertha schließlich an einer Sommergrippe gestorben. Ihr Körper hatte einfach vergessen, wie man sich von so einer Krankheit wieder erholte.

Tante Inga hielt ihre Hand. Sie rief nach einer Krankenschwester. Dann telefonierte sie mit Harriet. Diese fuhr sofort zum Heim und sah ihre Mutter noch so, wie sie ihren letzten Atemzug getan hatte. Die Augenbrauen ein wenig zusammengezogen, als müsse sie sich auf etwas besinnen. Die Nase ragte lang und spitz aus dem Gesicht. Auf dem weißen Nachttisch stand ein Plastikbecher mit Apfelsaft.

Erst am Abend riefen sie bei Christa an. Meine Mutter legte den Hörer auf und begann zu weinen. Hinterher fragte sie meinen Vater immer und immer wieder:

- Warum haben sie so lange gewartet, bis sie es mir erzählt haben? Warum? Was haben sie sich dabei gedacht? Wie sehr müssen sie mich hassen?

Manches konnte man niemals verzeihen.

Am Grab, als wir der Reihe nach unsere Blumen auf den Eichensarg werfen sollten, blieben die drei Schwestern eng nebeneinander stehen. Christa stand rechts, Inga in der Mitte, Harriet links. Meine Mutter nahm ihre große schwarze Handtasche von der Schulter und öffnete sie. Erst jetzt bemerkte ich, wie sich die Tasche ausbeulte, sie schien prall gefüllt zu sein. Christa trat einen

Schritt vor, schaute in die Tasche und zögerte. Sie zog etwas heraus, es war rot und gelb geringelt. Ein Strumpf? Sie warf es in das Erdloch. Dann holte sie den nächsten Strumpf – oder war es ein Topflappen? – aus der Tasche und warf ihn hinterher. Es war ganz still geworden, alle Trauergäste versuchten zu erkennen, was Christa dort machte. Ihre Schwestern traten auch einen Schritt vor und stellten sich neben sie. Mit einer energischen Bewegung drehte Christa schließlich die Tasche um und kippte sie einfach aus. Erst da begriff ich, was sie ihrer Mutter ins Grab schüttete: die Stricksachen aus der Kiste im Kleiderschrank, Berthas Wolle gewordene Gedächtnislücken.

Als die Tasche leer war, knipste meine Mutter sie wieder zu und hängte sie sich umständlich über die Schulter. Ingas rechte Hand griff nach der Hand ihrer älteren Schwester, ihre linke nahm die von Harriet. So standen die drei eine ganze Weile vor dem Erdloch, in dem Bertha nun unter knallbunten Stricksachen ruhte. Jetzt waren sie wieder »Hinnerks staatsche Deerns«. Und sie wussten, dass sie zu dritt immer am stärksten sein würden.

Was war nun mit Tante Inga, der staatschsten Deern von allen? Ich wollte es endlich wissen und griff mir das dünne weiße Kleid, das über dem Stuhl lag. Mein schwarzes war schon wieder ganz durchgeschwitzt. Ich schwang mich aufs Fahrrad und fuhr los.

Herr Lexow wohnte gleich neben der Schule, und die war nicht weit von der Kirche, und die war nicht weit vom Haus. Nichts lag hier weit auseinander. Ich weiß nicht, ob ich wirklich an seiner Haustür geklingelt hätte, aber er war glücklicherweise im Garten und zupfte Unkraut. Gegossen hatte er schon, denn über den Beeten hing der scharfe Geruch von Wasser auf heißer Erde. Ich stieg ab, er schaute auf.

- Ah. Sie sind es.

Er klang verhalten, aber trotzdem erfreut.

- Ja, schon wieder ich. Bitte verzeihen Sie mir die Störung, aber …

- Jetzt kommen Sie doch erst mal herein, Iris. Sie stören mich gar nicht.

Ich schob mein Fahrrad durch die kleine Pforte und lehnte es an die Hauswand. Der Garten war hübsch und gepflegt, große Kosmeen ragten überall heraus, Margeriten, Rosen, Lavendel und Mohn. Er hatte akkurate Beete mit Kartoffeln, Stangenbohnen und Tomaten. Johannisbeerbüsche, rot und schwarz, Stachelbeeren und eine Himbeerhecke konnte ich sehen. Herr Lexow bot mir einen Platz auf einer Bank im Schatten eines Haselstrauches an, ging ins Haus und kam kurz darauf mit einem Tablett und zwei Gläsern wieder heraus. Ich sprang auf, um zu helfen. Er nickte und sagte, in der Küche ständen Saft und Wasser. Ich brachte die klebrige Flasche mit dem selbst eingemachten Fliederbeersaft und eine Flasche Mineralwasser hinaus. Herr Lexow schenkte uns ein und setzte sich neben mich auf die Bank. Ich lobte den Garten und den Saft, und er nickte. Dann schaute er mich an und sagte:

- Heraus mit der Sprache.

Ich lachte.

- Sie waren sicher ein guter Lehrer.

- Ja. War ich. Vor allem aber war ich es lange. Also?

- Ich muss noch einmal über Bertha sprechen.

- Gern. Es gibt nicht viele Leute, mit denen ich über Bertha sprechen kann.

- Erzählen Sie mir von ihr. Haben Sie ihr geholfen, als mein Großvater weg war? Wie war sie so mit den Kindern?

Ich wollte natürlich mehr über Inga herausfinden, traute mich aber nicht, allzu direkt zu fragen.

Es war angenehm warm dort im Schatten auf der Bank. Nach der Aufregung heute Morgen am See fühlte ich mich mit einem Mal schwer und müde, ich schloss die Augen und hörte Herrn Lexows ruhige Stimme zwischen den Bienen.

Sicher hatte Bertha Hinnerk Lünschen geliebt, aber er behandelte sie nicht so, wie sie es verdient hatte. Sie hätte sich einfach mehr gegen ihn durchsetzen müssen, aber er hätte sie wohl nicht geheiratet, wenn sie das getan hätte. Und sie liebte ihn doch. Ob Hinnerk sie geliebt hatte? Vielleicht. Sicher. Auf seine Art eben. Er liebte sie, weil sie ihn liebte, mag sein, dass er das am meisten an ihr liebte: ihre Liebe zu ihm.

Und Inga. Was für ein wunderschönes Mädchen! Herr Lexow wäre gern ihr Vater gewesen, aber letztlich wusste er nicht, ob sie von ihm war. Er hätte es wohl sein können, aber er hatte nie mit Bertha darüber gesprochen. Er traute sich nicht und dachte, man könnte darüber sprechen, wenn man alt sei, wenn Hinnerk tot sei, wenn man ein bisschen über den irdischen Dingen stehe, aber das würde man sowieso nie. Und dann war es zu spät. Bertha wollte irgendwann gar nicht mehr mit ihm reden. Sie wollte ihn begrüßen, aber keine Fragen beantworten. Sie sagte: Das ist alles schon so lange her. Und das kränkte Herrn Lexow. Erst später begriff er, dass sie damals Fragen schon nicht mehr beantworten, ihnen aber durchaus noch ganz geschickt ausweichen konnte.

Inga war während des Krieges zur Welt gekommen, Dezember 1941, da war Hinnerk noch zu Hause. In den Osterferien hatte Herr Lexow sich die Zeit genommen, ein paar Dahlienknollen bei Bertha vorbeizubringen. Die hatte sie im Herbst so bewundert, es waren prächtige Dahlien, kräftige weinrote Stängel und ganz dicke Blüten von einem lavendelfarbenen Ton, der bei Dahlien ganz ungewöhnlich war. Herr Lexow hatte jene Nacht im Garten der Deelwaters nie vergessen, wie er auch Berthas Schwester Anna nicht vergessen konnte. Er brachte Bertha den Korb mit den Knollen gleich in die Küche. Er war von hinten durch die Diele gekommen, so machte man das im Dorf. Nur Fremde klingelten an der Haustür. Bertha pulte Krabben. Sie hatte eine blaue Schürze um und eine Schüssel mit Krabben auf dem Tisch und Zeitungspapier auf dem Schoß, in das sie die Schalen fallen ließ. Herr Lexow schob seinen Spankorb neben die Kellertür. Nächste oder übernächste Woche konnten die Knollen in die Erde. Sie sprachen über Anna. Er wollte wissen, ob Anna mit Bertha gesprochen hatte, kurz vor ihrem Tod. Bertha blickte ihn nachdenklich an, ohne beim Krabbenpulen innezuhalten. Ihre Finger nahmen das Krebstier, knackten es mit dem Daumen an jener Stelle hinter dem Kopf und zogen rasch, fest, aber doch zart die beiden Panzerhälften auseinander, sodass die Beinchen und das schwarze Rückgrat mit abgestreift wurden. Bertha sagte nichts und beugte sich wieder über die Krabben. Er schaute sie an, eine Strähne ihres blonden Haars hatte sich aus der Hochsteckfrisur gelöst. Noch ehe er es sich anders überlegen konnte, nahm er die Strähne und steckte sie ihr hinter das Ohr. Erschrocken griff sie nach ihrem Haar und erwischte seine Hand. Berthas Hand war kalt und roch nach Meer. Ja, hatte sie geflüstert. Ja, Anna habe gesprochen. Sie habe es aber nicht richtig verstanden. Doch ja, es habe etwas mit ihm, Herrn Lexow, zu tun gehabt. Carsten Lexow war wie von Sinnen. Jene Nacht lag jetzt fünfzehn Jahre zurück. Er hatte seither jeden Tag seines Lebens an sie gedacht. Er sank vor Bertha auf die Knie und stammelte etwas, sie schaute ihn ratlos, aber voller Mitgefühl an und nahm sein Gesicht zwischen ihre Handgelenke. An ihren nassen Krabbenfingern klebten winzige rosa Fühler und Beinchen. Das Zeitungspapier mit den Schalen rutschte von Berthas Beinen. Da vergrub er sein Gesicht in ihrem Schoß, sein Körper zuckte, ob vom Weinen oder von etwas anderem, vermochte Bertha nicht zu sagen. Sie strich ihm mit dem Unterarm über den Rücken wie bei einem Kind.

Die kleine Christa war nicht im Haus. Das Hausmädchen Agnes war zu ihrer Mutter gegangen, weil diese sich den Fuß verstaucht hatte. Agnes musste sich um sie kümmern, hatte aber das Kind mitgenommen, damit Bertha nicht zu sehr unter dem Missgeschick leiden musste. Hinnerk war bei der Arbeit, nicht im Büro, sondern bei den Gefangenen. Herr Lexow wurde ruhiger, ließ aber seinen Kopf, wo er war. Er griff nach Berthas Beinen, die in dicken Schuhen steckten, und begann, mit seinen Händen von den Fesseln aufwärts bis unter ihren Rock zu streichen. Er legte sein Gesicht in ihre Schürze und atmete den Fischgeruch ein. Bertha dachte nun nicht mehr an ein kleines Kind. Sie wurde ganz still und hielt den Atem an. Abgerissene Sätze, Liebesworte, erregtes Schluchzen drangen an ihr Ohr, und sie ließ ihn gewähren. Saß nur stumm da, runzelte die Stirn und fühlte, wie ihr Unterleib immer wärmer und schwerer wurde. Und obwohl sie Hinnerk liebte und Herrn Lexow nicht, hatte sie so etwas in fünf Jahren Ehe noch nie gefühlt. Carsten Lexow richtete sich auf und küsste sie und wusste: Es war nicht der gleiche Mund wie in jener Nacht. Schon wollte er von ihr ablassen, da sah er, wie Tränen ihre Wange hinunterflossen. Nicht nur eine oder zwei, sondern viele, eine ganze Flut. Ihre Schürze war über der Brust schon klatschnass, aber ihre Schultern bewegten sich nicht, und sie gab auch keinen Laut. Ihr Hals war rot und nass und salzig, als er ihn küsste. Sie stand abrupt auf, wischte sich die Hände an der Schürze trocken und ging ins Schlafzimmer, das gegenüber der Küche lag. Dort zog sie die grünen Vorhänge vor die Fenster und band sich die Schürze ab. Sie zog sich die Schuhe aus, den Rock und die Bluse, und legte sich ins Bett. Carsten Lexow zog sich die Hose, das Hemd und die Strümpfe aus und legte alles auf den Boden vor dem Bett. Er kam zu ihr und nahm sie in den Arm, während er an die Nacht im Garten dachte. Hatte er damals die Falsche geliebt und die Richtige geküsst? Oder die Richtige geliebt und die Falsche geküsst? War da vielleicht nicht doch ein Apfelgeschmack zwischen dem Fisch und Salz?

Doch während der ganzen Zeit, die Carsten Lexow in Berthas Bett verbrachte, rannen ihr die Tränen wie zwei Meeresarme übers Gesicht.

In derselben Nacht schlief sie auch mit ihrem Mann, der Schwarzbrot mit Krabben und Spiegelei zum Abendessen bekam. In der Küche standen die erdigen Dahlienknollen, im Dämmerschein der Küchenlampe leuchteten sie gelblich. Sie sagte, Herr Lexow sei da gewesen und habe den Korb vorbeigebracht.

– Herr Lexow, der hat es gut. Ferien. Blumen. Mitten im Krieg.

Hinnerk schnaubte verächtlich, säbelte sich ein Stück Brot ab und führte es mit der Gabel zum Mund. Bertha beobachtete, wie dabei einige der zarten rosa Krabben vom Brot zurück auf den Teller fielen.

Neun Monate später kam Inga zur Welt. Es gab eines der seltenen, etwas unheimlichen Wintergewitter, bei denen es kirschgroße Eiskugeln hagelte und Blitze durch die Dunkelheit zuckten. Frau Koop, die Bertha bei der Geburt beistand, schwor, dass der Blitz ins Haus geschlagen und am Blitzableiter in die Erde gegangen war.

– Und wenn wir das Kindlein in die Badewanne gelegt hätten, dann wäre es jetzt tot.

Und dann fügte sie meistens hinzu:

– Aber irgendwas hat de Lüttje ja doch noch mitbekommen, arme Deern.

Wenn Rosmarie dabei war, fragte sie mit etwas hellerer Stimme als sonst:

– Das arme Wurm, oder?

Frau Koop schaute sie dann misstrauisch an, wusste aber nicht genau, was sie sagen sollte, und hüllte sich stattdessen in beredtes Schweigen.

Herr Lexow hörte auf zu reden. Und schaute mich erwartungsvoll an. Ich hörte auf zu träumen und setzte mich benommen auf.

– Entschuldigung, wie bitte?

– Ich fragte: Hat sie nie von mir gesprochen?

– Also, wer jetzt?

– Bertha.

– Nein, Herr Lexow, es tut mir leid. Zu mir nicht. Auch später nicht. Na ja.

– Ja?

– Ein, zwei Mal, aber nein, ich weiß nicht, also ein, zwei

Mal hat sie gerufen: »Der Lehrer ist da«, wenn jemand hereinkam. Aber an mehr kann ich mich nicht erinnern.

Herr Lexow nickte. Und schaute zu Boden.

Ich stand auf.

- Vielen Dank, ich weiß es wirklich zu schätzen, dass Sie mir das alles erzählt haben.

- Na, so viel war es ja eigentlich nicht. Aber gern geschehen. Grüßen Sie bitte Ihre Mutter und Tanten von mir.

- Oh bitte, bleiben Sie sitzen, ich schiebe einfach nur mein Fahrrad raus und mache die Pforte hinter mir zu.

- Das ist Hinnerk Lünschens Fahrrad.

- Sie haben recht. Es ist seines. Es fährt noch ausgezeichnet.

Herr Lexow nickte dem Fahrrad zu und schloss die Augen.

X. Kapitel

Ich fuhr zurück zum Haus. Langsam musste ich mir darüber klar werden, was mit meinem Erbe geschehen
sollte. Vielleicht hätte ich Herrn Lexow besser zuhören
sollen, statt dort in seinem Garten vor mich hin zu dö-
sen, aber wer sagte, dass seine Geschichte wahrer war als
meine Tagträumerei? Tante Inga war schließlich immer
schon eine geheimnisvolle Frau gewesen. Legenden passten zu ihr.

Wie wahr waren Geschichten, die einem erzählt wurden, und wie wahr die, die ich mir selbst aus Erinnerungen, Vermutungen, Phantasien und heimlich Erlausch-
tem zusammenreimte? Manchmal wurden erfundene
Geschichten im Nachhinein wahr, und manche Geschichten erfanden Wahrheit.

Die Wahrheit war eng verwandt mit dem Vergessen,
das wusste ich, denn Wörterbücher, Enzyklopädien, Kataloge und andere Nachschlagewerke las ich ja noch. Im
griechischen Wort für Wahrheit, *aletheia*, floss versteckt
der Unterwelt-Strom Lethe. Wer das Wasser dieses Flusses trank, legte seine Erinnerungen ab wie zuvor seine
sterbliche Hülle und bereitete sich so auf sein Leben im
Schattenreich vor. Damit war die Wahrheit das Unverges-
sene. Aber war es sinnvoll, die Wahrheit ausgerechnet
dort zu suchen, wo das Vergessen nicht war? Versteckte
sich die Wahrheit nicht mit Vorliebe gerade in den Rit-
zen und Löchern des Gedächtnisses? Mit Wörtern kam
ich auch nicht weiter.

Bertha kannte alle Pflanzen mit Namen. Wenn ich an meine Großmutter dachte, dann sah ich sie im Garten, eine hohe Gestalt, mit staksigen Beinen und breiten Hüften. Ihre schmalen Füße steckten meistens in erstaunlich schicken Schuhen. Nicht weil sie übermäßig eitel war, sondern weil sie vom Dorf, aus der Stadt, von einer Nachbarin zurückkommend nicht ins Haus, sondern immer erst in den Garten ging. Sie trug Schürzen, die man hinten zubinden musste, selten solche, die man vorne knöpfte. Sie hatte einen breiten Mund mit schmalen, ein wenig geschwungenen Lippen. Ihre lange, spitze Nase war etwas gerötet, und die leicht hervorstehenden Augen waren oft nass von Tränen. Sie hatte blaue Augen. Vergissmeinnichtblau.

Ein bisschen vorgebeugt lief Bertha durch die Beete, den Blick auf die Pflanzen gerichtet, mal bückte sie sich, um Unkraut zu zupfen, aber meistens trug sie die Gartenhacke wie einen Hirtenstab bei sich. Am Ende des Stiels war eine Art Steigbügel aus Eisen befestigt. Den schlug sie in die Erde und schüttelte den Stab kräftig mit beiden Armen. Es sah aus, als würde nicht sie den Stab, sondern der Stab sie durchrütteln. Als wäre sie aus Versehen in einen Stromkreis geraten. Doch zuckten hier nur metallblaue Libellen durch die flirrende Luft.

Mitten im Garten war es am heißesten, nichts warf Schatten. Bertha schien dies kaum zu merken. Nur manchmal hielt sie inne und streifte sich mit einer unbewussten, anmutigen Handbewegung die feuchten Haare vom Nacken hinauf zurück in ihren Haarknoten.

Je kürzer ihr Gedächtnis wurde, desto kürzer schnitt man ihr die Haare. Berthas Hände jedoch behielten bis zu ihrem Tod die Bewegungen einer Frau mit langem Haar.

Irgendwann begann meine Großmutter mit ihren nächtlichen Wanderungen durch den Garten. Das war, als sie anfing, die Zeit zu vergessen. Die Uhr konnte sie noch lange lesen, aber die Zeit sagte ihr nichts mehr. Im Sommer zog sie drei Unterhemden übereinander und noch wollene Socken an und wurde dann ganz wild, weil sie so schwitzte. Damals zog sie sich die Socken noch über die Füße. Ungefähr zur gleichen Zeit verlor sie das Gefühl für Tag und Nacht. Sie stand nachts auf und wanderte umher. Früher, als Hinnerk noch lebte, war sie auch schon um diese Zeit durch das Haus gewandert. Sie tat es damals, weil sie nicht schlafen konnte. Später jedoch lief sie draußen herum, weil ihr gar nicht eingefallen wäre, dass sie hätte schlafen sollen. Harriet merkte es meistens, aber nicht immer, wenn Bertha nachts losging. Doch sobald sie es entdeckte, stand sie stöhnend auf, warf sich ihren Bademantel über, schlüpfte in ihre Clogs, die schon neben ihrem Bett bereitstanden, und ging hinaus. In diesen Nächten dachte Harriet, dass sie das nicht mehr lange machen konnte. Sie hatte einen Beruf. Sie hatte ein halbwüchsiges Kind. An den offenen Türen konnte Harriet erkennen, welchen Weg Bertha genommen hatte, meistens hinten hinaus, durch das Scheunentor auf die Einfahrt und in den Garten. Mal entdeckte sie ihre Mutter, wie sie die Beete goss – meistens mit der alten Blechtasse, in der sie früher den Samen der vertrockneten Ringelblumen aufbewahrt hatte. Mal kniete Bertha zwischen den Beeten und zupfte Unkraut aus, aber am liebsten pflückte sie Blumen. Sie pflückte nicht den Stängel mit der Blüte ab, sondern nur die Blüte. Bei den großen Dolden riss sie die Blütenblätter ab, die sie in der Faust hielt, bis sie nicht mehr zuging. Wenn Harriet zu ihrer Mutter trat, streckte diese ihr die Hand mit den zerquetschten Blüten und Blütenblättern entgegen und fragte, wo sie das hintun könne.

In vier kalten Vorfrühlingsnächten schaffte es Bertha, die Blüten eines ganzen blauweißen Stiefmütterchenbeetes abzureißen. Das Innere ihrer großen Hände war noch wochenlang violett verfärbt. Als junges Mädchen hatte sie mit ihrer Schwester Anna die verwelkten Blüten der Rosen abgeknipst, damit sie keine Hagebutten bekamen und nochmal blühten. Bertha wusste nun nicht mehr, wie alt sie war. Sie war so alt, wie sie sich fühlte, und das konnte acht sein, wenn sie Harriet Anna nannte oder vielleicht dreißig, wenn sie von ihrem toten Ehemann sprach und uns fragte, ob er schon aus dem Büro gekommen war. Wer die Zeit vergaß, hörte auf zu altern. Das Vergessen schlug die Zeit, die Feindin des Gedächtnisses. Denn schließlich heilte die Zeit alle Wunden nur, indem sie sich mit dem Vergessen verbündete.

Ich stand am Gartenzaun und tastete nach meiner Stirn. Ich musste an andere Wunden denken. Jahrelang hatte ich mich geweigert, das zu tun. Die Wunden kamen frei Haus, die hatte ich mitgeerbt. Und ich musste sie mir wenigstens einmal ansehen, bevor ich wieder das Pflaster der Zeit draufkleben durfte.

Ein langer Streifen Leukoplast hielt hinterm Rücken die Hände zusammen, wenn man das Spiel spielte, das sich Rosmarie ausgedacht hatte und das wir »Friss oder stirb« nannten. Es wurde im Garten gespielt und zwar im hinteren Teil, der vom Haus aus nicht einzusehen war, zwischen den weißen Johannisbeerbüschen und dem Brombeerdickicht am Ende des Grundstücks. Dort stand auch der große Komposthaufen, eigentlich waren es zwei, einer voller Erde, der andere mit Schalen, vergilbten Kohlblättern und braunem, abgemähtem Gras. Die haarigen Blätter und fleischigen Stiele von Kürbis, Gurke und Zucchini schlängelten sich über den Boden. Bertha hatte Zucchini im Garten, weil sie gern neue Pflanzen ausprobierte, und sie war begeistert von der Geschwindigkeit, mit der die Zucchini wuchsen. Nur was sie mit den gewaltigen Früchten anfangen sollte, war ihr nicht klar. Beim Kochen zerfielen sie sofort, und roh schmeckten sie überhaupt nicht. Also wuchsen sie und wuchsen und wuchsen, bis es im Sommer dort hinten aussah wie das verlassene Schlachtfeld aus einer früheren Zeit, in der gewaltige Baumriesen miteinander gekämpft und dann ihre fetten grünen Keulen liegen gelassen hatten.

Hier wucherten Minze und Melisse, und wenn wir sie mit den nackten Beinen streiften, verströmten sie ihren frischen Duft, als versuchten sie, die fauligen Gerüche dieses Stücks Garten zu vertuschen. Kamille wuchs hier, aber auch Brennnesseln, Giersch, Disteln und Warzenkraut, das uns mit seinem dicken gelben Blut die Kleider ruinierte, wenn wir uns draufsetzten.

Eine von uns dreien wurde gefesselt und bekam ein Tuch um die Augen gebunden. Wir nahmen meistens den weißen Seidenschal von Hinnerk, der am einen Ende ein kleines Brandloch hatte und deshalb in den großen Bodenschrank verbannt worden war. Es ging immer reihum. Meistens fing ich an, weil ich die Jüngste war. Ich kniete also blind auf der Erde. Meine Hände waren locker zusammengeklebt, ich sah nichts, doch der scharfe Geruch des Gierschs, den ich unter mir zerdrückte, mischte sich mit den feuchtwarmen Ausdünstungen des Komposthaufens. In den frühen Nachmittagsstunden war es still im Garten. Fliegen surrten. Nicht die schwarzen Schläfrigen aus der Küche, sondern die blauen und grünen, die immer auf den Augäpfeln der Kühe saßen und sich dort vollsoffen.

Ich hörte Rosmarie und Mira flüstern, sie hatten sich ein ganzes Stück von mir entfernt. Das Rascheln ihrer langen Kleider kam näher. Sie blieben vor mir stehen, und eines der beiden Mädchen sagte dann: »Friss oder stirb!« Daraufhin musste ich meinen Mund öffnen, und die, die es gesagt hatte, schob mir etwas auf die Zunge. Etwas, das sie gerade im Garten gefunden hatte. Ich nahm es mir rasch – noch bevor ich etwas schmecken konnte – mit den Zähnen von der Zunge, so konnte ich erst einmal feststellen, wie groß es war, ob hart oder weich, sandig oder sauber, und meistens konnte ich auch schon mit den Zähnen herausfinden, was es war: eine Beere, ein Radieschen, ein Büschel krause Petersilie. Erst dann nahm ich es zurück auf die Zunge, zerbiss es und schluckte es hinunter. Sobald ich den anderen meinen leeren Mund gezeigt hatte, rissen sie mir das Pflaster von den Handgelenken. Ich zog mir den Schal von den Augen, und wir lachten. Dann kam die Nächste dran, ließ sich fesseln und die Augen verbinden.

Es war erstaunlich, wie sehr es einen Menschen verunsicherte, wenn er nicht wusste, was er aß, oder etwas anderes erwartete, als er dann bekam. Johannisbeeren, zum Beispiel, waren leicht zu erkennen. Doch einmal glaubte ich, mit den Zähnen eine Johannisbeere ertastet zu haben, um dann verstört und von Ekel geschüttelt auf einer frischen Erbse herumzukauen. Ich mochte Erbsen, und ich mochte Johannisbeeren, aber in meinem Gehirn war diese Erbse eine Johannisbeere, und als Johannisbeere war sie eine Scheußlichkeit. Ich würgte, aber ich schluckte. Denn wer ausspuckte, musste nochmal dran. Und das zweite Mal war eine Strafe. Wer dann wieder ausspuckte, war draußen. Unter Hohngelächter wurde die Ausgeschiedene des Gartens verwiesen und durfte für den Rest des Tages und meistens auch für den nächsten Tag nicht mehr mit den anderen spielen. Rosmarie spuckte fast nie, Mira und ich ungefähr gleich oft. Mira vielleicht sogar ein bisschen öfter, aber später war mir der Verdacht gekommen, dass die beiden mich wohl etwas geschont hatten. Wahrscheinlich fürchteten sie, ich könnte sie bei meiner Mutter oder Tante Harriet verpetzen.

Das Spiel fing harmlos an und steigerte sich dann von Runde zu Runde. Es gab Nachmittage, da aßen wir zum Schluss Regenwürmer, Ameiseneier und faulige Zwiebeln. Einmal war ich überzeugt, die kleine haarige Stachelbeere zwischen meinen Zähnen müsse eine Spinne sein, denn sie war schon die Bestrafung für ein Stück glitschigen Porree, das ich aus meinem Mund hatte fallen lassen. Als sie zerplatzte und der Saft über meine Zunge rann, spie ich sie aus, dass es um mich herum nur so sprühte. Da war ich natürlich raus.

Ein anderes Mal zerkaute Rosmarie, ohne das Gesicht zu verziehen, eine Kellerassel. Nachdem sie sie hinuntergeschluckt und wieder die Hände frei hatte, nahm sie sich langsam das Tuch ab. Wir hielten den Atem an. Sie sah Mira und mich mit diesem schillernden Blick an und fragte versonnen:

– Wie viele Kalorien hat eigentlich so eine Assel?

Dann legte sie den Kopf in den Nacken und lachte. Wir versicherten ihr, dass das Spiel zu Ende sei und sie gewonnen habe, denn wir fürchteten ihre Rache.

Wir spielten es auch am Tag vor Rosmaries Tod. Es hatte zwei Tage lang ununterbrochen geregnet, doch am Nachmittag platzte die Sonne durch die Wolken. Wie befreit rannten Rosmarie und ich hinaus. Da kam Mira sehr langsam die Einfahrt zum Haus hinunter, wir hatten sie die letzten beiden Tage nicht gesehen. Mit dem Rücken lehnte sie sich an die eine Linde. Sie gähnte und wandte ihr Gesicht der Sonne zu. Mit geschlossenen Augen sagte sie:

- Wir spielen »Friss oder stirb«.

Eigentlich bestimmte Rosmarie die Spiele, aber die zuckte nur mit den Schultern und schob mit beiden Handrücken ihre langen roten Haare zurück.

- Ich wäre zwar lieber zur Schleuse gefahren, aber von mir aus. Warum nicht.

Ich wäre auch lieber zur Schleuse gefahren. Wir waren so lange drinnen gewesen, da hätte mir eine Wettfahrt über die Weiden gut gefallen. Aber noch besser gefiel mir, dass Rosmarie diesmal nicht bestimmte, und so sagte ich:

- Ja, wir spielen, was Mira will.

Rosmarie zuckte noch einmal die Schultern, drehte sich um und ging zum Garten, sie trug das Goldene, und es schimmerte in der Sonne, wenn sie sich bewegte. Ich lief hinterher. Mira folgte uns mit einem gewissen Abstand. Der Garten dampfte. Auf den Blättern von Gurke und Kürbis lagen große Linsen aus Regenwasser, durch die man ihre Adern und Haare vergrößert betrachten konnte. Hinter den Johannisbeerbüschen roch es nach Erde und Katzendreck.

- Habt ihr das Tuch und das Pflaster?

Rosmarie hatte sich umgedreht und musterte Mira und mich mit ihren blassen Augen. Mira schaute zurück, es war etwas Herausforderndes in ihrem Blick, das ich nicht verstand. Ihre Wimpern waren noch stärker getuscht als sonst, und ihr Lidstrich war noch breiter. Dick und schwer klebte die dunkle Tusche an den gebogenen Härchen. Wenn sie die Augen bewegte, sah es aus, als liefen ihr zwei schwarze Raupen über das Gesicht.

- Nein, haben wir nicht.

Miras Haut war an jenem Tag wie Asche und ihre Stimme auch. Nur ihre Augen schienen zu leben, und die schwarzen Raupen wanden sich lautlos.

- Ich hol's schon, sagte ich und rannte hinein, die Treppe hinauf, und holte das Leukoplast, viel war nicht mehr drauf, aber es würde reichen. Ich schloss den großen Schrank auf, griff nach Hinnerks Tuch, das über einer Krawattenstange an der Türinnenseite hing, raffte meine hellblauen Tüllröcke und polterte wieder die Treppe zurück in den Garten.

Mira und Rosmarie hatten sich nicht von der Stelle bewegt, Rosmarie redete auf Mira ein, diese blickte zu Boden. Doch als sie mich kommen sahen, wandten sich beide gleichzeitig voneinander ab und gingen weiter. Erst bei den Johannisbeerbüschen holte ich sie ein.

- Hier sind die Sachen.

- Möchtest du anfangen, Iris? fragte Rosmarie.

- Nein, diesmal fange ich an, sagte Mira.

Ich zuckte mit den Schultern und reichte Mira den Schal, sie band ihn sich um und verschränkte die Handgelenke hinterm Rücken. Ich klebte einen braunen Leukoplaststreifen um Miras Handgelenke, und als ich ihn nicht sofort abreißen konnte, kam Rosmarie dazu, bückte sich schnell und biss ihn durch. Mira sagte nichts.

Wir knieten uns hinter die Büsche in den Matsch.

- Egal, sagte Rosmarie, wir waschen die Kleider, bevor die Nornen was merken.

Die Nornen, das waren natürlich Christa, Inga und Harriet. Wir hatten die Kleider schon öfter heimlich gewaschen. Rosmarie und ich erhoben uns wieder und gingen los, um etwas zum Essen zu suchen. Ich riss ein Blatt vom Sauerampfer ab und zeigte es Rosmarie. Sie nickte und hielt ihrerseits ein Blatt hoch: Suppengrün. So nannte es jedenfalls unsere Großmutter, es roch nach Suppe und nach Maggi, und wenn man es zwischen den Händen zerrieb, wurde man den Geruch tagelang nicht los. Ich fand Suppengrün für den Anfang eigentlich ein bisschen unbarmherzig, aber ich nickte und steckte mir den Sauerampfer selbst in den Mund.

Als wir zurückkamen, hockte Mira auf der Erde und schien wie versteinert.

Ich sagte:

- Also gut, Mira, du hast es so gewollt. Friss oder stirb. Mund auf. Gibst du es ihr, Rosmarie?

Rosmarie knetete das Blatt noch einmal kräftig durch. Mira musste es schon gerochen haben, bevor es nur in die Nähe ihres Gesichts kam. Sie öffnete den Mund, stöhnte laut auf und übergab sich. Ihr Oberkörper wurde von der Gewalt dieses Ausbruchs mit einem Ruck nach vorne geworfen.

- O Gott, Mira!

Ich war so erschrocken, dass ich nicht daran dachte, das Pflaster und das Tuch zu lösen.

- Ist schon gut. Jetzt ist mir besser. Rosmarie weiß, dass ich Liebstöckel nicht mag.

Ich wusste nicht, dass Suppengrün dasselbe war wie Liebstöckel, und ich nahm an, dass Rosmarie das auch nicht wusste. Rosmarie schwieg. Sie hatte sich hinter Mira gekniet und beide Arme um sie geschlungen. Ihr Kinn lag auf Miras Schulter. Sie hatte die Augen geschlossen. Mira hatte noch immer die Augen verbunden. Es roch nach Erbrochenem.

- Na gut, kommt, wir fahren zur Schleuse.

Ich war mir sicher, die beiden würden meinen Vorschlag annehmen. Aber Mira schüttelte langsam den Kopf.

- Ich bin nochmal dran, sagte sie. Das galt nicht, ich hatte es ja noch nicht auf der Zunge.

Da küsste Rosmarie Mira auf den Mund. Der Kuss war mir unangenehm. Ich hatte noch nie gesehen, dass sie sich küssten, und außerdem dachte ich daran, dass Mira gerade fürchterlich gespuckt hatte.

- Ihr seid verrückt, sagte ich. Es wurde mir unheimlich hier im Garten, wobei ich nicht wusste, ob wegen des Spiels oder wegen des Kusses.

Rosmarie führte Mira ein paar Meter weiter und half ihr, sich wieder zu setzen. Dann ging sie auf die Suche, aber nicht sehr weit. Sie bückte sich rasch, und als sie sich wieder aufrichtete, sah ich, dass sie eine Zucchini gepflückt hatte, keine von den Keulen, sondern eine von den kleinen. Ein Stückchen Zucchini war in Ordnung, fand ich, besonders wenn sie klein und frisch war. Aber Rosmarie brach kein Stück ab, sondern murmelte:

- Friss es oder vergiss es, meine Süße.

Mira lächelte und öffnete den Mund. Rosmarie ging in die Hocke ganz nah vor Miras Gesicht. Sie knipste die Blüte von der regennassen Frucht und legte das Ende in Miras Mund. Und dann zischte sie:

- Das ist der Schwanz von deinem Liebhaber.

Miras Körper zuckte kurz zurück. Dann wurde sie ganz ruhig, brach mit einem kräftigen Biss die Spitze der Zucchini ab und spuckte sie Rosmarie blind ins Gesicht. Sie traf Rosmarie voll auf die Oberlippe. Dann sagte Mira:

- Du hast verloren, Rosmarie.

Mira zerrte am Leukoplast, es riss. Sie stand auf, zog sich den weißen Schal vom Kopf und warf ihn auf den Komposthaufen. Und dann ging sie.

Rosmarie und ich starrten ihr nach.

- Sag mal, was sollte das denn? fragte ich. Rosmarie wandte sich zu mir, das Gesicht verzerrt. Sie schrie:

- Lass mich bloß in Ruhe, du dummes, dummes Wesen!

- Gern, antwortete ich, ich spiele sowieso nicht mit Leuten, die nicht verlieren können.

Das hatte ich nur gesagt, weil ich gemerkt hatte, dass Miras Satz Rosmarie getroffen hatte. Verstanden hatte ich ihn nicht. Rosmarie kam mit zwei langen Schritten zu mir herüber und gab mir eine Ohrfeige.

- Ich hasse dich.

- Würmer können gar nicht hassen.

Ich rannte ins Haus.

Rosmarie aß nicht mit uns zu Abend. Erst als ich fast schon im Bett war, kam sie in unser Zimmer und tat, als sei nichts gewesen. Ich war immer noch böse auf sie. Doch ich setzte mich zu ihr auf die Fensterbank, und sie erzählte mir das mit Mira. Und dann kam die Nacht.

Rosmarie und ich schliefen immer in dem alten Ehebett, wenn ich im Sommer da war. Das war lustig und gruselig, wir erzählten uns unsere Träume, schwatzten und kicherten. Rosmarie sprach über Dinge aus der Schule, über Mira und über Jungs, in die sie verliebt war. Oft redete sie über ihren Vater, einen rothaarigen Hünen aus dem Norden. Ein Polarforscher, ein Pirat auf dem Eismeer, vielleicht schon tot, für immer eingefroren, ein silbergrauer Himmel sich spiegelnd in starren Augen, und andere Geschichten dieser Art. Mit Harriet sprach sie nie über ihren Vater, und Harriet fing auch nicht von ihm an.

Im Bett dachten Rosmarie und ich uns Sprachen aus, Geheimsprachen, Nachtsprachen, eine Zeit lang sagten wir alles rückwärts. Das ging erst sehr schleppend, doch nach ein paar Tagen waren wir richtig in Übung und konnten uns immerhin ein paar kurze Sätze zuwerfen. Die Namen von allen Leuten, die wir kannten, drehten wir um. Ich war Siri, sie war Eiramsor, und dann war da natürlich noch Arim. Irgendwann fand Rosmarie, dass das Gegenteil von einer Sache die Sache selbst, bloß rückwärts, sein müsse. Also nannten wir das Essen, und vor allem die Art zu essen, wie ich sie zu Hause mit meinen Büchern allein weiterbetrieb, »Neztok«. Und tatsächlich war dies genau das Gegenteil von essen – nur eben rückwärts.

Als Rosmarie, Mira und ich früher einmal auf den breiten Fensterbänken in Rosmaries Zimmer hockten und in den Regen hinausblickten, sagte Rosmarie:

- Wusstet ihr, dass ich mir Mira einverleibt habe?

Mira schaute sie unter schweren Lidern an. Träge öffnete sie ihren kleinen dunkelroten Mund:

- Ach?

- Ja, Mira ist in Rosmarie enthalten. Und du, Iris, bist mir nur um ein Haar, vielmehr um ein i entwischt.

Mira und ich schwiegen und probierten es im Kopf aus. ROSEMARIE. Nach einer Weile sagte ich:

- Oh, es sind eine ganze Menge Dinge in dir enthalten.

- Ich weiß, kicherte Rosmarie glücklich.

- IRRE, sagte Mira. Und nach einer Pause:

- IRRE und MIES.

- EIS, sagte ich. Und nach einer Pause:

- Ich habe Hunger.

Wir lachten.

Es war tatsächlich eine ganze Menge in Rosmarie enthalten. Irre und mies, Rose und Eis, Morse und Reim, Möse und Mars.

In mir war nichts. Gar nichts. Ich war nur ich selbst, Iris. Blume und Auge.

Genug. Die Wunden, die mit dem Haus kamen, hatte ich fürs Erste lange genug angestarrt. Von draußen ging ich in die Diele, dann durch die frühere Waschküche ins Kaminzimmer. Die gläserne Schiebetür quietschte, als ich sie mit aller Kraft zur Seite drückte. Die Steinplatten auf dem Boden machten das ganze Zimmer kühl. Trotz der großen Glastüren war der Raum dunkel, da die Trauerweide zu dicht an der Terrasse stand und alles Licht nur durch einen grünen Filter hineinließ. Ich trug einen der Korbsessel hinaus auf die Terrasse. Genau hier über mir war das Dach des Wintergartens gewesen. Berthas Vater hatte ihn damals selbst entworfen. »Dat Palmhuus« nannten die Bauern das gläserne Konstrukt spöttisch, denn der Deelwater'sche Wintergarten war sehr hoch, nicht nur so ein kleiner Anbau mit Butzenscheiben. Inzwischen jedoch schirmten die Arme der Trauerweide auch die neugierigen Blicke von der Straße ab.

Doch bevor ich weiter über den Wintergarten nachdachte, wollte ich mich lieber an Peter Klaasen erinnern. Meine Mutter hatte mir die Geschichte erzählt, einiges habe ich selbst mitbekommen, und Tante Harriets Gespräche mit Tante Inga wurden regelmäßig von Rosmarie belauscht, die mir dann berichtete. Obwohl Peter Klaasen damals noch ganz jung war, vielleicht vierundzwanzig, hatte er silbernes Haar. Er arbeitete bei der BP-Tankstelle an der Ortsausfahrt. Inga war jetzt wieder oft im Haus. Nach Hinnerks Tod im Jahr zuvor zerfiel Berthas Gedächtnis immer schneller. Harriet und Rosmarie wohnten zwar dort, aber Inga konnte den beiden nicht die ganze Verantwortung für Bertha überlassen. Christa wohnte weit weg. Sie kam in den Ferien zusammen mit mir angereist, aber die meiste Zeit im Jahr waren keine

Ferien, also versuchte Inga wenigstens an den Wochenenden ihre Schwester zu entlasten. Jeden Sonntagabend
stieg sie in ihren weißen VW Käfer und tankte an der
BP-Tankstelle, bevor sie nach Bremen weiterfuhr. Jeden Sonntagabend war sie noch Stunden nach ihrem Besuch tief in Gedanken versunken, verstrickt in Angst und
Trauer, aber auch Erleichterung darüber, wieder zurück
in ihr Leben fahren zu dürfen. Und in Schuldgefühle
gegenüber der einen Schwester, die das nicht konnte, und
in Hassgefühle gegenüber der anderen, die ihr Leben einfach weiterlebte, nur weil sie verheiratet war. Inga war damals vierzig Jahre alt und nicht verheiratet, sie hatte keine
Kinder und wollte auch keine, aber sie fand, dass Christa
es sich schon sehr einfach machte. Dietrich war ein net-
ter Mann, und er verdiente gut. Sie hatte ein Kind und
unterrichtete acht Stunden Sport die Woche in der Realschule des Nachbarortes. Nicht weil sie es brauchte, sondern weil man sie gebeten hatte und weil sie es gerne tat.
Natürlich wusste Inga, dass Christa mehr geholfen hätte,
wenn sie näher an Bootshaven gewohnt hätte, aber sie tat
es nicht, und das war ungerecht. Doch an den Sonntag-
abenden, wenn alle Menschen traurig sind, dass das Wochenende vorbei ist, saß Inga in ihrem kleinen, lauten
Auto und sang.

Tankstellen waren Inga nicht geheuer. Sie zog es vor,
sich bedienen zu lassen. Und es bediente sie jeden Sonntag derselbe Mann mit grauem Haar über einem glatten
Jungengesicht. Jeden Sonntag wünschte er ihr höflich
eine schöne Woche. Sie bedankte sich mit einem zerstreu-
ten Lächeln ihres schön gebogenen Munds. Nach drei
Monaten, als der junge Mann begann, sie mit Namen zu
begrüßen, sah sie ihn zum ersten Mal richtig an.

- Entschuldigung. Sie kennen meinen Namen?

- Ja. Sie kommen jeden Sonntag hierher und tanken bei mir. Seine Stammkunden sollte man mit Namen kennen.

- So, so. Stammkunden. Aber woher wissen Sie, wer ich bin?

Inga war verwirrt, sie wusste nicht, wie alt der Mann war. Er wirkte sehr jung, aber die Haare verunsicherten sie. Inga wusste nicht, ob sie ihn jetzt mütterlich-gönnerhaft oder einfach nur distanziert und kühl behandeln sollte. Als der Tankwart sie nur kurz anzwinkerte und lachte, ertappte sich Inga dabei, wie sie zurücklächelte. Der junge Mann wollte doch nur nett sein, und sie spielte sich auf wie eine Diva. Beim Hinausfahren sah sie im Rückspiegel, dass der junge Mann mit den grauen Haaren hinter ihr herschaute, während ein Kunde versuchte, mit ihm zu sprechen.

Am Sonntag drauf war der junge Mann wieder da und begrüßte sie höflich, aber ohne ihren Namen zu nennen. Inga sagte:

- Na kommen Sie, ich bin doch Stammkundin.

Er lächelte sie offen an.

- Ja, Frau Lünschen, das sind Sie, aber ich möchte nicht aufdringlich sein.

- Nein. Das sind Sie gar nicht. Ich bin nur eine launische alte Ziege.

Der Mann schwieg. Er schaute sie an. Ein bisschen zu lange für Ingas Geschmack.

- Nein. Sind Sie nicht. Und Sie wissen es auch.

Inga lachte.

- Ich denke, das war wohl ein Kompliment. Vielen Dank.

Ich flirte mit ihm, dachte sie beim Weiterfahren erstaunt, ich flirte mit diesem merkwürdigen Tankwart.

Sie schüttelte den Kopf, aber sie konnte sich ein Lächeln nicht verkneifen.

An den folgenden Sonntagen sprach sie auch mit ihm, immer nur kurz, aber doch so, dass sie sich auf der Rückfahrt im Auto beim Lächeln erwischte. An Bertha und wie es weitergehen könne, dachte sie nur noch bis zur Ortsausfahrt. Und irgendwann begann sie, schon beim Abendbrot mit Bertha, Harriet und Rosmarie ans Tanken zu denken. Sie hatte herausbekommen, dass er genau wie sie immer nur am Wochenende hier war. Er war eigentlich Maschinenbauer, hatte gerade sein Studium beendet und arbeitete vorübergehend bei der Tankstelle. Sie gehörte einem Freund seines Vaters. Ingas Namen hatte er vom Tankstellenbesitzer erfahren, bei dem auch schon Ingas Vater seinen alten schwarzen Mercedes hatte auftanken lassen. Er war nett, nicht besonders wortgewandt, aber durchaus selbstbewusst. Er sah gut aus, war ein bisschen eitel, und vor allem war er viel zu jung, noch jünger als Inga zuerst gedacht hatte, und sie gestattete sich nicht, ihn näher kennenzulernen. Er bewunderte sie offensichtlich, aber das war Inga gewohnt. Deshalb musste sie sich nicht sofort für einen Mann interessieren. Aber Peter Klaasen, inzwischen wusste sie auch seinen Namen, war hartnäckig, ohne aufdringlich zu sein.

An einem der letzten warmen Herbsttage fragte er sie, ob sie gern Räucheraal möge. Als sie nickte, sagte er, er müsse jetzt gleich zu seiner Räuchertonne, ein Freund habe ihm einen Eimer grüner Aale geschenkt, schon geschlachtet und ausgenommen.

Inga lachte.

- Interessantes Geschenk.

- Ich habe ihm den Motor seines Außenborders repa-

211

riert. Er hat ein paar Reusen im Hafen liegen. Wollen Sie nicht mitkommen?

- Nein!

- Ach kommen Sie, es ist schön da draußen.

- Ich weiß, ich bin dort aufgewachsen.

- Na gut, dann tun Sie es mir zuliebe.

- Warum sollte ich das tun?

- Hm. Vielleicht weil ich mir nichts Schöneres vorstellen könnte?

Nach einer Pause sagte Inga:

- Oh. Verstehe. Sehr nett. Dann muss ich ja wohl.

Inga lachte über sein Freudengeheul und stieg in seinen Wagen. Peter fuhr zu einem Schuppen in der Nähe der Schleuse. Inga war nicht beunruhigt, sie kannte diese Gegend genau, das Weideland ihrer Familie lag gleich da drüben. Obwohl Peter Klaasen ihr gegenüber auch gern den Frauenverführer gab, genoss Inga seine Fröhlichkeit und seinen Eifer.

Die alte rostige Tonne stand mitten auf der Wiese. Peter ging in den Schuppen und holte einen schwarzen Eimer heraus, in dem sich dunkle Aalrücken wanden. Die toten Tiere bewegten sich noch. Er kramte in seinen Jackentaschen. Immer hastiger durchwühlte er sie. Schüttelte den Kopf, fluchte und sah dann Inga auf die Beine. Als er aufschaute, war sein Grinsen zugleich verschmitzt und schüchtern.

- Frau Lünschen, wir brauchen Ihre Strümpfe.

- Wie bitte?

- Ehrlich. Ich habe meine vergessen. Wir brauchen Nylonstrümpfe.

- Wollen Sie meine Strümpfe räuchern oder meine Beine?

- Weder noch. Wir brauchen die Strümpfe, sonst kriegen wir die Aale nicht. Sie bekommen von mir neue, das verspreche ich Ihnen.

Er lächelte so erwartungsvoll, dass Inga seufzte, hinter das Auto ging und ihre Feinstrumpfhose auszog.

- Hier, bitte. Diese Geschichte muss bald lustiger werden, sonst gehe ich zu Fuß zur Tankstelle zurück.

Peter Klaasen fragte, ob sie ihm erlaube, seine Hand in den einen Strumpf zu tun.

Inga wurde unruhig, aber sie nickte.

Peters Hand in Ingas hautfarbener Strumpfhose sah nicht mehr so aus, als gehöre sie noch zu Peters Körper. Wie ein augenloses, farbloses Tiefseetier bewegte sie sich im Wasser des Eimers. Und schon hatte sie sich den ersten Aal geschnappt. Inga beugte sich über den Eimer. Der tote Aal zuckte, aber Peter bohrte rasch einen Haken durch den Fisch. Und diesen Haken hängte er an die Eisenstäbe, die oben quer über der Tonne lagen. Er zog die Hand aus Ingas Strumpfhose und hielt sie ihr hin.

- Jetzt sind Sie dran.

Inga streifte sich den Strumpf über die Hand, tauchte sie in den Eimer und griff zu, aber der Aal entglitt ihr.

- Beherzter.

Inga griff beherzter zu und konnte ihn packen. Sie schrie auf, als sie den Fisch aus dem Wasser zog. Sie konnte spüren, wie er sich bewegte. Peter Klaasen nahm ihn ihr geschickt ab, stach ihm den Haken durch den Kiefer und hängte ihn neben den anderen Fisch. Inga lachte, ein wenig atemlos. Einen Fisch nach dem anderen reichte sie Peter. Als alle Aale hingen, machte er ein kleines Feuer unten im Ofen an, aber er brauchte nur Glut, keine tanzenden Flammen. Peter legte einen runden Deckel auf die Stäbe mit den Fischen. Dann setzten sie sich ins Auto, schwatzten und lachten und tranken Kaffee aus einer Thermoskanne, die Peter vom Rücksitz angelte. Sie hatten nur einen Becher, wofür sich Peter Klaasen entschuldigte. Inga sagte, das mache nichts, sie habe ja auch nur eine Strumpfhose gehabt. Daraufhin lachten beide herzlich, und Inga fühlte sich jung und ausgelassen und vergaß für einen Moment die Sorge um Bertha. Als Peter ihr die Tasse mit dem Kaffee reichte, berührten sich ihre Fingerspitzen. Er bekam einen Schlag, zuckte zusammen, und der heiße Kaffee spritzte über Ingas Hand. Sie presste die Lippen zusammen und schüttelte den Kopf, als Peter ihre Hand ansehen wollte.

Später nahm sie zwei frischgeräucherte Aale mit nach Bremen.

Peter Klaasen bot Inga an, einen Kassettenrekorder ins Auto einzubauen, und klingelte eines Freitagabends an der Haustür in der Geestestraße mit dem Werkzeugkoffer unterm Arm, um gleich mit der Montage anzufangen, damit sie schon am Sonntag auf der Rückfahrt Musik hören könnte. Es waren Osterferien, Mira und ich waren auch da, meine Mutter hatte etwas in der Stadt zu erledigen.

Inga war verlegen, als sie ihm die Tür öffnete, überwand ihre Verlegenheit jedoch schnell, als sie sah, wie verlegen er selbst war. Sie sagte sich, dass sie mindestens fünfzehn Jahre älter war als dieser Junge, und gewann damit schnell wieder ihre Fassung zurück. Sie behandelte ihn mit warmer Herablassung, in die aber auch immer so etwas wie wehmütige Selbstironie gemischt war.

Er wurde hereingebeten und mit Tee und Kuchen versorgt. Harriet sprach mit ihm, sie kannte seinen Chef, den Tankstellenbesitzer, ganz gut. Rosmarie saß am

Tisch, vor ihr stand eine Vase mit einer einzelnen Dahlie, hellgelb mit rosa Blütenspitzen. Rosmarie hob den Kopf und schaute über die Blume hinweg auf Inga und ihren Besucher. Ihre feinen kupferroten Brauen hatte sie hochgezogen, und sie musterte den jungen Mann mit den silbernen Haaren von Kopf bis Fuß. Schon beim ersten Wort, das ihre Tante Inga und Peter Klaasen am Tisch wechselten, richtete sie sich im Stuhl auf, wurde ganz wach und still wie ein Tier, das eine Witterung aufnimmt. Mira beobachtete Rosmarie unter halbgeschlossenen Lidern.

Auch Harriet spürte die Aufmerksamkeit ihrer Tochter und hatte eine Idee:

- Herr Klaasen, wir suchen seit langem einen Mathematik-Nachhilfelehrer für Rosmarie. Wollen Sie sich vielleicht ein, zwei Mal die Woche dafür opfern?

Peter Klaasen schaute Rosmarie an, die schaute zurück, sagte aber nichts.

- Möchtest du, Rosmarie? fragte er ruhig.

Rosmarie schaute von ihm zu Inga, die unter ihrem Blick begann, sich die Haare zu richten. Dann sah sie Mira an und lächelte ihr Raubtierlächeln, das sie hatte, weil ihre Eckzähne ein klein wenig länger waren als die Schneidezähne.

- Warum nicht?

- Genau, jubelte Harriet, die nicht fassen konnte, dass Rosmarie so fügsam war. Also ja! Ich zahle Ihnen zwanzig Mark die Stunde.

Bertha, die mit ihrem Kuchen beschäftigt war, blickte vom Teller auf und sagte:

- Oh, zwanzig Mark. Das ist viel Geld. Das kann man … nicht wahr? Ich meine, wird das noch? Jetzt sag doch mal was.

Peter wusste offenbar Bescheid über Bertha, jedenfalls schien er nicht weiter erstaunt, sondern sagte freundlich:

- Ja, Frau Lünschen, das ist viel Geld.

Aber als er Inga ansah, hielt er plötzlich inne. Inga schaute weg.

- Gut, gut, gut! Oh Inga, er macht es!

Harriet war selig.

- Warten Sie, liebster Herr Klaasen, ich muss den Kalender holen, dann können wir einen Tag ausmachen. Rosmarie, wann hast du noch nachmittags Turnen? Ich bin sofort bei Ihnen. Einen Augenblick, bitte. Ja?

Harriets Stimme drang aus der Küche, in die sie, ein wenig kopflos, auf der Suche nach dem Kalender gestürzt war. Ihre Hast rührte sicher auch daher, dass sie verlegen war. Schließlich traf man ja nicht jeden Tag auf die jüngeren Verehrer seiner älteren Schwester und schon gar nicht auf welche, die auch noch hübsch aussahen und Mathematik beherrschten. Wir hörten Harriet zerstreut vor sich hin murmeln, während sie die Schublade des Küchentischs durchwühlte.

- Mittwochs, Mama.

Rosmarie verdrehte die Augen.

Harriet kam zurück und schwenkte einen Taschenkalender. Sie ließ sich auf einen Stuhl fallen.

- Also, mittwochs hast du Turnen, mein Kind, damit du das weißt.

Rosmarie seufzte schwer und schüttelte resigniert den Kopf.

- Also, was ist denn an den anderen Tagen so los?

Harriet hielt den Kalender weit von sich gestreckt und blinzelte.

- Ach, es ist so dunkel hier drin. Man kann ja gar nichts erkennen.

Peter Klaasen schaute kurz auf den Esstisch, trat einen Schritt heran, griff sich die Vase mit der Dahlie und schob sie rasch neben Harriets Kalender. Dann trat er wieder einen Schritt zurück. Die dicke gelbrosa Blüte schwebte wie eine altmodische Leselampe über Harriets Kalender.

Harriet starrte verdutzt die Blume an, dann blickte sie hoch und lachte hell auf. Ihre Augen leuchteten, als sie von Peter Klaasen zu ihrer Schwester und wieder zurück zu Peter Klaasen schaute. Bertha lachte auch, ihre Augen füllten sich mit Tränen.

Ingas Herz zog sich zusammen. Sie konnte ihn kaum ansehen, so sehr liebte sie ihn in diesem Moment. Es machte ihr Angst.

Sogar Mira lächelte unter ihrem schwarzen Pony.

Rosmaries Augen schienen noch heller zu werden.

Ich musste auch lachen. Dann betrachtete ich die Gesichter der anderen Frauen: Für diesen einen Moment waren wir ihm alle verfallen.

- Wie wäre es denn mit freitags? fragte er höflich.

Harriet lächelte ihn warm an, klappte den Kalender zu und sagte:

- Freitags also.

- Prima, sagte Inga und stand auf.

Peter stand auch auf. Rosmarie blieb sitzen und sah den beiden gespannt zu. Mira schaute erst auf Inga und Peter und dann auf Rosmarie, und dann goss sie sich mit gerunzelter Stirn Kaffee nach.

Bertha hatte ihren Schuh ausgezogen und zeigte ihn mir. Sie flüsterte:

- Das ist nicht meiner.

- Doch, Oma, das ist doch dein Schuh, zieh ihn schnell wieder an, sonst wird dir kalt.

- Er ist ganz schön.

- Ja, Harriet hat dir diese Schuhe gekauft.
- Aber er gehört mir nicht, ist es deiner?
- Nein, Oma, es ist dein Schuh, zieh ihn wieder an.
- Harriet, guck mal. Hier. Wo soll das denn hin?

Sie hob hilflos den Schuh hoch.

- Ja, Mutti. Warte, ich helfe dir.

Harriet kroch unter den Tisch und zog Bertha den Schuh wieder an.

- Wie gut, Rosmarie. Ihr könnt gleich nächste Woche anfangen!

Harriets Stimme kam etwas angestrengt von unten.

Mira setzte die Kaffeetasse ab, öffnete den Mund und sagte:

- Ich mach auch mit.

Rosmarie schaute sie an, ihre Augen schienen noch heller.

- Warum nicht, sagte Harriet und stand auf. Dann können wir uns die Bezahlung teilen. Willst du vielleicht auch mitmachen, Iris?
- Nein. Ich habe jetzt Ferien. Und bin zwei Klassen drunter. Außerdem kriege ich bei meinem Vater Mathe-Unterricht umsonst. Und mehr als mir lieb ist.

Ich verdrehte die Augen und mimte einen Brechreiz.

- Warum sind hier nicht meine …?

Berthas Stimme klang aufgewühlt. Sie hatte schon wieder ihren Schuh in der Hand, diesmal aber den anderen.

- Warum … Oh bitte, bitte, Harriet. Warum ist das nicht mehr so? Ich meine. Wird das nochmal wieder? Ich glaube nicht, oder?

Also bekamen Rosmarie und Mira freitagnachmittags Mathematik-Nachhilfe bei Peter Klaasen. Danach fuhr er mit seinem Citroën rüber zur Tankstelle.

Eine Zeit lang ging alles gut. Der Unterricht machte Peter Spaß, Rosmarie und Mira waren gar nicht so kapriziös, wie er vielleicht befürchtet hatte. Als sich Rosmarie schon in der nächsten Mathematik-Arbeit um eine ganze Note verbesserte, freute ihn das fast noch mehr als Harriet. Hinzu kam, dass er, wenn er mit der Nachhilfe fertig war, sehr oft noch ein paar Sätze mit Inga wechseln konnte, die dann gerade aus Bremen eingetroffen war. Diese Sätze waren ihm wichtig. Er hatte sich in Inga verliebt. Aber nicht einfach nur verliebt; er wollte sie heiraten, Kinder mit ihr haben und für immer ihr Mann sein. Er hatte Inga einen Brief geschrieben, in dem all das stand.

Das wussten wir von Rosmarie, die den Brief heimlich gelesen hatte. Wie sie an ihn gekommen war, verriet sie uns nicht. Inga weigerte sich, über ihre Gefühle nachzudenken. Sie fand sich zu alt oder ihn zu jung, je nachdem, wie sie sich gerade fühlte. Rosmarie fing an, am Wochenende an der Tankstelle herumzuhängen. Sie unterhielten sich. Peter tat das gern. Er fühlte sich, wenn er mit Ingas Nichte sprach, seiner Liebe ein wenig näher. Rosmarie wurde immer besser in Mathematik. Wenn Peter ihr etwas erklärte, schaute sie ihn an, ohne auch nur zu blinzeln, was ihn glauben ließ, sie höre ihm gar nicht zu. Doch dann überraschte sie ihn mit klaren Antworten. Bei Mira war es genau umgekehrt, sie schien sehr konzentriert, schaute in ihr Heft oder runzelte die Stirn, aber sie bekam überhaupt nicht mit, wovon gerade die Rede war. Ihre Mathematiknoten wurden schlecht, was sie vor der Nachhilfe gar nicht gewesen waren. Doch sie bestand darauf weiterzumachen.

Rosmarie wollte Peter. Sie wollte ihn haben. Sie sagte ihm, sie sei in ihn verliebt. Sagte es ihm mitten ins Gesicht, während der Nachhilfe und vor Mira. Peter schaute sie entgeistert an. Rosmarie war ein schönes Mädchen, groß und schlank mit langem rotem Haar. Ihre Augen standen weit auseinander. Sie hatten die Farbe von Gletschereis und unterschieden sich kaum von dem bläulichen Weiß ihrer Augäpfel, nur ihre Pupillen hoben sich stark ab. Wenn ich mich über sie ärgerte, fand ich, sie ähnele einem Reptil. Wenn wir uns gut verstanden, erinnerte sie mich an ein silbriges Feenwesen. Doch so oder so fanden Mira und ich sie atemberaubend.

Peter war verwirrt. Die Stunde endete früher als sonst. Inga war noch nicht angekommen. Weil er sie aber gerade heute nicht verpassen wollte, beschloss er, noch etwas auf dem Grundstück zu warten. Er ging nicht zu seinem Auto, sondern schlenderte hinters Haus auf die Obstbaumwiese. Es war im Mai, die Blüten waren abgefallen und die Äpfel noch nicht sichtbar. Peters Herz klopfte, als er Rosmarie von weitem auf sich zukommen sah.

Ich hatte keine Ferien, und deshalb wusste ich nur, dass Inga später weinend bei uns angerufen hatte und meine Mutter sprechen wollte. Vom Hof aus habe sie gesehen, schluchzte Inga in den Hörer, wie Rosmarie und Peter sich geküsst hätten. Sie hatte daraufhin auf dem Absatz kehrtgemacht und war zurück nach Bremen gefahren. Wir wussten nicht, ob Rosmarie wusste, dass Inga gekommen war und sie beobachtete, aber wir nahmen an, dass sie das genau wusste. Rosmarie musste Ingas Auto gehört haben, als es hinter ihr in die Einfahrt fuhr und unter den beiden Linden auf dem Hof zum Stehen kam. Ein VW Käfer hatte keinen leisen Motor. Ich wusste auch nicht, ob Rosmarie in diesem Augenblick wusste, dass auch Mira

Zeugin des Kusses gewesen war. Irgendwann musste sie es jedenfalls erfahren haben, denn ich wusste es von meiner Mutter und die von ihrer Schwester Harriet, und die hatte Mira dabei zugesehen, wie Mira den Kuss beobachtete: Mira war bei Harriet in der Küche gewesen, um Limonade zu holen, hatte die beiden Gläser genommen und war nach hinten durch die Diele gegangen. Als sie die Tür zur Obstbaumwiese geöffnet hatte und einen Schritt hinausgetreten war, ging Rosmarie nur wenige Schritte entfernt an ihr vorbei, den Blick auf Peter gerichtet. Aus den Augenwinkeln musste sie Mira gesehen haben, nahm aber keine Notiz von ihr. Miras Stirn glänzte weiß unter ihrem schwarzen Pony, als Harriet sie von der Küche aus betrachtete und sich über ihre Blässe wunderte. Wie eine Schlafwandlerin sei Rosmarie an ihr vorbeigeschritten, flüsterte Mira mehr zu sich selbst als zu Harriet, als sie wieder in der Küche war. Und sie, Mira, habe sich nicht getraut, sie zu rufen. Und gerade als sie doch rufen wollte, da habe sie sich auch schon an diesen grauhaarigen Tankwart geklammert. Mira hatte Schweißperlen über der Oberlippe, ihre Augen schienen größer als sonst. So erzählte es Harriet ihrer Schwester Christa, die nach Ingas Anruf mit Harriet telefonierte. Zumindest einen Teil davon, den Rest habe ich nach und nach einfach mitgekriegt.

Wenn Rosmarie wusste, dass Inga zuschaute, fragte Christa mich ratlos, nachdem sie aufgelegt hatte, warum in aller Welt hatte sie ihn dann geküsst? Als ich meine Mutter daraufhin schweigend anblickte, vertieften sich ihre beiden Längsfalten über der Nasenwurzel. Sie schaute mich kühl an und sagte dann:

    - Ach. Glaubst du? Na, ich denke, deine Phantasie geht mal wieder mit dir durch.

Dann biss sie sich auf die Lippen und wandte sich ab.

Inga hatte am Telefon auch gesagt, dass sie Peter liebe, dass ihr der Altersunterschied egal sei, dass ihr das aber leider erst in dem Moment klargeworden sei, als er ihre minderjährige Nichte geküsst habe, und sie fragte sich, ob sie ihm danach je wieder in die Augen sehen könne. Harriet sei bekümmert, aber hilflos, mit ihr könne Inga jedenfalls nicht sprechen. Christa beruhigte ihre Schwester und riet ihr, mit Peter zu reden. Inga sagte, sie brauche jetzt Zeit, um alles zu durchdenken, würde die Woche über in Bremen bleiben, und dann wolle sie mit Peter sprechen. Das höre sich gut an, fand meine Mutter, und das Telefongespräch war beendet.

In dieser Woche sollte jedoch noch viel geschehen. Nach Ablauf derselben war alles aus zwischen Tante Inga und Peter Klaasen, und Letzterer hatte eine Stelle irgendwo im Ruhrgebiet angetreten.

XI. Kapitel

Trotz des Schattens war es heiß geworden auf der Terrasse. Die Sonne stand hoch, ich ging zurück ins Haus, um ein Glas Wasser zu trinken. Ich ging in Hinnerks Arbeitszimmer, setzte mich an den Schreibtisch und zog einen Bogen Schreibmaschinenpapier aus dem linken Unterschrank, das dort in hohen Stapeln gebunkert war. Dann nahm ich einen der perfekt gespitzten Bleistifte aus der Schublade und schrieb eine Einladung an Max: Heute Abend, kurz vor Sonnenuntergang, kleiner Empfang, große Garderobe. Letzteres fügte ich noch hinzu, weil ich nicht die Einzige sein wollte, die verkleidet herumlief.

Ich steckte den Zettel in einen weißen Umschlag, schrieb Max Ohmstedt drauf, steckte ihn in meine Tasche und lief hinaus. Die Hitze klatschte mir wie eine Ohrfeige ins Gesicht. Den Brief warf ich bei Max in den Briefkasten. Es lag noch andere Post darin, also hatte er ihn heute noch nicht geleert und würde meine Nachricht sicher bekommen. Und wenn er schon etwas vorhatte? Nun, dann würde er mir eben absagen. Ich wollte schließlich kein Vier-Gänge-Menü kochen.

Ich radelte weiter zum Edeka-Laden, kaufte Rotwein und aus Sentimentalität eine Packung After Eight. An meinem weißen Ballkleid schien hier keiner Anstoß zu nehmen. Ich steckte alles in meine Tasche und kehrte zurück ins Haus, aß etwas von den Sachen im Kühlschrank und plante meinen Abendempfang.

Wo sollten wir sitzen? Vor dem Haus auf der Treppe

unter dem Rosenbusch? Nicht festlich genug und von der Straße aus sichtbar. Auf der Terrasse unter der Weide? Angesichts dessen, was ich mit ihm besprechen wollte, war der ehemalige Wintergarten nicht der passende Ort. Im Wäldchen? Zu dunkel, zu viele spitze Äste. Im Hühnerhaus? Zu eng, außerdem frisch gestrichen. Auf der Obstbaumwiese? Mitten auf dem Rasen vor dem Haus? Oder vielleicht im Haus?

Ich entschied mich für die Apfelbäume hinterm Haus. Das Gras war zu hoch, aber es standen all diese Gartenmöbel herum, auf denen man etwas abstellen konnte. Und hinter den Obstbäumen begannen die großen Weiden. Ich ging in die Diele und holte Hinnerks Sense. Wieso sollte ich das nicht auch können? Ich versuchte, mich daran zu erinnern, wie mein Großvater sie gehalten hatte, wenn er leicht und langsam durch die brechenden Halme geschritten war. Was so leicht ausgesehen hatte, war aber sehr anstrengend, und die Hitze machte es nicht besser. Ich schnitt tapfer einen etwas unförmigen Fleck neben dem großen Boskopbaum, auf dem Bertha und Anna einst ihr Versteck hatten. Es sah nicht so aus, als habe hier jemand einen hübschen Picknickplatz hergerichtet, sondern vielmehr, als habe ein Kampf stattgefunden. Hatte es ja auch, und die Sense hatte gewonnen. Ich hängte das stumpfe Ding wieder an seinen Platz zurück. Da halfen nur Decken. Ich ging nach oben, wühlte in den Truhen und fand einen großen Flickenteppich, mehrere grobe Wolldecken und einen braungoldenen Brokatvorhang. Als wären es erlegte Tiere, schleifte ich meine Beute die Treppe hinunter. Ich schleppte sie durch die Diele bis nach hinten auf die Wiese.

Diese Aussteuertruhen waren wundervoll. Ich ging zurück und holte ein weißes Tischtuch mit Lochstickerei heraus. Beim Hinuntergehen blieb mein Blick am Bücherregal hängen. Die Buchrücken schauten mich an. Ich blieb stehen. Es gab gar kein System, die Dinge passierten einfach, und manchmal passten sie.

Ich nahm die Tischdecke, griff mir noch ein paar dunkelgrüne Samtkissen mit goldenen Troddeln aus dem Wohnzimmer und ging damit hinaus. Das Tischtuch flatterte auf den angerosteten viereckigen Klapptisch. Ich harkte das frischgeschnittene Gras zur Seite und breitete den Teppich aus. Darüber kamen die Wolldecken und dann der Brokatvorhang darauf. Die Samtkissen warf ich dazu und war entzückt, als ich mich auf dem prächtigen Lager ausstreckte und in den Baum hinaufsah. Ich konnte aber nichts sehen, weil ich gegen das Licht schaute. Ich legte die Hand aufs Gesicht.

Als ich aufwachte, stand die Sonne schon tiefer. Benommen wühlte ich mich aus den Kissen. Ich konnte mich nicht erinnern, zu irgendeiner Zeit meines Lebens so viel geschlafen zu haben. Aber ich konnte mich auch nicht erinnern, zu irgendeiner Zeit meines Lebens so viel die Sense geschwungen zu haben. Also taumelte ich die Treppe hinauf, mittlerweile bildete ich mir ein, auch einen resignierten, aber nicht unfreundlichen Unterton in ihrem Gejammer zu hören.

Ich wusch mich von Kopf bis Fuß am Waschbecken, steckte mir die Haare hoch und schlüpfte in das nachtblaue Tüllkleid, das einst Inga gehört hatte. Die Röcke dieses Kleides bestanden aus unzähligen Bienenwaben von Nichts, begrenzt durch einen blauen Faden. Und je mehr von diesen Löchern übereinanderlagen, desto verschwommener war das, was sich darunter verbarg. Beim Spielen mit Rosmarie und Mira war es immer meins gewesen.

Ich dachte daran, wie wir Mira kennengelernt hatten. Max war damals auch schon dabei gewesen. Rosmarie und ich spielten vorne auf der Einfahrt mit einem Ball, den wir gegen die Hauswand warfen und dann klatschten, erst einmal, dann zweimal, dann dreimal und so weiter. Diejenige, die den Ball fallen ließ oder ein Klatschen vergessen hatte, hatte verloren. Wir spielten es mit Drehen und mit Zungenbrecheraufsagen und was uns noch so einfiel. Plötzlich standen dieses Mädchen mit den schwarzen Haaren und sein kleiner Bruder mitten auf der Einfahrt. Rosmarie wusste, wer das Mädchen war und wo es wohnte. Sie waren auf der gleichen Schule, aber das Mädchen war eine Klasse über Rosmarie. Der Bruder war eindeutig viel, viel jünger als ich, mindestens ein Jahr, das konnte man sofort sehen. Das Mädchen hob mit unbewegtem Gesicht kleine Steine vom Boden auf und warf sie auf Rosmarie. Ich freute mich schon auf das, was meine angriffslustige Kusine gleich tun würde. Aber zu meiner Empörung tat sie nichts. Ja, sie schien geschmeichelt zu sein und zeigte ihre Zahnlücken, die spitzen Eckzähne hatte sie noch, dafür fehlten aber alle oberen Schneidezähne. Ihr Ausdruck wurde dadurch noch wilder und auch etwas bösartig. Ich nahm einen Stein und warf ihn auf das Mädchen. Doch ich traf nur seinen kleinen Bruder, der sofort anfing zu heulen. Und da durften beide mitmachen.

Ich fragte mich, an was Max sich erinnerte. Er musste damals sechs gewesen sein, seine Schwester neun, ich sieben und Rosmarie acht Jahre alt. Jetzt waren wir zwanzig Jahre älter. Bis auf Rosmarie natürlich. Sie würde für immer bald sechzehn sein. Ich raffte meine Tüllröcke und ging hinunter, um Kristallgläser aus der Vitrine im Wohnzimmer zu holen. Gerade als ich schon wieder darüber nachdachte, was ich machen sollte, wenn er gar nicht käme, wenn er direkt nach der Arbeit mit Freunden aus- oder ins Kino gegangen war, hörte ich das Klingeln an der Haustür. Die Gläser klirrten in meinen Händen. Ich lief zur Tür und öffnete. Max stand da und hielt einen Strauß Margeriten in der Hand. Er trug ein weißes Hemd und eine schwarze Jeans und lächelte verlegen.

- Danke für die Einladung.
- Komm rein.
- Du siehst …, also du bist …
- Danke schön. Los, komm und hilf mir.
- Was ist das denn für eine Einladung? Alles muss man selber machen.

Doch er blickte ganz zufrieden drein, als er mir in die Küche folgte. Ich versorgte die Blumen und legte ihm die volle Vase in den einen, die Weinflaschen in den anderen Arm. Ich nahm den Korb vom Küchenschrank und tat Gläser, Teller, Messer, Käse, Brot, Karotten, Melone, Schokolade, After Eight und große Leinenservietten hinein. Und so zogen wir durch die Diele auf die Obstbaumwiese.

- Hey, was ist das?

Er meinte offenbar die Decken unter dem Baum.

- Ich musste das Zeug hier hinlegen, darunter befindet sich nämlich ein von mir mit der Sense gerupftes Stück Ackerland. Aber ich habe heute schon köstlich darauf geschlafen.

- Ach. Du hast also hier herumgelegen und deinen sündigen Körper darauf geräkelt.

- Für einen, der beim Anblick meines sündigen Körpers sofort panisch in ein schwarzes Gewässer rennt, bist
du ziemlich keck.

- Touché. Iris, ich –

- Schweig und schenk den Wein ein.

- Jawohl, Madame.

Wir tranken erst ein paar Schlucke im Stehen und ließen uns dann unter dem Apfelbaum nieder.

- Ein bisschen frugal ist das hier schon, aber du bist ja
nicht zum Essen hier.

Max warf mir einen langen Blick zu.

- Nein? Bin ich nicht?

- Hör schon auf. Ich muss mit dir reden.

- Gut. Ich höre.

- Über das Haus. Was geschieht, wenn ich mein Erbe
nicht annehme?

- Darüber reden wir besser in meinem Büro.

- Aber was würde theoretisch geschehen?

- Deine Mutter und dein Vater würden es bekommen.
Und du dann irgendwann einmal wieder. Möchtest du
das Haus nicht? Ich fand Berthas Entscheidung, es dir zu
vermachen, geradezu einen Geniestreich.

- Ich liebe das Haus, aber es ist ein schweres Erbe.

- Ich kann mir vorstellen, was du meinst.

- Weiß deine Schwester, dass ich hier bin?

- Ja. Ich habe mit ihr telefoniert.

- Was sagt sie?

- Nicht viel. Sie wollte wissen, ob wir über Rosmarie
gesprochen haben.

- Nein, haben wir nicht.

- Nein.

- Möchtest du über sie reden?

- Ich habe alles nur am Rande mitbekommen, ich war

228

jünger als ihr und dann noch ein Junge. Und du weißt ja vielleicht noch, wie es damals bei uns war. Ich meine, mit meiner Mutter. Nach Rosmaries Tod war Mira nicht mehr die Gleiche. Sie sprach mit niemandem mehr, nicht einmal mit meinen Eltern, vor allem nicht mit meinen Eltern.

– Und mit dir?

– Mit mir schon. Jedenfalls manchmal.

– Bist du deshalb hiergeblieben? Als Sprachrohr zwischen deinen Eltern und deiner Schwester?

– Quatsch.

– Ich habe ja nur gefragt.

– Stell dir vor, Iris, du hast nicht das Monopol auf die Liebe zum Moorsee und den Birkenwäldern, zur Schleuse und zu den Wolken über verregneten Kuhweiden. Ja, stell dir das mal vor.

– Du bist ja romantisch.

– Du mich auch. Jedenfalls, was ich sagen wollte. Also wegen Mira. Nach dem Tod deiner Kusine flippte sie nicht aus, nahm keine Drogen und ging auch nicht vor die Hunde. Sie saß den ganzen Tag in ihrem Zimmer und lernte für die Abschlussprüfungen. Sie machte das beste Mathematikabitur der Schule, hatte einen Null-Komma-irgendwas-Durchschnitt und studierte Jura in Rekordzeit. Sie ist promoviert.

– Worüber? Paragraph 218?

Das war mir rausgerutscht. Max' Augen wurden schmal. Er musterte mich scharf.

– Nein. Baurecht.

Es gab eine unangenehme Pause. Max fuhr sich mit der Hand über das Gesicht. Dann sagte er ein bisschen zu beiläufig:

– Ich habe hier einen kurzen Artikel über sie. Mehr

eine Notiz darüber, dass sie jetzt Partnerin in dieser Berliner Kanzlei ist. Er war vor ein paar Wochen in einer juristischen Zeitschrift. Willst du mal sehen?

Ich nickte.

Umständlich zog Max zwei ausgerissene und doppelt zusammengefaltete Seiten aus seiner hinteren Hosentasche. Er hatte also vorgehabt, über seine Schwester zu reden. Ob er noch weitere Pläne hatte für diesen Abend?

– Es …, also, es ist auch ein Foto drin.

– Ein Foto von Mira? Zeig her!

Ich griff nach den Seiten. Und dann sah ich das Bild.

Alles begann sich langsam zu drehen. Das Gesicht auf der Seite kam näher, und dann entfernte es sich wieder. Ich fing an zu schwitzen. In meinen Ohren hämmerte es, ein hässliches, metallenes Wummern. Jetzt bloß nicht in Ohnmacht fallen, mit dem Fallen war Schluss. Ich riss mich zusammen.

Das Gesicht auf der Seite. Miras Gesicht. Ich hatte einen mondänen Haarschnitt erwartet, schwarz und glänzend wie ein Helm, ein schickes Kostüm, wenn schon nicht schwarz, dann vielleicht grau oder von mir aus ein exzentrisches Dunkelviolett. Sexy und sophisticated und immer noch die Stummfilmdiva.

Aber was ich in den Händen hielt, war das Bild einer schönen Frau mit langem kupferrotem Haar und kupferroten Augenbrauen, die ein vanillegelbes Satinkleid trug, das fast wie Gold schimmerte. Ihre Augen sahen ohne den dicken Lidstrich ganz anders aus. Die Wimpern waren dunkel getuscht. Mit einem trägen Lächeln auf den dunkelrot geschminkten Lippen schaute sie mich an.

Ich ließ das Bild sinken und guckte Max feindselig an.

– Was … was ist das? Ist sie krank, oder hat sie nur einen kranken Sinn für Humor?

- Sie hat sich die Haare wachsen lassen und statt schwarz rot gefärbt. Das tun meines Wissens viele Leute.

Max betrachtete mich. Ein wenig kühl, schien mir. Er hatte mir den Paragraphen 218 noch nicht verziehen.

- Aber Max! Schau doch hin!

- Das mit den Haaren ist schon eine ganze Weile so. Haare wachsen ja auch nicht von heut auf morgen. Sie hat sofort aufgehört, sie schwarz zu färben, als das mit Rosmarie passierte. Dann ließ sie sie wachsen, das Rot kam erst später.

- Aber du siehst doch, dass …

- … dass sie aussieht wie Rosmarie. Ja. Ich habe es aber auch erst auf diesem Bild gesehen. Vielleicht ist es auch das goldene Kleid. Keine Ahnung, was das soll. Warum macht es dir denn so viel aus?

Ich wusste es nicht genau. Schließlich mussten wir alle irgendwie mit der Sache mit Rosmarie klarkommen. Harriet war in eine Sekte eingetreten, Mira verkleidete sich. Vielleicht war ihre Weise sogar ehrlicher als meine. Ich zuckte mit den Schultern und mied Max' Augen. Der Wein schimmerte dunkel in den großen Gläsern. Er hatte die Farbe von Miras Lippenstift. Ich mochte ihn nicht mehr trinken. Er machte mich dumm. Und vergesslich.

Miras und Max' Mutter, Frau Ohmstedt, war eine Trinkerin gewesen. Wenn ihre Kinder aus der Schule kamen und klingelten, dann konnten sie anhand der Zeit, die es dauerte, bis sie ihnen die Tür aufmachte, ungefähr ausrechnen, wie betrunken sie war. »Je länger, desto breiter«, erklärte uns Mira mit ausdrucksloser Stimme. Mira verbrachte so wenig Zeit wie möglich zu Hause. Sie trug ihre schwarzen Sachen, die ihre Eltern schrecklich fanden, zog am Tag ihres mündlichen Abiturs zu einer Freundin und bald darauf nach Berlin. Bei Max lag die Sache anders. Weil Mira so schwierig war, musste er lieb sein. Er räumte die leeren Flaschen weg, deckte seine Mutter zu, wenn sie es vom Sofa nicht mehr ins Bett schaffte.

Herr Ohmstedt war selten zu Hause, er baute Brücken und Staudämme und war meistens in der Türkei, in Griechenland oder in Spanien. Früher war Frau Ohmstedt mit ihm dort gewesen, sie hatten über drei Jahre in Istanbul gewohnt. Frau Ohmstedt hatte es geliebt dort: die türkischen Basare, die Feste und Veranstaltungen der Botschaft, die anderen deutschen Frauen, das Klima, das schöne große Haus. Als sie mit Max schwanger war, beschlossen sie, wieder zurückzugehen. Schließlich hatten sie ja nicht vorgehabt, auszuwandern, außerdem sollten die Kinder in Deutschland aufwachsen. Aber was sie nicht gewusst hatten, war, dass es viel einfacher war, wegzugehen als zurückzukommen.

Herr Ohmstedt hatte seine Arbeit und musste weiterhin reisen, aber Heide Ohmstedt saß nun hier, in Bootshaven. Der Kinder wegen waren sie nicht in die Stadt gezogen. Sie vermisste das dichte Netz der Deutschen im Ausland. Hier jedoch waren alle in ihren Häusern, keiner war neugierig auf sie. Ihre Gleichgültigkeit nannten sie hier Diskretion und waren stolz darauf. Ihre Unhöflichkeit nannten sie Direktheit, Geradlinigkeit oder Ehrlichkeit und waren ebenfalls stolz darauf. Frau Ohmstedt galt als exaltiert, anstrengend, überkandidelt und oberflächlich. Sie sagte solche Dinge wie »ich pfeife auf die Leute hier, auf ihre ach so weichen Kerne in den rauen Schalen«. Das sei doch nur ein Vorwand, um ungestört unverschämt zu sein, fand sie. Frau Ohmstedt wurde bald sehr einsam. Sie pfiff drauf. Besonders gut drauf pfeifen konnte sie, wenn sie etwas getrunken hatte, dann pfiff sie so dreckig und froh wie ein Spatz.

Herr Ohmstedt war verzweifelt. Und hilflos. Und vor allen Dingen war er nicht da.

An dem Tag, als Max aus der Schule kam und sie bei minus sieben Grad im Schlafanzug auf der Terrasse liegend fand, wurde sie mit Blaulicht ins Krankenhaus gefahren. Sie war nicht erfroren. Sie ließ sich aber in eine Klinik einweisen und machte eine vierwöchige Entziehungskur. Max war damals sechzehn, Mira wohnte schon in Berlin. Die Mauer gab es damals noch, und Berlin bedeutete weitweitweg.

Frau Ohmstedt schaffte es. Sie fing an, viel für die Kirche zu arbeiten, nicht weil sie plötzlich Jesus gefunden hatte, sondern weil das Gemeindenetzwerk sie an den engen Zusammenhalt der Deutschen in Istanbul erinnerte. Es gab Veranstaltungen, Ausflüge, Vorträge zu organisieren und zu besuchen, Frauenkreise, Seniorenfeiern, Wanderungen. Sie versuchte, nicht so viel allein in ihrem Haus zu sein.

Jetzt wohnte Max allein in diesem Haus und ging auf den Friedhof, um zu saufen. Und eine Frau hatte er auch nicht mehr. Eigentlich müsste er kaputter aussehen, dachte ich und suchte sein Gesicht nach Spuren ab. Max beobachtete mich dabei und kniff die Augen zusammen.

– Und? fragte er. Was gefunden?

Ich schämte mich.

– Wieso? Was meinst du?

– Na, ich sehe doch, dass du gerade darauf lauerst, Indizien zu finden, um mich als Co-Abhängigen zu überführen.

Jetzt wurde ich sehr rot. Das konnte ich fühlen.

– Du bist bescheuert.

– Also, ich würde es an deiner Stelle tun.

Er zuckte mit den Schultern und trank einen Schluck. Ich fragte vorsichtig:

– Warum solltest du denn trinken wollen?

– Was willst du denn hören? Soll ich sagen: »um zu vergessen«, hm?

Ich biss mir auf die Innenseite der Backentaschen und schaute weg. Ich wollte plötzlich, dass er nach Hause ging. Ich wollte morgen früh das Erbe ausschlagen und auch nach Hause gehen. Ich wollte das hier jetzt nicht. Ich wollte auch nicht mehr reden. Er sollte weg.

Max fuhr sich wieder mit der Hand über das Gesicht.

– Es tut mir leid, Iris. Du hast recht, ich bin bescheuert. Ich wollte dir nicht wehtun, dir am allerwenigsten. Es ist nur, ich hatte mich hier gut eingerichtet. In meinem Leben, meine ich. Mir fehlte nichts. Es war nicht aufregend, aber ich will es auch nicht aufregend. Ich wollte es nicht. Ich wollte es unaufgeregt. Ohne Überraschungen. Ich kriege das alles gut hin, ich tu keinem weh, keiner tut mir weh. Ich bin für niemanden verantwortlich, niemand für mich. Ich breche keinem das Herz und keiner mir. Und dann kommst du wieder hierher, nach weiß ich wie vielen Jahren. Du tauchst überall auf – und ich meine das mit dem Tauchen wörtlich –, und ich bekomme jedes Mal einen Riesenschrecken. Und wahrhaftig, ich beginne, mich auch noch darüber zu freuen! Und das, wo ich doch weiß, dass du in zwei Tagen wieder weg bist, vielleicht für immer. Und jetzt kann ich nicht mehr schlafen, nicht mal mehr zum Schwimmen kann ich fahren, ohne wegen akuter Herzrhythmusstörungen vom Fahrrad zu fallen. Verdammt: Ich male nachts Hühnerställe an! Da frage ich dich doch: Kann es noch schlimmer kommen?

Ich musste lachen, aber Max schüttelte den Kopf:

- Nein. Neineineineinein. Spar dir das. Was willst du eigentlich?

Die Sonne war fast weg. Von dort, wo wir saßen, konnten wir die Linden vorne auf der Einfahrt sehen. Das letzte grüngoldene Licht zitterte in ihren Blättern.

Als Mira damals in der Einfahrt stand und dabei zusah, wie Inga dabei zusah, wie Rosmarie Peter Klaasen auf den Mund küsste, verschüttete sie die ganze Limonade. Sie stellte die beiden Gläser, ihres und das für Rosmarie, neben sich ins Gras und biss sich mit den Zähnen ihres kleinen roten Mundes in den Rücken der rechten Hand, bis er blutete. Rosmaries Augen glänzten silbrig, als sie mir das erzählte.

Mira ging am Tag nach dem Kuss zur Tankstelle und wartete so lange, bis Peter Klaasen freihatte. Er hatte sie längst gesehen und wollte nicht mit ihr reden. Er quälte sich mit Vorwürfen und traute sich nicht, mit Inga zu sprechen, aus Angst, sie könnte ihm endgültig verlorengehen. Rosmarie hatte ihn einfach überrumpelt. Er wollte nichts von ihr, er wollte Inga.

Mira lehnte an seinem Wagen, als er einsteigen und nach Hause fahren wollte. Sie sagte, er solle sie ein Stück mitnehmen, sie wisse etwas, das ihn interessieren könne, es habe mit Inga zu tun. Was konnte er anderes tun, als ihr die Beifahrertür zu öffnen? Wir fahren zu dir, hatte Mira bestimmt, er nickte. Dort ließ er sie in sein Zimmer. Mira setzte sich auf sein Sofa und sagte ihm, was er schon wusste: Inga habe gesehen, wie er Rosmarie geküsst habe, und wolle, dass er nie wieder ins Haus komme, weder für Nachhilfestunden noch für sonst irgendwelche Treffen. Inga habe weiter gesagt, es gebe kaum einen Menschen,

den sie tiefer verachte, als den Verführer seiner minder-
jährigen Nachhilfeschülerin. Peter brach zusammen. Er
lehnte seinen Kopf auf den Tisch und weinte. Mira sagte
nichts. Sie schaute ihn an mit diesen Augen, die aussahen, als lägen sie verkehrt herum im Kopf, und dachte
an Rosmarie. Dachte daran, dass Rosmarie diesen Mann
geküsst hatte. Also öffnete sie ihr schwarzes Kleid. Peter
Klaasen schaute sie an, ohne sie zu sehen. Mira trug einen schwarzen BH, ihre Haut war sehr weiß. Sie öffnete
sein Hemd, doch er merkte es kaum. Als Mira ihm die
Hand auf die Schulter legte, dachte er an Inga und daran,
dass dieses seltsame schwarz-weiße Mädchen vor ihm das
Letzte war, das Inga mit ihm verband. Mira blickte auf seinen Mund, den Rosmaries Mund berührt hatte. Viel zu
spät merkte Peter Klaasen, dass Mira noch Jungfrau war,
aber vielleicht wollte er es auch nicht früher merken. Er
fuhr sie nach Hause, sie war blass und sagte kein Wort.
Als Peter Klaasen zurück in sein Zimmer kam, fiel sein
Blick auf den Brief mit dem Stellenangebot in der Nähe
von Wuppertal. Als es eintraf, hatte er es nicht einmal in
Erwägung gezogen. Doch jetzt war nichts mehr so wie
vorher. Noch in derselben Nacht schrieb er zurück und
sagte zu. Eine Woche später zog er nach Wuppertal. Mit
Inga sprach er nie mehr ein Wort.

Mira wurde schwanger. Vom ersten Mal. Dabei hasste sie
Peter Klaasen. Und er war sowieso schon lange fort. Sie
erzählte es Rosmarie, als sie in der Küche saßen und Apfelsaft tranken. Es war alles so wie immer, der Apfelsaft,
die rote Wachstuchdecke, und zugleich war nichts mehr
wie vorher.
    Rosmarie sagte:
    - Du hast es wegen mir getan, stimmt's?

Mira schaute sie nur an. Rosmarie sagte zu Mira:

- Lass es wegmachen.

Mira blieb stumm und schüttelte den Kopf.

- Lass es wegmachen, Mira, sagte Rosmarie. Du musst.

Mira schüttelte den Kopf. Sie schaute Rosmarie an. Das Weiße zwischen dem unteren Lid und der braunen Iris war zu sehen.

- Mira. Du musst. Du musst!

Und Rosmarie lehnte sich über den Küchentisch und küsste Mira hart auf den Mund. Der Kuss dauerte lang. Beide keuchten, als Rosmarie sich wieder hinsetzte. Mira sagte immer noch nichts, ihr Gesicht war jetzt sehr weiß, und sie hatte aufgehört, den Kopf zu schütteln. Sie starrte Rosmarie an. Rosmarie schaute zurück, öffnete den Mund, um etwas zu sagen, aber dann legte sie den Kopf in den Nacken und lachte.

Rosmarie lachte auch, als sie es mir an jenem Abend erzählte. Es war August, das Ende meiner Sommerferien nah. Obwohl es schon nach zehn Uhr war, war es noch nicht ganz dunkel, als sie nach oben kam. Wir saßen auf der breiten Fensterbank unseres Zimmers, das einst das Mädchenzimmer ihrer Mutter gewesen war. Harriets Arbeitszimmer lag nebenan. Als Schlafzimmer nahm sie inzwischen das zweite Esszimmer, gleich neben der Eingangstür. So konnte sie besser hören, ob Bertha unten herumlief.

Ich fragte Rosmarie:

- Wann habt ihr darüber gesprochen? Gerade eben?

- Nein, schon vor ein paar Tagen.

- Und gerade eben? Warst du da bei Mira?

Rosmarie nickte kurz und wandte sich ab.

Ich fror, und mir fiel auch nichts ein, was ich noch

hätte sagen sollen. Mein Gehirn war völlig leer. Vielleicht hoffte ich auch, dass Rosmarie gelogen hatte, um sich für den Streit heute im Garten zu rächen, als wir zu dritt »Friss oder stirb« gespielt hatten. Schließlich trug ich ihr auch noch die Ohrfeige nach. Doch im Grunde wusste ich, dass sie die Wahrheit gesagt hatte. Am liebsten wäre ich zu meiner Mutter gelaufen und hätte ihr alles erzählt, aber das ging nicht. Jetzt nicht mehr. Kurz darauf gingen wir noch einmal hinunter, um gute Nacht zu sagen. Inga war auch da. Die drei Schwestern und ihre Mutter saßen im Wohnzimmer. Inga und Rosmarie sprachen nicht mehr viel miteinander seit der Sache mit Peter Klaasen. In dieser Nacht jedoch stand Inga auf und stellte sich vor ihre Nichte. Sie waren inzwischen beide gleich groß. Inga hob beide Arme und strich mit einer fließenden Bewegung ihre Hände von Rosmaries Scheitel über ihre offenen Haare, seitlich die Arme entlang. Durch den ganzen Raum hörten wir das elektrische Knistern. Rosmarie bewegte sich nicht. Inga lächelte.

– So. Und nun schlaf gut, Kind.

Schweigend gingen wir hinauf. In dieser Nacht erzählten wir uns keine Geschichten über Rosmaries Vater. Ich drehte Rosmarie den Rücken zu und versuchte einzuschlafen, indem ich mir vornahm, am nächsten Tag doch noch alles meiner Mutter zu erzählen. Schlaf kam nur langsam, aber schließlich kam er.

Ich träumte, dass Rosmarie hinter mir stehe und auf mich einflüstere, und irgendwann wachte ich auf. Rosmarie kniete hinter mir auf dem Bett und flüsterte auf mich ein:

– Iris, bist du wach? Iris. Wach auf. Bist du wach, Iris? Iris. Komm schon. Wach endlich auf. Los. Iris. Bitte.

Ich dachte nicht daran, schon wieder wach zu sein.

Rosmarie hatte sie wohl nicht mehr alle. Erst schlug sie mich im Garten, dann machte sie all diese Dinge mit Peter Klaasen und mit Mira. Und Mira machte sie mit Peter Klaasen. Und ich wollte das alles nicht wissen. Sie sollten mich in Ruhe lassen.

Rosmaries Wispern wurde noch drängender, fast flehentlich. Sollte sie mich ruhig bitten. Ich genoss es, einmal die Stärkere zu sein, obwohl ich nichts tat, außer so zu tun, als schliefe ich. Und fast musste ich nicht einmal so tun, als ob. Sollte sie doch zu Mira gehen. Oder zu dem grauhaarigen Mathematikgenie mit der Blumenvase. Ich stand jedenfalls nicht zur Verfügung.

Obwohl ich mit dem Rücken zu ihr lag, konnte ich Rosmaries Anspannung spüren. Mein Körper fühlte sich an, als hätte er Stacheln, die von innen durch die Haut wüchsen. Lange konnte ich nicht mehr so regungslos liegen bleiben. Ich spürte, wie Rosmarie kurz davor war, mich zu rütteln. Gleich würde ihre Hand meine Schulter packen. Dann würde ich gewiss auf der Stelle schreien müssen. Rosmaries Zögern war kaum auszuhalten. Jetzt spürte ich ihren Atem auf meinen geschlossenen Lidern, sie beugte sich über mich. Ich nahm meine ganze Kraft zusammen, um nicht die Augen aufzumachen und ihr zuzuzwinkern. Ich fühlte, wie ein Kichern in mir hochstieg. Als es meinen Hals erreicht hatte, wollte ich gerade den Mund öffnen und es herausspringen lassen, da merkte ich an den Bewegungen der Matratze, dass sie sich von mir abgewandt hatte und aus dem Bett stieg. Ich hörte sie im Zimmer herumtapsen. Der lange Reißverschluss eines Kleides – es war, wie ich später feststellte, das violette mit den durchsichtigen Ärmeln – jaulte auf, als Rosmarie ihn mit einem entschlossenen Ruck hochzog. Sie wollte also noch weg? Sollte sie doch zu Mira gehen. Vielleicht wollten sie sich ja treffen, um kleine schwarze Mützchen und kleine schwarze Jäckchen zu stricken. Für Babys mit eisgrauem Haar.

Ich hörte, wie Rosmarie die Treppe hinunterschlich. Ich war mir sicher, das ganze Haus würde bei diesem Lärm zusammenlaufen und Rosmarie unten erwarten, noch bevor sie die letzte Stufe erreicht hätte. Doch nichts geschah. Ich hörte noch das Geräusch der Küchentür, demnach ging sie an der Seite hinaus. Das war klug, denn die Messingglocke hätte sicher Tante Harriet geweckt. Dann Stille.

Ich musste wieder eingeschlafen sein, denn irgendwann schreckte ich auf, als sich mir eine Hand sanft, aber nachdrücklich auf die Schulter legte. Ich dachte erst, Rosmarie sei zurückgekommen, aber es war meine Großmutter, die an meinem Bett stand. Rosmarie war nicht da. Ich blinzelte Bertha verschlafen an. Normalerweise kam sie auf ihren nächtlichen Wanderungen nicht in die oberen Zimmer. Meine Mutter schlief unten bei ihr und hätte eigentlich etwas merken müssen.

- Kommen Sie, flüsterte Bertha.

Ihre weißen Haare hingen offen herab. Das Gebiss hatte sie nicht eingesetzt, sodass ihr Mund aussah, als habe er sich selbst verschluckt. Ich musste mir Mühe geben, freundlich mit ihr zu sprechen.

- Oma, ich bring dich wieder ins Bett, ja?
- Wer sind Sie denn, mein kleines Fräulein?
- Ich bin es, Iris. Deine Enkelin.
- Stimmt das auch? Ich muss haschen.
- Halt, warte. Ich komme mit.

Ich stolperte hinter Bertha die Treppe hinab, sie war schnell.

- Nein, Oma. Nicht rausgehen. Ins Bett!

Aber sie hatte schon den Schlüssel vom Haken genommen, ins Schloss gesteckt, umgedreht und die Klinke heruntergedrückt. Die Messingglocke hallte wie ein Schuss durchs Haus. Meine Mutter schlief. Inga musste noch oben sein.

Bertha trat hinaus. Hier draußen war es wärmer als in dem alten Haus. Und heller. Der Mond leuchtete vor einem dunkelblauen Himmel. Er war groß und fast voll und schnitt scharfe Schatten ins Gras. Bertha lief die Stufen hinunter und blieb mit einem Ruck stehen, als sei sie gegen eine unsichtbare Mauer gerannt. Sie blickte auf etwas, das vor ihr in der Luft, aber nicht über ihrem Kopf zu sein schien. Ich wurde aufmerksam. Eigentlich wanderte ihr Blick immer ruhelos umher, als suche er etwas zum Festhalten. Aber jetzt sah sie etwas. Und dann sah ich es auch. Hoch in der Weide saß eine dunkle Gestalt. Erst nach längerem Hinsehen konnte ich Mira und Rosmarie ausmachen. Sie hockten so dicht nebeneinander, dass man ihre Umrisse nicht getrennt wahrnehmen konnte. Dann löste sich die eine Gestalt, es war Rosmarie, und ließ sich langsam vom Ast der Weide auf das flache, aber leicht abfallende Dach des Wintergartens gleiten. Das durften wir nicht. Der Wintergarten war alt. Das Dach war nicht dicht, jede zweite Scheibe war gesprungen oder hatte sich zum Teil aus ihrem Stahlrahmen herausgeschoben. Rosmarie balancierte oben auf den Metallrahmen entlang. Die Ärmel ihres Kleides bauschten sich im Nachtwind. Ihre Arme schimmerten weiß. Ich konnte nicht rufen. Mund und Zunge fühlten sich an, als hätten sich dicke graue Spinnweben über sie gelegt. Bertha neben mir begann zu zittern.

Mira begann zu schreien. Ich brauchte mehrere Sekunden, bis ich begriff, dass diese Schreie wirklich von einem menschlichen Wesen stammten. Für einen Moment war ich abgelenkt. Als ich Rosmarie wieder im Blick hatte, sah sie mir voll ins Gesicht. Ich erschrak. Ihre Augen waren fast weiß im Mondlicht. Sie schien ihr Raubtierlächeln zu lächeln, aber vielleicht hatte sich auch nur ihre Oberlippe über den Schneidezähnen hochgeschoben. Plötzlich warf sie den Kopf in den Nacken, nahm den Fuß vom Metallrahmen und setzte ihn auf das Glas. Erst passierte gar nichts, dann knirschte es. Mira verstummte. Streckte die Hand aus. Rosmarie ergriff sie.

Und dann geschah es: Mira zuckte zurück. Rosmarie hatte ihr einen elektrischen Schlag verpasst. Sie verlor die Hand ihrer Freundin. Krachen und Knirschen. Ein dumpfer Aufprall und ein nicht enden wollendes schrilles Klirren: eine Glasscheibe nach der anderen löste sich aus der Verankerung und fiel zu Boden. Glas spritzte auf Stein. Glas spritzte. Glas. Die monddurchflutete Nachtluft funkelte von Splitterstaub und Scherben. Ich schrie und rannte hinein, um meine Mutter und Harriet zu holen. Als ich in den Flur lief, kamen mir alle drei Schwestern schon entgegen. Inga war nicht im Schlafanzug. Wir rannten zusammen in den Garten. Mira war von der Weide geklettert und kniete neben Rosmarie und schrie.

Rosmarie lag mit dem Rücken auf den hellen Steinen. Der Nachtwind spielte mit den Ärmeln ihres Kleides. Glasscherben lagen wie Kristalle um sie herum. Ein kleiner Blutfaden rann ihr aus der Nase.

Harriet warf sich auf ihre Tochter und versuchte Mund-zu-Mund-Beatmung. Meine Mutter und Tante Inga rannten ins Haus und riefen den Krankenwagen. Er kam und nahm Rosmarie, Mira und Harriet mit.

Als sie fort waren, blieb eine dunkle Blutlache zurück.

Es stellte sich heraus, dass Rosmarie an einer Gehirn-verletzung gestorben war. Sie hatte kaum Blut verloren.

Die Blutlache war von Mira.

So erfuhren wir von dem Schwangerschaftsabbruch, den Mira am Tag zuvor hatte vornehmen lassen.

Bertha war verschwunden. Wir mussten sie suchen. Christa, Inga und ich waren froh, dass wir etwas zu tun hatten. Gemeinsam streiften wir durch den Garten. Sie stand bei den Johannisbeerbüschen.

- Anna, stuck mich mal.

Sie lächelte mich unsicher an.

- Du bist nicht Anna.

Ich schüttelte den Kopf.

- Wo ist Anna? Sag mal. Ich fips nicht, was diese Bälle klecken.

Sie zeigte auf die Beeren.

- Wohin sollen wir das milzen? Ich meine, davon wird es auch nicht besser. Oder? Sag doch mal. Das bafft ein Sprang. Wenn wir wollen. Ich armes Kind. Ich armes Kind.

Bertha wurde noch unruhiger. Sie bückte sich immer wieder, um heruntergefallene Beeren vom Boden aufzu-heben.

- Und da wird immer noch getanzt und getanzt. Hier ist nur Grotsch. Man kann doch auch nicht. So wie es mal war. Die Post ist da. Tralala. Und jetzt ist alles.

Sie weinte.

Außerdem hatte sie sich in die Schlafanzughose ge-macht. Ich hätte so gerne auch geweint. Aber es ging nicht. Ich nahm Bertha bei der Hand, aber da wurde sie böse und riss sich los. Ich drehte mich um und ging weg. Christa und Inga sollten das hier machen. Ich konnte es nicht. Bertha kam hinter mir her. Als sie Christa und Inga sah, winkte sie und fiel ihnen um den Hals.

- Da sind meine Mütter! Das ist ja eine Freude. Die Gnädigen.

Inga und Christa hakten Bertha unter, ich ging langsam hinter ihnen her. Wer hier eigentlich wen stützte, war nicht zu erkennen.

Seit jener Nacht weigerte ich mich in jeder darauf folgenden Nacht, mir folgende Fragen zu stellen:

Was wollte mir Rosmarie sagen? Warum wollte sie mich wecken? Wollte sie mit mir sprechen? Wollte sie, dass ich mit Mira spreche? Wollte sie, dass ich sie begleite? Und wenn ja, wo hatte sie ursprünglich hingewollt? Vielleicht an die Schleuse oder zum See, um zu schwimmen? Vielleicht einfach nur auf den Apfelbaum hinterm Haus? Vielleicht sogar zu Tante Harriet? Hatte sie mich und Bertha dort in der Dunkelheit stehen sehen? Warum hatte ich nicht gerufen? Warum sie mich nicht? Wusste sie von Miras Abtreibung? Wenn nein, hatte Mira es ihr dann am Abend erzählt, und Rosmarie war deshalb gesprungen? Ein Leben für ein Leben? Wenn ja, wollte sie mir das vielleicht erzählen? Wenn ja, war sie erleichtert? Wenn ja, hatte sie dann Angst bekommen? Und warum war sie da hinaufgeklettert? War sie gesprungen? War sie gefallen? War es eine Laune gewesen? Hatte sie es geplant? Hatte Mira sie aus Versehen losgelassen? Mit Absicht? Hatte sie Mira gezwungen, sie loszulassen? Was sollte das elektrisierende Gute-Nacht-Sagen? Wollte sich Tante Inga rächen? Wollte sich Rosmarie von mir verabschieden? Wollte sie mir noch ein Geheimnis verraten? Wollte sie sich versöhnen? Wollte sie um Verzeihung bitten? Wollte sie, dass ich sie um Verzeihung bitte? Was wäre gewesen, wenn ich gezwinkert hätte? Was wäre gewesen, wenn ich nicht die Beleidigte gespielt hätte? Was wäre gewesen, wenn ich hinter ihr hergeschlichen wäre? Was wäre gewesen, wenn ich sie draußen gerufen hätte? Was wollte mir Rosmarie in dieser Nacht sagen? Warum hatte sie versucht, mich zu wecken? Wollte sie von Anfang an rausgehen, oder wollte sie nur hinaus, weil ich nicht aufwachen wollte? Was wollte mir Rosmarie sagen, was, was? Was wollte Rosmarie mir sagen? Warum habe ich mich schlafend gestellt? Was wäre gewesen, wenn ich gekichert hätte? Was wäre gewesen, wenn ich gezwinkert hätte? Was wäre gewesen, wenn ich gehört hätte, was sie mir hatte sagen wollen? Was wollte sie mir sagen? Was?

XII. Kapitel

Max war nicht nach Hause gegangen. In dieser Nacht liebten wir uns unter dem Apfelbaum.

Als die Sonne aufging, fuhren wir mit den Rädern raus und schwammen im See. Das Wasser war weich und kalt, und wo es nicht silbern war, da war es schwarz. Ich begleitete ihn nach Hause, und er fragte, ob er nach der Arbeit vorbeikommen dürfe. Ich sagte ja.

Als ich durch das taufeuchte Gras zur Obstbaumwiese stapfte, fiel mir zunächst nichts auf. Erst nachdem ich mich auf unserem Nachtlager ausgestreckt hatte und in den Baum hinaufblickte, sah ich es: Über Nacht waren die Äpfel reif geworden. Schwere Boskopäpfel mit rauer grünrotbrauner Schale hingen an den Zweigen. Es war Juni. Ich stand auf, pflückte einen, biss hinein, er schmeckte süß und sauer und die Schale etwas bitter.

Da ging ich los, um Eimer und Körbe zu holen. Auf dem Weg in die Diele fiel mir etwas ein, und ich machte noch einen Abstecher zu den Johannisbeerbüschen. Aber hier war alles wie immer. Nur weiße und schwarze.

Den ganzen Tag lang pflückte ich Äpfel.

Es wurde heiß, der Baum war groß und trug schwer. Eine Aluminiumleiter hatte ich mir an den Stamm gestellt. Bei den Eimern und Körben und Wannen, die ich mir zusammengesucht hatte, lagen auch s-förmig gebogene Metallhaken, die man mit der einen Seite über einen Ast hängte. An der anderen Seite hakte man den Henkel eines Eimers ein. Mit diesem Eimer stieg ich dann viele Male die Leiter hoch und runter. Das Äpfelpflücken war anstrengend, aber der Baum machte es mir leicht. Seine Äste waren stark und ausladend, ich konnte auf ihnen stehen und klettern und die Äpfel gut erreichen.

War es dieser Apfelbaum, von dem Bertha damals gefallen war, bevor sie als alte Frau wieder aufstand? Ich wusste es nicht, und es war auch nicht wichtig. Nach Rosmaries Sturz brach Harriet zusammen. Inga suchte für Bertha einen Platz in einem Pflegeheim. Aber es dauerte fast zwei Jahre, bis Harriet aus dem Haus auszog und sich eine Wohnung in Hamburg suchte. In der Zeit kümmerte sich Inga um ihre Mutter, brachte sie oft nachmittags ins Haus und kümmerte sich dabei gleichzeitig um Harriet. Meine Mutter reiste meist außerhalb meiner Schulferien nach Bootshaven. Das war eine Erleichterung, denn ich wollte nicht mehr mit. Ein paar Mal war ich kurz in den Semesterferien dort, oder ich besuchte Inga in Bremen. Wenn sie Bertha besuchte, ging ich – bis auf das eine Mal – nicht mit. Ich merkte, dass ich meine Tante und meine Mutter damit enttäuschte, konnte es aber nicht ändern.

Harriet hielt es nicht lange in Hamburg, und sie reiste für mehrere Monate nach Indien, wo sie in einem Ashram Seminare besuchte. Das schien ihr gutzutun. Die Seminare kosteten viel Geld, sie zog in eine noch kleinere Wohnung und arbeitete noch mehr. Irgendwann trug sie eben auch diese Holzkette mit dem Gesicht des Bhagwan darauf und unterschrieb ihre Briefe fortan mit dem Namen Mohani. Aber ansonsten sahen wir keine großen Veränderungen. Die Gehirnwäsche, die meine Mutter und Inga fürchteten, blieb aus. Manchmal sagte sie Dinge über Spiritualität und Karma. Doch über so etwas hatte sie auch schon vorher gesprochen. Als Rosmarie noch lebte. Christa sagte, alles sei gut, was Harriet guttue. Denn wer unheilbar sei, der sei auch unverwundbar.

Inga war damals durch reinen Zufall an dem Praxisschild von Friedrich Quast vorbeigelaufen. Sie rief ihre Schwester an. Ein paar Tage später kam Harriet mit dem Zug nach Bremen. Sie setzte sich ins volle Wartezimmer. Weil sie weder Termin noch Karte hatte, musste sie warten, bis keiner mehr da war. Sie blieb ruhig sitzen. Sie wartete auf nichts. Und erwartete nichts. Herr Dr. Quast winkte sie schließlich persönlich ins Sprechzimmer.

Er musste eine mittelalte Frau mit etwas struppigen hennaroten Haaren gesehen haben. Ein ungeschminktes, rundes, flaches Gesicht. Falten um die Augen und zwei tiefe Kerben neben der Nase. Er hat ihre Kleider gesehen, die sie gern in den Farben von Safran, Zimt, Curry und anderen Gewürzen trug. Dazu die Turnschuhe. Und er wird sie sofort eingeordnet haben, vielleicht unter: esoterisch angehauchter Alt-Hippie, frustriert, wahrscheinlich geschieden.

Ohne Neugier erkundigte er sich danach, was sie zu ihm führe.

Sie sagte, ihr Herz tue ihr weh. Tag und Nacht.

Er nickte und hob die Brauen, um sie zum Weitersprechen aufzufordern.

Harriet lächelte ihn an.

- Ich hatte eine Tochter. Sie ist tot. Haben Sie eine Tochter? Einen Sohn?

Friedrich Quast schaute sie an. Er schüttelte den Kopf. Harriet sprach ruhig weiter, aber ließ ihn nicht aus den Augen:

- Ich hatte eine Tochter. Sie hatte rote Haare wie Sie und sommersprossige Hände wie Sie.

Friedrich Quast legte seine Hände auf den Tisch. Sie hatten die ganze Zeit in den Taschen seines Kittels gesteckt.

Er sagte nichts, aber sein rechtes Augenlid begann ganz leicht zu zucken, als er Harriet unverwandt anschaute.

- Wie alt?

Er räusperte sich.

- Entschuldigung. Wie alt war Ihre Tochter?

- Fünfzehn. Bald sechzehn. Kein Kind, keine Frau. Heute wäre sie gerade einundzwanzig.

Friedrich Quast schluckte. Nickte.

Harriet lächelte wieder.

- Ich war jung und liebte einen Studenten mit roten Haaren. Er tut mir so leid, er hatte nie eine Tochter. Sie wollte auch nie wissen, wo er ist, obwohl ich sie darin unterstützt hätte, das herauszufinden. Manchmal ist so was ja gar nicht schwer. Aber wissen Sie, es bricht mir das Herz, denn er wird diese Tochter nie haben. Und es bräche auch das seine, wenn er es wüsste.

Harriet stand auf, Tränen liefen ihr über die Wangen. Friedrich Quast war weiß. Er sah sie nur an, sein Atem ging stoßweise. Harriet schien ihre Tränen gar nicht zu bemerken, sie sagte beim Gehen:

- Es tut mir leid, Herr Dr. Quast, ich weiß, Sie können mir nicht helfen. Sie mir nicht, aber wissen Sie, was? Ich Ihnen auch nicht.

Harriet ging zur Tür.

- Nein. Nicht. Nicht gehen. Wie hieß sie? Wie hieß sie!

Harriet schaute ihn an. Ihre roten Augen waren ausdruckslos. Niemals würde sie ihm Rosmaries Namen geben. Nicht ein Stück sollte er von ihr bekommen.

Sie sagte:

- Ich muss los.

Harriet machte die Tür auf und schloss sie leise hinter sich. Die Sprechstundenhilfe warf ihr einen misstrauischen Blick zu, als Harriet mit geraden Schultern und zerstreutem Nicken an ihr vorbeischritt.

Als Inga Wochen später das nächste Mal durch die Straße kam, schaute sie nach dem Praxisschild, aber es hing nicht mehr da. Ein anderer Arzt hatte sich hier niedergelassen. Inga ging hinein und fragte am Tresen nach Dr. Quast. Er praktiziere nicht mehr hier, hieß es. Nirgends mehr in dieser Stadt.

Inga blieb in Bremen. Sie hatte immer mal Liebhaber, alle sehr gutaussehend, meistens ein Stück jünger als sie, aber nichts Ernstes. Menschen hielt sie auf Armeslänge, aber Augenblicke hielt sie fest. Ihre Fotos verkauften sich gut. Für die Fotostrecke mit den Bildern ihrer Mutter hatte sie dieses Jahr den German Portrait Award 1997 bekommen. Inzwischen ließ sie die Elektrostatik für sich arbeiten. Auf Berthas Beerdigung erzählte sie mir, wie sie Filme durch Temperaturwechsel auflade und verblitzen lasse. Aus diesen Fehlern entstünden ganz neue Möglichkeiten und Ansichten.

Mittlerweile hatte ich zwei Wäschekörbe und eine Plastikwanne mit Äpfeln gefüllt. Ich brachte sie ins Haus und stellte sie in der Küche ab. Sollten sie im Keller oder auf der Diele lagern? Wo war es kühler und trockener? Ich ließ sie erst einmal auf dem Küchenboden stehen.

Ich stützte mich auf den Apfelkorb und schaute auf die schwarz-weißen viereckigen Steinchen. Vielleicht gelang es mir ja heute. Gerade als sich die ersten Zeichen abzuheben schienen, hörte ich Schritte hinter mir. Max kam in die Küche und blieb abrupt stehen, als er mich über den Boden gebückt sah.

– Geht es dir nicht gut?

Ich schaute verwirrt hoch.

– Doch, natürlich.

Ich fasste mich rasch wieder und sagte:

– Weißt du, wie man Apfelmus kocht?

– Ich habe es noch nie gemacht. Aber so schwer kann es ja nicht sein.

– Gut. Also nicht. Weißt du, wie man Äpfel schält?

– Ja, ich fürchte, das weiß ich.

– Gut. Hier ist das Messer.

– Woher kommen diese Äpfel?

– Vom Baum, unter dem wir geschlafen haben.

– Ich habe nicht geschlafen.

– Ich weiß.

– Äpfel? Aber es ist …

– … Juni. Ich weiß.

– Da du alles weißt, erklärst du mir das vielleicht auch mal?

Ich zuckte mit den Schultern.

– Der Baum der Erkenntnis wächst in eurem Garten? Das wird den Verkaufspreis deines Hauses in die Höhe treiben. Vorausgesetzt, du schlägst das Erbe nicht aus.

Über einen Verkauf hatte ich noch nicht nachgedacht. Ich schaute Max an, sein Mund war schmal.

– Was ist los?

– Nichts. Ich dachte nur daran, dass du bald wieder weggehst. Dass du das Haus verkaufen und dann nie wieder hierher zurückkommen könntest, oder wenn doch, dann erst in hundert Jahren im Rollstuhl, den deine Urenkel schieben. Und dass sie dich auf den Friedhof rollen und du einen Apfel auf mein Grab wirfst und murmelst: Wer war das noch gleich, wie sah er nochmal aus? Ah ja, ich erinnere mich, er war der Kerl, dem ich immer nackt aufgelauert habe! Und dann wird dir ein fistelndes Kichern aus deinem immer noch majestätisch erhobenen Hals entweichen. Und deine Urenkel werden einen Schreck bekommen und dich gerade in dem Moment loslassen, als sie dich den steilen Deich hinter der Schleuse hochfahren wollten. Und du rollst rückwärts und krachst ins Wasser, aber genau in dem Augenblick wird das Schleusentor geöffnet und –

– Max.

– Tut mir leid, ich rede immer so viel, wenn ich Angst habe. Also gut. Komm und küss mich.

Wir schälten Äpfel und kochten dreiundzwanzig Gläser Apfelmus. Mehr Einmachgläser konnte ich nicht finden. Wir hatten Muskelkrämpfe und Schwielen vom Drehen der Flotten Lotte. Glücklicherweise gab es zwei Flotte Lotten in diesem Haus, eine große und eine kleine, sodass wir beide an die Kurbel konnten. Das Mus schmeckten wir mit Zimt und etwas Muskat ab. Ich nahm drei Apfelkerne, schälte und zerhackte sie. Dann warf ich sie ins Mus. Der warme, süß-erdige Duft von gekochten Äpfeln füllte jeden Winkel des Hauses, und selbst die Betten und Vorhänge rochen danach. Es war ein wunderbares Apfelmus.

Die nächsten Tage verbrachte ich im Garten. Ich riss Berge von Giersch und Warzenkraut aus und vorsichtig die Stängel des Phlox und der Margeriten aus den sich um alles schlingenden Winden. Akeleien, die sich auf den Wegen ausgesät hatten, grub ich aus und setzte sie in die Beete. Ich schnitt die Zweige von Flieder und Jasmin, damit die Stachelbeerbüsche wieder Sonne bekamen. Die kleinen, zähen Sprösslinge der Wicke löste ich behutsam von unzuverlässigen Halmen und führte sie an den Zaun oder band sie an einen Stock. Die Vergissmeinnicht waren inzwischen fast vertrocknet, nur hier und dort blinzelte es noch blau herauf. Mit Daumen und Zeigefinger zog ich von unten die dünnen Stängel hinauf, um den Samen abzufädeln. Ich hob meine Hand in den Wind und ließ die kleinen grauen Körnchen fliegen.

Am Tag meiner Abreise brachte Max mich zur Haltestelle.

Als der Bus in die Straße einbog, sagte ich:

- Danke für alles.

Er versuchte ein Lächeln, aber es verrutschte.

- Vergiss es.

Ich stieg ein und setzte mich auf eine freie Bank. Als der Bus mit einem Ruck anfuhr, drückte mich das Gewicht meines eigenen Körpers auf die Lehne zurück.

Epilog

Ich sitze an Hinnerks Schreibtisch und schaue auf den Hof. Die Linden sind kahl. Inzwischen weiß ich, wie der Garten im Winter aussieht. Schon elfmal habe ich ihn winterfest gemacht, habe Kiefernzweige über die Beete gelegt, Kokosmatten um die empfindlichen Stauden geschlagen, Sträucher und Rosen zurückgeschnitten. Im Februar ist die Wiese vor dem Haus voll von Schneeglöckchen.

Auf dem Schreibtisch liegen die Aufzeichnungen eines Bremer Architekten und Essayisten, der in den zwanziger Jahren Begebenheiten und Phänomene der Bremer Kunstszene notierte und später nach Amerika auswanderte. Ich editiere seinen Nachlass.

Carsten Lexow ist ein Jahr nach Bertha gestorben. Einfach umgefallen. Mit der Rosenschere in der Hand.

Mein Sohn fährt mit seinen Freunden Skateboard zwischen den Linden im Hof. Ich muss mich beherrschen, nicht an die Scheibe zu klopfen, um ihn zu bitten, die Hose höher zu ziehen und die Jacke zuzumachen. Aber lange werde ich wohl nicht durchhalten.

Es friert.

Seit ein paar Tagen bin ich dabei, die oberen Zimmer für meine Eltern herzurichten. Mein Vater hat beschlossen, aus Süddeutschland wegzuziehen, weil das Heimweh meiner Mutter überhandgenommen hat. Sie weint viel und isst wenig. Sie zieht sich zurück.

Sie vergisst.

Manchmal weiß sie nicht, ob sie schon gekocht hat oder nicht. Manchmal vergisst sie auch, wie man etwas kocht. Vielleicht wird es hier im Haus für sie einfacher, aber ich glaube nicht daran. Und ich glaube auch nicht, dass mein Vater daran glaubt.

Mira habe ich immer noch nicht wiedergesehen, obwohl sie ja nun zur Familie gehört, aber ab und zu rufen wir uns an. Max hat mehr Kontakt. Sie ist immer noch Partnerin in der Kanzlei und lebt seit elf Jahren mit einer Lehrerin in einer Berliner Altbauwohnung. Wenn ich mit ihr telefoniere, sprechen wir beide nicht von Rosmarie. So sehr sprechen wir nicht von ihr, dass wir ihren Atem in der Leitung hören können. Und das Rauschen des Nachtwinds in den Zweigen der Weide.

Danksagung

Ich möchte mich bei Birgit Schmitz und Katja Weller bedanken. Von ganzem Herzen danke ich auch Anke Hagena und Otfried Hagena, Gerd Hagena, Erika Thies und Christiane Thies. Mein Dank und meine Liebe gehen an Christof Siemes, Johann und Mathilda.

Feridun Zaimoglu. Hinterland. Roman. Gebunden

Mit »Liebesbrand« hat sich Feridun Zaimoglu als großer Romantiker erwiesen. Sein neuer Roman »Hinterland« folgt dieser Spur in die Grenzbereiche der modernen Zivilisation. Ausgehend von der Liebesgeschichte zwischen Ferda und Aneschka erzählt er von der Sehnsucht, der Hoffnung auf Erlösung, dem Wunsch nach Selbstaufgabe.

»›Hinterland‹ ist den Träumern und Verträumten, den Sonderbaren und Sonderlingen gewidmet. Es ist, glaube ich, das poetischste Buch, das ich geschrieben habe.« *Feridun Zaimoglu*

www.kiwi-verlag.de

J. M. G. Le Clézio. Lied vom Hunger. Roman. Deutsch
von Uli Wittmann. Gebunden

Hunger ist die Grundmelodie ihres Lebens. Ethel lernt ihn
während des Zweiten Weltkrieges kennen, aber nicht nur
den Hunger nach Brot, sondern auch den nach Glück,
nach Gerechtigkeit und Wahrheit. J.M.G. Le Clézio erzählt
in diesem ungewöhnlichen Roman von einer jungen
Frau, die in Zeiten des Hungers zur Heldin wird.

»Eines der schönsten Frauenporträts des Literatur-Nobel-
preisträgers J.M.G. Le Clézio.« *Le Monde*

www.kiwi-verlag.de

Eva Menasse. Lässliche Todsünden. Gebunden

Auf Gott können wir längst verzichten. Doch haben wir damit auch die Sünde abgeschafft? Anhand der alten Lehre von den sieben Todsünden widmet sich Eva Menasse den großen Themen der Literatur: Liebe und Hass, Schuld und Vergebung. Denn die Menschen verfehlen einander auch heute aus denselben Gründen wie vor Jahrhunderten.
Wie schon in ihrem Roman »Vienna« erschafft Eva Menasse mit unverwechselbarem Witz und erzählerischer Rasanz ein großes Ganzes.

www.kiwi-verlag.de

Edna Mazya. Über mich sprechen wir ein andermal. Roman.
Deutsch von Stefan Siebers. KiWi 1149

Eine deutsch-jüdische Familie, drei Frauengenerationen
und ihr Kampf um Unabhängigkeit und Lebensglück – mit
hinreißendem Humor und einem vortrefflichen Gespür
vor allem für die komischen Seiten der Verzweiflung
schreibt Edna Mazya in ihrem Roman über drei selbst-
bewusste Frauen, die die Schwächen ihrer Mütter zwar
verachten, deren Fehler aber trotzdem wiederholen.

»Eine packende Geschichte, die von einer raffinierten
Dramaturgie und Empathie gekennzeichnet ist.« *Die Welt*

www.kiwi-verlag.de

Jetta Carleton. Wenn die Mondblumen blühen. Roman.
Deutsch von Eva Schönfeld. KiWi 1094

Missouri in den 50er-Jahren: Wie in jedem Sommer kehren die längst erwachsenen Töchter von Matthew und Callie Soames zurück auf die kleine Farm ihrer Eltern. Eine schmerzhaft schöne Reise zurück in die Kindheit beginnt.

Jetta Carleton erzählt von einer Familie, die gemeinsam älter wird, von Kindern, die das Haus verlassen und wieder zurückkommen, von dem Gefühl, zueinander zu gehören, was auch immer geschieht.

»Ein hochgradig beglückendes Buch.«
New York Herald Tribune

www.kiwi-verlag.de

Herrad Schenk. In der Badewanne. Roman. KiWi 1062

Es beginnt mit einem aberwitzigen Badeunfall und mündet in den spannungsvollen Rückblick auf ein wild bewegtes Frauenleben: Die leidenschaftliche Wannenbaderin Ulrike Reimer, Ende fünfzig, Journalistin, wieder Single, wird in ihrer Wanne eingeklemmt und muss eine Nacht ausharren bis die Putzfrau kommt. Während immer wieder warmes Wasser nachläuft, ziehen die Stationen ihres Lebens vorüber.

»Wassser einlaufen lassen, lesen, lachen!« *Revue*

www.kiwi-verlag.de

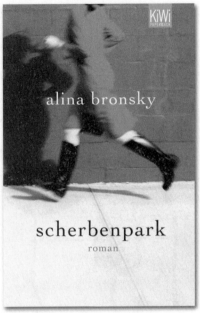

Alina Bronsky. Scherbenpark. Roman. KiWi 1118

Die 17-jährige Sascha ist eine Pendlerin zwischen zwei Welten und in keiner davon zu Hause. Aus Moskau nach Deutschland gekommen, lebt sie mit ihren jüngeren Geschwistern im Scherbenpark – einem Hochhaus-Ghetto, in dem eigene Gesetze gelten. Aber Sascha ist scharfzüngig und altklug genug, um sich zu behaupten – und um den Leser mitzunehmen auf eine Reise, die beständig an Fahrt gewinnt. Selten wurde eine solche Geschichte so komisch, respektlos und lebensbejahend erzählt.

»Die aufregendste Newcomerin der Saison.« *Der Spiegel*

www.kiwi-verlag.de

Noëlle Châtelet. Die Klatschmohnfrau. Roman. Deutsch von
Uli Wittmann. KiWi 615

In diesem märchenhaften Roman gibt es ein Wiedersehen
mit der Dame in Blau. Voller Sensibilität und Zartgefühl
erzählt Noëlle Châtelet die Geschichte von Marthe, die
spät im Leben ihrer ersten großen Liebe begegnet und
voller Selbstbewusstsein und Fröhlichkeit dieses neue
Gefühl lebt.

»Noëlle Châtelet hat mit ihrem Roman ein Märchen aus-
gesponnen. Mit Anmut und Takt beschreibt sie eine späte
Liebe und Leidenschaft.« *Süddeutsche Zeitung*

www.kiwi-verlag.de

Noëlle Châtelet. Die Dame in Blau. Roman. Deutsch von
Uli Wittmann. KiWi 531

»Ein Lobgesang aufs Alter, auf die Langsamkeit.« *Amica*

»Ein elegant erzählter, formal geschickt komponierter Roman, der unterhält und sich durch Genauigkeit des Blicks auszeichnet.« *Süddeutsche Zeitung*

www.kiwi-verlag.de

Vikas Swarup. Rupien! Rupien! Roman. Deutsch von
Bernhard Robben. KiWi 954

Der indische Waisenjunge Ram wurde verhaftet, weil er
alle Fragen in der Quizshow »Wer wird Millionär?« richtig
beantworten konnte. Ihm, der nie eine Schule besucht hat,
wird Betrug unterstellt. Doch seine unglaubliche Lebens-
geschichte zeigt, warum er dennoch jede Antwort wissen
konnte und gibt dem Leser ganz nebenbei Einblicke in das
moderne Indien.
Als »Slumdog Millionär« wurde der Roman verfilmt und
mit 8 Oscars ausgezeichnet und gefeiert: »Eine Liebeserklä-
rung an die brodelnde Energie Indiens – eine mitreißende
Achterbahnfahrt!« *Süddeutsche Zeitung*

Daniel Pennac. Schulkummer. ... aber es gibt keinen
hoffnungslosen Fall. Deutsch von Eveline Passet.
Gebunden

»›Schulkummer‹ ersetzt hundert Erziehungsratgeber. Alles,
was man über die Schule wissen muss, steht in diesem
Buch. Es ist Ratgeber, autobiographische Skizze und Be-
kenntnisschrift. Dieses Buch liest man nicht einfach nur
gern. Man gewinnt es lieb.« *FAZ*

»Kein trockener Lehrer- oder Elternratgeber, sondern ein
poetischer und zutiefst von Herzen kommender Appell zur
Errettung verlorener Seelen, nichts weniger.« *WDR 5*

www.kiwi-verlag.de

Vom späten Erwachen der Erinnerung

Douwe Draaisma **Die Heimwehfabrik**
Wie das Gedächtnis im Alter funktioniert
Aus dem Niederländischen von Verena Kiefer
Gebunden mit Schutzumschlag,
Euro 16,95 (D) / sFr 29,90 / Euro 17,50 (A)

Das Gedächtnis älterer Menschen lässt rapide nach, sagt der oberfläch-
liche Beobachter. Douwe Draaisma, Psychologie-Professor mit Spezial-
gebiet Gedächtnisforschung, sieht das anders. Sicher, manche Funktionen des Gedächtnisses werden schlechter – andere aber erwachen erst
so richtig, wenn man in die Jahre kommt. Das jedoch können viele
Menschen nicht akzeptieren. Sie setzen alles daran, ihr Gedächtnis in
den gewohnten Funktionen fit zu halten, mit Mitteln vom Gedächtnis-
training bis zu Vitaminpräparaten. Doch wie sinnvoll ist dies alles?
Douwe Draaisma entkräftet die Allgemeinplätze über das Alter und
erzählt die wahre Geschichte des älter werdenden Gehirns.

Galiani Berlin   www.galiani.de

»Jenny Erpenbeck ist eine Ausnahmeerscheinung.« Der Tagesspiegel

Jenny Erpenbeck **Dinge, die verschwinden**
Gebunden mit Schutzumschlag
Euro 14,95 (D) / sFr 26,90 / Euro 15,40 (A)

»An Abschiede erinnere ich mich«, so beginnt einer der kurzen Einträge in Jenny Erpenbecks *Dinge, die verschwinden*. Die Stichworte, um die es in diesem Buch des Abschieds geht, sind u. a. Palast der Republik, Sperrmüll, Socken, Männer, Öfen und Kohle, Wörter, Mütter, Tropfenfänger, Jahre, Splitterbrötchen und kluge Kommentare.
Von all diesen Dingen nimmt Jenny Erpenbeck Abschied: manchmal mit einer letzten melancholischen Verbeugung, manchmal aber auch mit Humor. Viele der hier versammelten Alltagssplitter wurden für eine Kolumne in der FAZ geschrieben. Zusammengenommen ergeben sie ein Buch über die Vergänglichkeit alles Irdischen.

Galiani Berlin www.galiani.de